Jan Zweyer

Siebte Sohle, Querschlag West

Kriminalroman

Bibliografische Information der Deutschen Nationalbibliothek: Die
Deutsche Nationalbibliothek verzeichnet diese Publikation in der
Deutschen Nationalbibliografie; detaillierte bibliografische Daten sind
im Internet über http://dnb.dnb.de abrufbar.

Die Originalausgabe erschien 1999 im Grafit-Verlag, Dortmund

Herstellung und Verlag:
BoD – Books on Demand, Norderstedt

ISBN: 978-3-752-67309-8

Covergestaltung: Jan Zweyer

Der Autor

Jan Zweyer wurde 1953 in Frankfurt am Main geboren. Mitte der Siebzigerjahre zog er ins Ruhrgebiet, studierte erst Architektur, dann Sozialwissenschaften und schrieb als ständiger freier Mitarbeiter für die Westdeutsche Allgemeine Zeitung. Er war viele Jahre für verschiedene Industrieunternehmen tätig. Heute arbeitet Zweyer als freier Schriftsteller in Herne.

Nach zahlreichen zeitgenössischen Kriminalromanen hat er sich mit der Goldstein-Trilogie Franzosenliebchen, Goldfasan und Persilschein das erste Mal historischen Themen zugewandt. Es folgte die von Linden-Saga, eine Familiengeschichte aus dem Ruhrgebiet (bisher fünf Bände, zuletzt: Schwarzes Gold und Alte Missgunst, Ein Königreich von kurzer Dauer, beide Grafit-Verlag).

In der **Reihe Wiederaufgelegter Bücher** werden verlagsseitig vergriffen Texte von Jan Zweyer als Buch und eBook neu veröffentlicht. Inhaltliche Veränderungen wurden nur in Ausnahmefällen vorgenommen.

1

Volker Krytcak blätterte ein weiteres Mal durch die ›Nicht-heraus-Liste‹ des Bergwerks *Eiserner Kanzler* in Recklinghausen. Doch auch jetzt las der Steiger den Namen Heinz Schattlers an der dritten Stelle. Möglicherweise hatte Schattler vergessen, seinen Ausweis durch das Lesegerät der Arbeitszeiterfassung am Schacht zu ziehen. Eine bewusste Unterlassung schloss Volker Krytcak aus, da Schattler sonst die Schicht nicht vollständig bezahlt bekommen würde. Vielleicht hatte das Gerät einen Defekt. Oder der Bergmann war noch unter Tage.

Der Steiger sah in der Lampenstube nach, ob die Kopflampe und der Filterselbstretter Schattlers in dessen Fach lagen. Fehlanzeige.

Krytcak ging zurück in die Steigerstube und rief den Personalleiter Karl Meiner an. »Glück auf. Krytcak. Karl, habt ihr 'nen Defekt anner Zeiterfassung an Schacht 1/2?«

»Auf. Nicht dass ich wüsste. Warum?«

»Ach, einer meiner Leute steht auffer Nicht-heraus-Liste. Lampe und Filter sind auch nich da.«

»Dann pennt der Kerl in irgendeiner Ecke unter Tage. Wo war der eingesetzt?«

»Revier 32. Ich ruf die Morgenschicht an. Auf.«

Das Klingeln des schlagwettergeschützten Telefons war auf der siebten Sohle in der Nähe des Kohlenstrebes kaum zu hören. Das laute Brummen der schweren Antriebsmotoren für das Kohlengewinnungsgerät, das Rasseln des Panzerförderers, das Knallen und Knirschen des Brechers, in dem die Kohlebrocken aus dem Streb zu handlicher Größe zerkleinert wurden, das Rauschen der Frischwetter aus den Lutten – elastische Kunststoffrohre, in denen Luft herangeführt wurde –

und das rhythmische Tack-Tack der Rollen des Förderbandes schufen einen Geräuschpegel, in dem sich die Bergleute nur schreiend verständigen konnten.

In der Kohlenabfuhrstrecke waren mehrere Kumpel damit beschäftigt, die Container einer Einschienenhängebahn zu entladen, um die Hydraulikstempel zur Sicherung des Überganges vom Streb in die Strecke an ihren Einsatzort zu schaffen. Die Luft war heiß und voller Kohlenstaub, der sich auf den schweißnassen, nackten Oberkörpern der Bergleute niederschlug und im Schein der trüben Kopflampen glitzerte.

Endlich griff einer der Kumpel zum Telefonhörer, meldete sich und schrie dann gegen den Krach an in das Dunkel:»Steiger, für dich.«

»Komme«, brüllte eine Stimme zurück.

Steiger Walter Kusche tauchte nach einigen Momenten aus der Dunkelheit auf.

»Kusche«, rief er in den Hörer. Und einige Sekunden später:»Was soll ich machen? Aber ich muss doch hier erst ... – Ja, gut. Weil du's bist. – Ja, ich melde mich dann. Glück auf.« Kusche wandte sich an den Bergmann neben ihm.

»Jochen, wir müssen einen suchen. War auf Nachtschicht an der Bandübergabe weiter hinten eingesetzt. Ist gestern angefahren, aber nicht wieder nach über Tage gekommen. Sag Charly Bescheid, dass wir beide gehen. Und nimm eine Leuchte mit.«

Der Lärm wurde geringer, je weiter sich die beiden Bergleute von ihrem Arbeitsplatz entfernten. Nur vereinzelt trafen sie noch auf andere Kumpel, die aus der Entfernung lediglich am Schein ihrer Kopflampen zu erkennen waren. Einige waren damit beschäftigt, Kohlenstaub, der vom Förderband gefallen war, auf das Band zurückzuschaufeln. Andere versuchten, die hochquellende Sohle mit Spezialmaschinen, den so genannten Senkladern, zu beseitigen.

Nach zwanzig Minuten erreichten Walter Kusche und Jochen Frühsee die Bandübergabe. Das Förderband, das die Kohle aus dem Streb transportierte, endete an dieser Stelle. Die Kohle stürzte in einen kleinen Bunker und fiel von da aus auf ein weiteres Förderband, das im rechten Winkel abgehend in einem Querschlag verschwand.

»Hier hat der Kollege gearbeitet«, sagte Walter Kusche und leuchtete mit der Lampe unter den Bunker und beide Förderbänder. »Du gehst links vom Band, ich rechts.«

Nach knapp hundert Metern rief Jochen Frühsee: »Walter, komm schnell, ich glaube, hier ist was!«

Walter Kusche kroch unter dem Band hindurch und lief zu seinem Kollegen, der vor zwei zurückgelassenen Transportkisten der Einschienenhängebahn stand. Zwischen den Kisten und der Streckenwand war etwa fünfzig Zentimeter Platz.

Der Steiger näherte sich dem Spalt. Angestrengt blickte er ins Dunkel. Im Schein der Lampe konnte er unter einem Stück Wetterfolie, wie sie zur Herstellung von Wettertüren benutzt wurde, einen Schuh entdecken. Er riss die Folie herunter und erstarrte. Im Lichtkegel blickte er auf eine leblose Gestalt, die mit dem Gesicht nach unten im Kohlenstaub lag. Da, wo sich normalerweise der Hinterkopf befand, war nur noch ein blutiger, zerschmetterter Brei aus Gehirnmasse und Knochensplittern.

Die beiden Bergleute hatten den vermissten Heinz Schattler gefunden.

Walter Kusche erholte sich als Erster von dem Schock. »Jochen, du bleibst hier. Ich ruf die Grubenwarte an. Die sollen den Inspektor verständigen. Und den Werksarzt.« Kusche spurtete los, um das nächste Telefon zu erreichen.

Nach einem Blick auf Schattler, der regungslos zwischen Transportkisten und dem Ausbau lag, murmelte sein Kumpel Frühsee leise: »Dass der Arzt noch was tun kann, wage ich zu bezweifeln.«

2

Ein unbarmherziges Schrillen riss Rainer Esch aus dem Schlaf. Es dauerte einen Moment, bis er sich darüber klar wurde, wo er war. Noch etwas länger benötigte Rainer, um das penetrante Schrillen als das gemeinsame Klingeln seiner drei Wecker zu identifizieren.

Vorsichtig und ohne jede überflüssige Bewegung öffnete er erst das eine, dann das andere Auge. Die Helligkeit im Zimmer ließ ihn die Lider sofort wieder schließen. Esch zog sich die Bettdecke über den Kopf und versuchte weiterzuschlafen.

Ein rhythmisches Pochen unter seiner Schädeldecke hinderte ihn daran. Mit einem Seufzer tiefster Resignation begann Rainer aufzustehen. Als er nach einigen Anstrengungen neben seinem Bett stand, wurde ihm übel. Der Zimmerboden schien von ihm weg nach oben zu kippen. Mit letzter Kraft erreichte er die Tür und hielt sich an der Klinke fest. Dann machte sich Esch an das Unterfangen, lebend das Badezimmer zu erreichen.

Auf dem Weg dorthin schlurfte er an einer geöffneten Zimmertür vorbei. Rainer warf einen Blick in das Wohnzimmer und erstarrte. Überquellende Aschenbecher, halb volle Gläser und Flaschen, Rotweinflecken auf dem hellen Teppich, Pizzareste auf Papptellern im Zimmer verstreut, ein BH, in Regalböden und auf Beistelltischen verteilte Schallplatten und CDs ohne Hüllen, die so aussahen, als seien sie als Bierdeckel missbraucht worden, Turnschuhe, die ihm irgendwie bekannt vorkamen, und fast vertrocknete Blumen in einem Sektkühler, der augenscheinlich als Vase vorgesehen war, nur hatte niemand daran gedacht, Wasser einzufüllen.

Und dieser Jemand war natürlich er selbst gewesen. So oder schlimmer sah seine Wohnung meistens aus, wenn Esch ein paar gute Freunde zu einem gepflegten Umtrunk gebeten hatte. Er schüttelte sich und beschloss, die Inspektion seiner Küche auf die Zeit nach dem Duschen zu verschieben. Das Hämmern in seinem Kopf wurde stärker.

Rainer setzte den Weg in sein Badezimmer fort und begann dort ergebnislos nach Kopfschmerztabletten zu fahnden. Das Putzen seiner Zähne beseitigte leider nicht den schalen Geschmack auf seiner Zunge. Nur durch den massiven und hochdosierten Einsatz von Mundwasser gelang es ihm, diesen Mangel zu beheben.

Er schleppte sich unter die Dusche und ließ minutenlang lauwarmes Wasser über seinen Kopf laufen. Erst langsam kehrte die Erinnerung an das vergangene Wochenende und den gestrigen Abend zurück.

Freitagabend hatte Rainer seinen besten Freund Cengiz Kaya zum Essen in Hernes bekanntestes griechische Szenelokal, das *Neokyma*, eingeladen. Anschließend waren sie in die *Sonne* gefahren, eine ursprünglich grün-alternative Kneipe. Dort hatte er noch ein paar alte Bekannte und Freunde aus den wilden Siebzigern getroffen, die immer noch hier verkehrten und mittlerweile zum Inventar gehörten. Gemeinsam begossen sie die alten und neuen Zeiten und Esch hatte, ausgelöst durch reichhaltigen Brandy- und Rieslingkonsum, leichtsinnigerweise eine Einladung ausgesprochen, die dann folgerichtig zu dem gestrigen Absturz geführt hatte.

Trotz intensiven Nachdenkens fiel ihm beim besten Willen allerdings nicht mehr ein, wer von den zwei gestern anwesenden Frauen das fragliche Dessous bei ihm vergessen hatte. Noch weniger konnte er sich daran erinnern, warum das gute Stück überhaupt bei ihm im

Wohnzimmer lag. Falls es zu irgendwelchen sexuellen Aktivitäten gekommen war, hatte der Alkohol diese völlig aus seinem Gedächtnis getilgt.

Nach dem Duschen fühlte sich Rainer zwar noch nicht ganz wiederhergestellt, aber zumindest so weit stabilisiert, dass er es wagte, einen Blick in seine Küche zu werfen. Er war angenehm überrascht. Eine Totalrenovierung war nicht erforderlich.

Esch zog sich Jeans und T-Shirt an und machte sich daran, seine Wohnung noch vor dem Frühstück aufzuklaren.

Als er ins Wohnzimmer kam, fiel ihm ein ständig wiederkehrendes, leise schleifendes Geräusch auf, das er eben noch nicht wahrgenommen hatte. In ihm keimte ein schrecklicher Verdacht.

Ein Blick auf den Plattenteller ließ diesen Verdacht zu Gewissheit werden. Er hatte zu vorgerückter Stunde damit kokettiert, dass er selbstverständlich nicht nur alle Rolling-Stones-Langspielplatten auf CD besaß, sondern auch sehr rare Raubpressungen, so genannte Bootlegs. Eine von diesen Raritäten drehte sich auf dem Plattenteller. Und der nicht mehr ganz taufrische Tonabnehmer versuchte augenscheinlich seit gestern Nacht, eine neue Rille in das Ende der Platte zu fräsen.

Esch schaltete den Verstärker ein und hob den Tonarm auf den Anfang von *Bright Lights, Big City*. Die unveröffentlichten Studioaufnahmen aus den frühen Sechzigern schallten durch seine Wohnung. Am Anfang der Platte war kein Schaden hörbar. Esch ließ die Scheibe laufen und räumte die Reste des Gelages vom Vorabend weg.

Eine Plattenseite später war der gröbste Dreck beseitigt und glücklicherweise bewiesen, dass die LP unbeschädigt geblieben war, was man von einigen der CD-Hüllen nun nicht gerade behaupten konnte. Die klebenden Reste von Bier und Wein würde Rainer mit Reinigungsmittel vernichten müssen. Diese Arbeit, nahm er sich vor, war nach dem Frühstück fällig.

Rainer Esch setzte Kaffee auf, schmiss zwei Scheiben Weißbrot in den Toaster und bereitete sich ein Rührei mit viel Speck zu, ohne dabei an die Warnungen seines Arztes über die negativen Folgen eines zu hohen Cholesterinspiegels zu denken. Nach dem Frühstück zündete er sich eine Reval an und inhalierte genussvoll und mit tiefen Zügen, auch das gegen jede medizinische Vernunft.

Er war gerade in das spannende Studium eines Artikels in einer Modellbahnzeitschrift über die Vor- und Nachteile der manuellen Gleisreinigung vertieft, als das Telefon klingelte. Zögernd legte Esch die Zeitschrift zur Seite, blieb zunächst noch sitzen, entschied sich dann aber doch, den Hörer abzunehmen.

Es war Cengiz.

»Na, von den Toten wieder auferstanden?«, erkundigte sich sein Freund.

»Hm. Wie man's nimmt. Wann seid ihr denn gegangen?«, wollte Rainer wissen.

»Ich gegen zwei. Da waren noch Karl und Heinz da. Ihr habt ja kein Ende gefunden.«

»Ich ahne Übles. Cengiz, ähm, haben wir uns Sigrid und Chris gegenüber«, Esch zögerte, »ordentlich benommen?«

»Wie meinst du das denn?«

»Ich habe hier bei mir in der Wohnung ... Scheiße, ich weiß nicht, wie ich dir das erklären soll ... einen BH gefunden.«

»Seit wann bist du so prüde?«

»Ich bin immer zurückhaltend, wenn ich nicht die geringste Ahnung habe, was eigentlich los war.«

Cengiz lachte schallend. »Sei froh, dass nicht auch noch Chris' Bluse bei dir auf der Couch liegt.«

»Scheiße, Cengiz, lass mich nicht hängen. Was war los?«

Sein Freund lachte erneut auf. »Du hast Chris dazu veranlasst, ihre Bluse und ihren BH auszuziehen.«

»Oh Mann, ist mir das peinlich. Scheißalkohol. Was hab ich gemacht?«, fragte Rainer besorgt.

»Keine Panik. Du hast nichts gemacht. Jedenfalls nichts, wofür du dich schämen müsstest. Wenn man davon absieht«, schränkte Cengiz ein, »dass du Chris bei dem Versuch, im Suff eine Rotweinflasche zu entkorken, die halbe Pulle über die Bluse geschüttet hast. Sie hat sich dann ihre Bluse und den BH bei dir im Bad ausgezogen, ausgewaschen und einen Pulli von dir übergezogen. Als sie dann ging, war die Bluse halbwegs trocken, nur der BH nicht. Und Karl oder Heinz hat dann das Ding von der Heizung im Bad wie eine Trophäe ins Wohnzimmer geschleppt. Gib ihr das Teil wieder und alles ist in Ordnung.«

»Pfff.« Esch atmete erleichtert aus. »Und ich dachte schon ...«

»Du musst ja eine wirklich verkommene Fantasie haben. Hätte ich gar nicht von dir gedacht. Erzähl doch mal, was hast du dir denn so vorgestellt?«, nahm ihn Cengiz auf den Arm.

»Ach, halt die Klappe.«

»Auch gut. Rainer, bist du eigentlich immer noch Alleininhaber dieser wahnsinnig erfolgreichen Detektei *Look und Listen*?«

Esch entging die Ironie in der Frage nicht. »Weißt du Arsch doch selbst. Was soll das?«

»Würdest du zwischen den unsagbar wichtigen Fällen, die du zurzeit bearbeitest, noch Zeit für ein weiteres kleines Fällchen erübrigen können?«

»Machst du Witze? Her damit.«

Sein Freund wusste nur zu gut, dass die Detektei, die Rainer gehörte, wirtschaftlich gesehen ein völliger Flop

14

war. Monatelang hatte er außer einem entflogenen Kanarienvogel, den er für das überwältigende Honorar von fünfzig Mark aus dem Geäst eines nahen Baumes geholt hatte, keinerlei Aufträge gehabt. Dann waren, nach einem ziemlich medienwirksamen Schusswechsel im Recklinghäuser Lörhofcenter, bei dem Esch verwundet worden war, zwar einige Anfragen eingegangen, ein echter Auftrag war jedoch leider nicht darunter gewesen.

Trotzdem brachte Rainer es nicht über sich, die brotlose Kunst eines Privatermittlers aufzugeben und stattdessen sein vor sich hin dümpelndes Jurastudium zu beenden. Beenden war nicht ganz der richtige Ausdruck. Richtig anfangen wäre korrekter. Immerhin hatte ihm sein Engagement im Lörhofcenter damals nicht nur eine Schusswunde, sondern auch noch eine staatliche Belohnung von über hunderttausend Mark eingebracht, da durch seine Mithilfe Verbrechern das Handwerk gelegt wurde, die illegale Gewinne in zweistelliger Millionenhöhe bei der Währungsunion von Bundesrepublik und DDR eingefahren hatten.

Nachdem seine zahlreichen Gläubiger, darunter auch Cengiz und Rainers Hausbank, befriedigt worden waren, blieb immer noch genug übrig für einen neuen Mazda MX 5 Cabrio, eine preiswerte Neueinrichtung seines Büros und einige, schon lange begehrte Lokomotivmodelle von Märklin. Dann war die Knete, von einem Notgroschen abgesehen, den Esch in Investmentfonds investiert hatte, aufgebraucht und Rainer musste wieder seinem Hauptberuf, dem Taxifahren, nachgehen.

»Gut. Wie du willst«, erwiderte Cengiz.

»Um was geht es denn eigentlich?«, wollte Esch wissen.

»Um Schutzgelderpressung.«

»Was? Hör mal, Cengiz, ich bin doch nicht Rambo.«

»Weiß ich doch.«

»Täusche ich mich oder höre ich da einen spöttischen Unterton heraus?«

»Da musst du dich täuschen. Aber keine Angst, es handelt sich nicht um die italienische, russische oder Was-weiß-ich-Mafia. Es sind Kids, die eine Kioskinhaberin erpressen.«

»Ein Kiosk?«

»Ein Kiosk. 'ne Bude anne Ecke, wenn dich dat besser gefällt. Genau genommen ein Kiosk in Herne. Bei mich anne Ecke. In der Mont-Cenis-Straße. Ich kenne die Inhaberin.«

»Näher? Ist die hübsch?«

»Sie ist hübsch, ja.«

»Ah ja. Daher weht der Wind. Willst ihr imponieren, oder?«

»Dummes Zeug. Ihr Mann arbeitet auch auf *Eiserner Kanzler*, ich sehe den häufiger. Und sie hat wirklich Angst. Obwohl ihr Schaden eher gering ist. So richtig um Knete geht es da nicht. Da eine Cola, dann 'ne Schachtel Zigaretten und so was. Nichts Großes. Deshalb meine ich auch, du könntest dich drum kümmern. Sie wohnt im Übrigen da, wo du als Kind gespielt hast, wenn du deine Großeltern besucht hast. In der Teutoburgia-Siedlung in der Schreberstraße.«

»Vielen Dank auch. Nichts Großes. Das schmeichelt mir echt, Mann. Ist ja toll. Ich ermittle in einem Fall, wo Kinder von einer Bude Bonbons erpressen. Cengiz, es gibt heute kein Kid mehr, das nicht schon wenigstens eine Bank überfallen hat.«

»Kann sein. Willst du nun den Auftrag, oder nicht? Mir ist das egal.«

Esch seufzte. Erst ein entflogener Kanarienvogel und nun das. Er, der schon in Fällen ermittelt hatte, in denen es um Millionen ging. Selbstkritisch musste er allerdings einräumen, dass es sich erstens nur um einen Fall gehandelt und er sich zweitens das Mandat damals selbst erteilt hatte. Ein Kiosk in der Mont-Cenis-Straße in Herne ... Da war kein Auftrag eigentlich besser als dieser Auftrag. Völlig unter seiner Würde.

Deshalb sagte er: »Na gut. Schick sie zu mir ins Büro. Wie heißt sie?«

»Schattler. Karin Schattler. Und wann soll sie kommen?«

»In zwei Stunden. Und vielen Dank.«

3

Um kurz nach acht hatte Hauptkommissar Rüdiger Brischinsky von der Mordkommission der Recklinghäuser Kripo die telefonische Nachricht erreicht, dass im Untertagebetrieb der Zeche *Eiserner Kanzler* eine männliche Leiche gefunden worden war. Wenig später war Brischinsky mit seinem fünfzehn Jahre jüngeren Assistenten, Kommissar Heiner Baumann, in dem Dienstpassat unterwegs zum Bergwerk.

»Warst du eigentlich schon mal unter Tage?«, wollte Brischinsky von seinem Mitarbeiter wissen.

»Nee, bis jetzt noch nicht. Nur im Bergbaumuseum in Bochum.«

»Zählt nicht. Da ist es nicht warm genug. Außerdem staubt's da nicht so.«

Nachdem sie dem Pförtner am Haupteingang des Bergwerkes ihre Dienstausweise vor die Nase gehalten hatten, wurden die beiden Beamten in die Büros der Werksleitung im ersten Stock des Verwaltungsgebäudes geführt. Dort begrüßten sie der Betriebsdirektor für Personal- und Sozialfragen, Humper, als Vertreter des nicht anwesenden Werksleiters und der Personalchef Meiner.

Humper kam sofort zu Sache: »Bei dem Toten handelt es sich um Heinz Schattler, Hauer und seit mehr als achtzehn Jahren bei der Bergwerks AG, davon die letzten zehn auf *Eiserner Kanzler*. Wir konnten ihn anhand des Werksausweises eindeutig identifizieren. Unser Werksarzt hat gemeldet, dass Schattler schwere Kopfverletzungen aufweist, die nach seiner Meinung nicht von einem Unfall stammen können ...«

Brischinsky unterbrach den Direktor: »Der Arzt meint, es sei kein Unfall gewesen?«

»Nein, vermutlich kein Unfall. Außerdem war die Leiche mit einer Plane zugedeckt. Und Schattler war ein äußerst zuverlässiger und sicherheitsbewusster Mitarbeiter. Deshalb haben wir uns gewundert, als uns unser Arbeitszeiterfassungssystem meldete, dass er nach seiner Nachtschicht heute Morgen nicht wieder ausgefahren ist.«

»Was für ein Arbeitszeiterfassungssystem?«, wollte Brischinsky wissen.

»Jeder Mitarbeiter des Bergwerkes ist mit einem elektronisch lesbaren Ausweis ausgestattet«, erläuterte Meiner. »Den zieht er am Schacht unmittelbar vor der Seilfahrt durch ein Lesegerät. So erfassen wir zum einen für die Gedingeabrechnung die genaue Arbeitszeit ...«

»Gedinge?«, fiel ihm Baumann ins Wort. »Das habe ich ja noch nie gehört. Was ist das?«

»Der bergmännische Akkordlohn wird so genannt«, erklärte Humper.

»... zum anderen können wir damit feststellen, ob alle Mitarbeiter nach Schichtende auch wieder ausgefahren sind. Es können ja trotz aller Sicherheitsvorkehrungen Unfälle passieren, die uns weder durch automatische noch manuelle Meldungen bekannt werden.«

»Kommt so etwas häufiger vor?«, erkundigte sich Brischinsky.

»Unfälle? Nein, glücklicherweise nicht. Dass aber jemand unter Tage bleibt, schon. Ist eigentlich Routine. Deshalb erhält jeder Steiger nach Schichtende eine Liste, die die Namen aller Bergleute seines Verantwortungsbereiches enthält, die nicht ausgefahren sind. Die Liste überprüft der Vorgesetzte dann und kann so feststellen, wer noch in der Grube ist.«

»Verstehe.« Brischinsky nickte Meiner zu. »Und als Schattler nicht nach oben kam ...«

»... nach über Tage kam«, korrigierte ihn Humper, wofür er sich einen etwas ungehaltenen Blick des Hauptkommissars einhandelte.

»... als er nicht mehr nach über Tage kam, haben Sie vermutlich sofort reagiert und einen Suchtrupp losgeschickt?«

»Nicht ganz. Zunächst haben wir unsere Technik auf ihre Funktionsfähigkeit überprüft. Fehler sind zwar selten, können aber natürlich auftreten. Erst als der Steiger sicher war, dass kein technischer Defekt vorlag und auch Lampe und Filter nicht an ihrem Platz in der Lampenstube waren, hat er seinen Kollegen von der Frühschicht, der in der Nähe von Schattlers Arbeitsplatz beschäftigt war, gebeten, nachzusehen. Eine organisierte Suche war das nicht. Von Zeit zu Zeit kommt es durchaus vor, dass sich Beschäftigte, die von der Nachtschicht kommen, unter Tage mit Kollegen der Frühschicht beispielsweise über dienstliche Probleme unterhalten und dann verspätet ausfahren. Manchmal schläft auch einer ein, gerade während der Nachtschicht.«

»Wie lange war der Tote denn überfällig?«, fragte der Hauptkommissar.

»Unser Erfassungssystem hat uns um zehn Minuten nach sechs den ersten Hinweis darauf gegeben, dass sich noch Mitarbeiter der Nachtschicht in der Grube befanden, die eigentlich schon über Tage sein sollten. Bis auf Schattler haben sich die Fälle schnell geklärt«, berichtete der Personalleiter. »Um Viertel vor sieben ist dann der Steiger mit seinem Mitarbeiter auf die Suche gegangen. Die beiden haben den Toten gegen zehn nach

19

sieben gefunden. Werksarzt und der Leiter Arbeitssicherheit waren etwa eine halbe Stunde später vor Ort. Unmittelbar darauf wurden das zuständige Bergamt, der Notarzt und Sie benachrichtigt.«

»Wir möchten mit den Personen sprechen, die die Leiche entdeckt haben. Und natürlich auch den Fundort in Augenschein nehmen. Das ist doch sicher möglich, oder?«

»Selbstverständlich«, antwortete der Personaldirektor.

»Wenn ich Sie eben richtig verstanden habe«, folgerte der Hauptkommissar, »dann haben Sie also eine Liste aller Mitarbeiter, die während der Nachtschicht unter Tage waren?«

»Natürlich. Wir lassen Sie Ihnen ausdrucken.«

Brischinsky zückte sein Handy. »Bitte seid so gut und setzt die Spurensicherung in Marsch. Zum Bergwerk *Eiserner Kanzler* ... – Ja, sofort. Der Staatsanwalt kommt auch? – Danke. Wiederhören.«

Dann wandte er sich wieder an die Männer vom Bergwerk: »Unsere Spurensicherung wird in einigen Minuten hier sein. Bitte veranlassen Sie, dass am Fundort der Leiche nichts verändert wird. Der zuständige Staatsanwalt ist ebenfalls unterwegs.«

»Aber der Werksarzt hat den Toten doch schon untersucht. Sie wollen ihn jetzt nach über Tage bringen. Der kann doch nicht da liegen bleiben.« Meiner sah bestürzt aus.

»Bleibt er auch nicht. Nur so lange, bis wir den Fundort gesehen haben«, antwortete Baumann.

»Wir müssen den Mann doch aus der Grube holen«, insistierte Meiner erneut. »Außerdem steht die Förderung in diesem Streb still. Wir können keine Kohlen schicken, so lange ...«

»Jetzt hören Sie mir mal zu, Herr Meiner«, unterbrach ihn der Hauptkommissar mit ungewohnter Schärfe. »Ich kenne den Spruch: ›Bundesrecht bricht Landesrecht und Bergrecht bricht alles.‹ Das mag auch für verwaltungsrechtliche Sachverhalte so sein. Aber hier geht es um einen ungeklärten Todesfall. Da ist die Kripo zuständig und kein Sicherheitsdienst oder wer auch immer. Ein Bergwerk, und das gilt auch für unter Tage, ist kein exterritoriales Gebiet. Es ist schon schlimm genug, dass Ihre Leute da unten rumlaufen und vermutlich die Spurensicherung erschweren, wenn nicht sogar unmöglich machen. Also, lassen Sie bitte umgehend den Fundort der Leiche absperren. Ich möchte nicht, dass sich innerhalb der Absperrung einer Ihrer Mitarbeiter aufhält. Ich habe mich doch klar ausgedrückt, oder?«

Meiner sah seinen Vorgesetzten Humper an, der wortlos seine Zustimmung ausdrückte. Daraufhin verließ der Personalmensch das Büro, um die entsprechenden Anweisungen zu geben.

»Können wir jetzt bitte den Fundort sehen?«, fragte Brischinsky den Betriebsdirektor. »Und wenn der Staatsanwalt und unsere Spurensicherung eintreffen, würden Sie die dann sofort ...«

»Selbstverständlich.« Humper wandte sich an seine Sekretärin im Vorzimmer: »Sagen Sie bitte in der Kaue und beim zuständigen Betriebsführer Bescheid, dass wir anfahren. Die sollen den Zug bereitstellen. Und veranlassen Sie, dass die anderen Herren der Kripo und der Staatsanwalt nach ihrem Eintreffen ebenfalls sofort nach unter Tage kommen.«

Die Sekretärin nickte und griff zum Telefonhörer.

Zu den beiden Beamten gewandt, sagte der Direktor: »Bitte kommen Sie mit.«

Schweigend folgten die Polizisten Humper über die Flure des Verwaltungstraktes. Vor einer Tür am Ende eines Ganges blieben sie stehen.

Humper klingelte und ein älterer Mann, bekleidet mit einer weißen Bergmannshose, einem blau-weiß gestreiften Hemd und grünen Gummilatschen, öffnete. Warme, nach Chlor und Reinigungsmitteln riechende Luft schlug ihnen entgegen.

»Die Direktions- und Besucherkaue«, bemerkte der Direktor.

»Glück auf«, grüßte der Bergmann. »Hosengröße? Schuhgröße?«

Baumann sah Brischinsky erstaunt an.

»Der Kauenwärter benötigt Ihre Konfektionsgrößen, damit er Ihnen die passende Arbeitskleidung und gut sitzende Schuhe bringen kann«, erläuterte Humper.

»Wieso denn das?«, wunderte sich Baumann. »Wir müssen doch so schnell wie möglich an den Fundort der Leiche. Können wir denn nicht so ...«

»Nein. Bergrecht, verstehen Sie«, sagte der Direktor leicht süffisant. »Sie müssen sich vollständig entkleiden und die Sachen anziehen, die wir Ihnen gleich geben werden. Bitte wirklich alles anziehen. Das ist in Ihrem Interesse. Kohlenstaub dringt überall durch. Sie würden Ihre Unterwäsche nicht wieder erkennen, glauben Sie mir. Sie dürfen keine Uhren, keine Feuerzeuge, keine Diktiergeräte oder Ähnliches mit nach unter Tage nehmen. Ich nehme an, Sie haben noch keine Grubenfahrt unternommen?«

»Doch. Ich schon. Vor einigen Jahren«, entgegnete der Hauptkommissar. »Aber er«, Brischinsky drehte seinen Kopf zu Baumann, »war noch nie da unten.«

Humper ignorierte die unfachmännische Ausdrucksweise des Kriminalbeamten. »Wären Sie nun so freundlich und würden Ihre Größen ...?«

»Selbstverständlich. 56. Und 46 bei den Schuhen«, antwortete Brischinsky.

»Meine ist 52. Schuhe auch 46«, verkündete Baumann.

Sie gingen weiter und erreichten einen langen gekachelten Flur, von dem zahlreiche Türen abgingen.

Der Kauenwärter öffnete zwei gegenüberliegende Türen und wies mit der Hand hinein. »Bitte.«

Die Beamten betraten je eine Umkleidekabine, die ebenfalls vollständig gefliest waren.

Baumann sah sich um. An einer Wand stand ein schmaler, grüner Metallspind mit drei Türen und ein Stuhl, daneben befand sich ein Waschbecken und darüber ein Spiegel. Auf dem Ablagebord unter dem Spiegel lagen mehrere Seifen und Salben, deren Zweck dem Kommissar verborgen blieb.

An der gegenüberliegenden Wand waren eine Sitzbadewanne und eine Dusche installiert. Auf dem Rand der Badewanne lagen Badeschaum, Schwämme und eine Bürste mit einem langen Stiel.

Jemand klopfte an die Tür. Bevor Baumann antworten konnte, öffnete der Kauenwärter und legte einen weißen Arbeitsanzug auf den Rand der Badewanne. Der Bergmann zeigte auf den Stuhl, auf dem weitere Kleidungsstücke lagen.

Der Kommissar fügte sich in sein Schicksal und begann, sich auszuziehen. Als er die Unterwäsche, die groben Socken und das Bergmannshemd übergestreift hatte, wurde ihm angesichts der saunaartigen Temperaturen in der Kaue warm. Richtig zu schwitzen begann Baumann aber erst, nachdem er den schweren Arbeitsanzug angezogen hatte.

Er öffnete die Tür, sah Brischinsky in gebückter Haltung mit Schuhen hantieren und stolperte fast über ein Paar schwere Arbeitsstiefel, die der Kauenwärter dort abgestellt hatte. Die Arbeitsschuhe waren so dick mit Reinigungsfett eingeschmiert, dass Reste davon an den Fingern kleben blieben. Baumann bemühte sich, die Stiefel beim Anziehen möglichst wenig zu berühren. Trotzdem waren seine Hände fast flächendeckend mit schwarzem Schmier bedeckt, als er fertig war. Mangels eines Taschentuches wischte er seine Hände verstohlen an einem Tuch sauber, das er unter der Unterwäsche gefunden hatte.

Humper erschien im Gang.

»Sind Sie fertig, meine Herren?«, fragte er und musterte seine Begleiter. »Sie«, er wandte sich an Baumann, »müssen noch das Halstuch anlegen. Darf ich Ihnen helfen?«

Ehe der Polizeibeamte protestieren konnte, hatte Humper ihm das fettige, verdreckte Tuch aus der Hand genommen und es ihm mit geübter Bewegung um den Hals gelegt. Baumann spürte, wie sich das klebrige Schmierfett mit seinem Schweiß vermischte. Er war vollständig bedient. Polizist war ja schon ein mieser Beruf, aber Bergmann ...

Die Beamten folgten Humper an das Ende des Flures zu einer Bank, wo der Kauenwärter ihnen beim Anlegen der Schienbeinschoner, beim Anpassen der Innengröße des Sicherheitshelmes und der Befestigung des Filterselbstretters half. Humper stand neben ihnen und erläuterte den Gebrauch des Gerätes.

»... und das Wichtigste ist, nicht in Panik zu geraten. Der Filter wird beim Atmen heiß, das ist normal. Wir bringen Sie im Falle eines Falles sicher nach über Tage. Allerdings musste noch kein Besucher der Bergwerks AG je Gebrauch von dem Gerät machen.«

Baumann beruhigte das keineswegs, im Gegenteil. Und als ihnen Humper erklärte, dass jedes unter Tage eingesetzte Gerät wegen der Gefahr von Methan- oder Kohlenstaubexplosionen schlagwettergeschützt, das heißt explosionssicher war, rutschte dem Kommissar das Herz weiter Richtung Kniekehle.

Schließlich steckte der Kauenwärter ihnen noch den Akku für die Helmbeleuchtung in die rechte Jackentasche, legte ihnen das Kabel mit der Lampe von rechts um den Hals und führte es dann wieder von links kommend in einer Schlaufe unter dem Kabel hindurch, so

dass die Leuchte vor der Brust baumelte, ohne sich lösen zu können. Baumann fühlte sich wie ein Eishockey-
torwart in der Sahara.

Fünf Minuten später erreichten die Beamten und der
Personaldirektor den Schacht, wo bereits der Förderkorb auf sie wartete. Nachdem Humper, Baumann und
Brischinsky den Korb betreten hatten, ließ der Anschlä-
ger das Gitternetz herunter und gab mit drei Glocken-
schlägen das Signal zur Seilfahrt. Momente später setzte sich das Gefährt rumpelnd in Bewegung.

»Wie tief fahren wir eigentlich?«, wollte Baumann wissen.

»Flöz Sonnenschein ist auf der siebten Sohle, in einer
Teufe von rund 1.200 Metern«, erwiderte Humper. »Aber
Sie sollten sich sicherheitshalber hier fest halten ...« Der
Bergmann richtete den Lichtstrahl seiner Kopflampe auf
Ketten, die links und rechts an den Seitenwänden des
Korbes angebracht waren. »Der Korb wird in den Spur-
latten nicht immer ganz ruhig geführt. Und wer das
nicht kennt ...«

Wie zur Bestätigung gab es einen Schlag, begleitet von
einem leichten Knall, der Baumann stolpern ließ. Hek-
tisch griff der Kommissar zur Haltekette.

»Steigen wir eigentlich noch einmal um?«, fragte Baumann verunsichert.

»Wie meinen Sie das?«, fragte Humper zurück.

»Na ja, ich meine, der Schacht hier, der geht doch
nicht bis ganz nach unten ...?«

»Doch, natürlich. Bis auf eine Teufe von tausendfünf-
hundert Metern.«

»Sie meinen, unter uns ist ein Loch von tausendfünf-
hundert Metern?«, erkundigte sich Baumann verängstigt.

»Nein, natürlich nicht.«

»Da bin ich aber beruhigt. Ich dachte schon ...«

»Jetzt sind es selbstverständlich nur noch etwa tausend Meter. Fünfhundert haben wir schon hinter uns«, grinste ihn der Personaldirektor an.

Baumann schluckte und versuchte, nicht daran zu denken, welche Folgen es für sie haben würde, wenn sie den Rest der Strecke im freien Fall zurücklegen würden. Zu seinem tiefsten Bedauern gelang ihm das nicht.

Als der Förderkorb dann endlich auf der siebten Sohle auspendelte, hatte sich der Beamte schon dreimal geschworen, solche Abenteuer wie Grubenfahrten künftig zu unterlassen.

Endlich stiegen sie aus und Baumann holte erstaunt Luft. Das hatte er nicht erwartet: Vor ihnen erkannte er eine Art Bahnhofshalle von etwa zwanzig Meter Breite und gut fünfzehn Meter Höhe. Das Ende der Halle lag im Dunkeln, so dass Baumann die Längsausdehnung nicht schätzen konnte. In der Firste, sozusagen der ›Decke‹ der Strecke, gaben Neonröhren ihr fahles Licht ab. Ein starker, recht frischer Wind blies ihnen, aus dem Förderschacht kommend, in die Rücken.

Als Humper bemerkte, wie sich Brischinsky das Halstuch fester zog, erklärte er: »Das ist die Frischluftversorgung unter Tage, von den Bergleuten Wetter genannt. Durch den Schacht hinter uns strömen frische Wetter in das Grubengebäude und werden durch Wettertüren, das sind, wenn Sie so wollen, Luftschleusen, an die gewünschten Stellen unter Tage gebracht. An anderer Stelle stehen so genannte Wetterschächte, auf denen riesige Ventilatoren die verbrauchte Luft aus dem Grubengebäude herausziehen. Der so entstehende Unterdruck lässt dann hier die frischen Wetter einziehen.«

Brischinsky nickte anerkennend, während Baumann sich mit der Frage beschäftigte, was passieren würde, wenn jetzt 1.200 Meter Gestein über ihm einbrächen. Das Ergebnis seiner Überlegungen gefiel ihm nicht, gefiel ihm überhaupt nicht.

Auf fünf schmalspurigen Gleisen standen unterschiedlich lange Züge nebeneinander, deren Wagons mit den verschiedensten Materialien und Geräten gefüllt waren. Einige Bergleute waren damit beschäftigt, Wagons ab- und andere zusammenzukuppeln.

Auf dem äußersten rechten Gleis wartete mit laufendem Motor eine Diesellokomotive mit zwei gelben, etwas verschmutzten Wagen.

»Das ist unser Zug«, informierte Humper. »Bitte steigen Sie ein.«

Baumann und Brischinsky zwängten sich in den Ersten der Wagons, der Personaldirektor folgte ihnen und schloss die Tür. Mit einem Ruck setzte sich die Lok in Bewegung.

Baumann, der nicht mit einer so abrupten Anfahrt gerechnet hatte, wurde zur Seite geschleudert und knallte mit seinem Helm gegen eine der Verstrebungen des Wagons.

»Scheiße«, rief er und ergänzte, nachdem er durch einen Schwenk seiner Kopflampe auf Humper dessen besorgtes Gesicht erkennen konnte: »Nichts passiert. War nur der Schreck.«

Humper bemerkte trocken: »Jetzt wissen Sie, warum wir unter Tage immer einen Helm tragen.«

»Fahren die Züge hier eigentlich nach Plan?«, fragte Brischinsky neugierig, während er sich mit beiden Händen abstützte.

»Zum Teil. Bei Schichtwechsel beispielsweise. Aber sonst, wie auch dieser hier, nur auf besondere Anforderung«, antwortete Humper.

Baumann platzte heraus: »Kann denn das hier nicht einbrechen? Ich meine, über einen Kilometer Gebirge, das wiegt doch so einiges, oder?«

»Da haben Sie Recht. Das wiegt sogar sehr viel. Der Ausbau ist noch nicht erfunden, der einem solchen Druck standhalten könnte. Nein, das Gebirge trägt sich selbst. Das, was Sie hier sehen«, der Direktor zeigte auf die Stahlprofile, »unterstützt lediglich diese selbsttragenden Eigenschaften und schützt vor Steinfall. Trotzdem gibt auch der beste Ausbau irgendwann nach. In der Regel jedoch nicht von einer Minute zur anderen, sondern langsam. Er verformt sich unter dem Druck und der Querschnitt der Strecken wird immer kleiner. Irgendwann muss das alles dann entweder erneuert werden oder die Strecke geht endgültig zu Bruch. Häufig quillt auch das Liegende ... das ist der Boden, auf dem Sie stehen«, erläuterte Humper, als er die fragenden Blicke der Beamten registrierte, »häufig quillt auch die Sohle hoch und muss dann wieder abgetragen werden. Durchsenken nennen wir das.«

Der Zug stoppte und Humper öffnete die Tür. »Jetzt müssen wir noch ein paar Minuten mit der Einschienenhängebahn Seilbahn fahren und dann haben wir es fast geschafft.«

Sie kletterten aus dem Wagon.

»Hier entlang«, sagte Humper und bewegte sich zu einer Tür, die eine andere Strecke abschloss.

Der Bergmann stemmte sich gegen das Türblatt und wartete, bis die beiden Beamten die Öffnung passiert hatten. Ein starker Windsog zerrte an ihrer Bekleidung. Humper ließ die Tür knallend zufallen. Schlagartig versiegte der Luftstrom. »Das ist eine der Wettertüren, von denen ich Ihnen erzählt habe. Wir sind in der Wetterschleuse.«

Etwa zwanzig Meter weiter befand sich die nächste Tür, auf die sie zusteuerten. Als die Gruppe auch diese durchschritten hatte, war kein Windsog mehr zu verspüren. Die Luft war warm und stickig. Baumann begann, stärker zu schwitzen.

Die Strecke, durch die sie jetzt gingen, war im Durchmesser deutlich schmaler und auch nicht so gut ausgeleuchtet wie die, durch die die Grubenbahn fuhr. Vor ihnen hing an einer Schiene, die am Ausbau befestigt war, eine Art Sessellift, der allerdings nicht gepolstert war und über keine Rückenlehne verfügte. Vier dieser Stühle waren mittels eines Stahlbalkens miteinander verbunden, der wiederum mit Rollen wie ein Schwebebalken an der Schiene angeschlagen war. Gezogen wurde die Konstruktion von einer Dieselkatze; ein Gerät, das wie ein Bob aussah. Der Fahrer der Dieselkatze lag mehr in seinem Gefährt, als dass er saß.

Brischinsky, Baumann und Humper kletterten auf die Stühle. Die Einschienenhängebahn setzte sich in Bewegung und verschwand im Dunkeln. Obwohl die Geschwindigkeit der Dieselkatze nicht sehr hoch war, schwenkten die Sitze in jeder Kurve, den Fliehkräften folgend, leicht aus.

Baumann konnte erkennen, dass der Boden sehr uneben war. Je nach Zustand der Strecke betrug der Abstand zum Boden zwischen 20 Zentimeter und etwa 1,50 Meter. Der Beamte war froh zu sitzen. Besser schlecht gefahren als gut gelaufen, dachte er amüsiert.

Nach etwa zehn Minuten stoppte ihr Transportmittel und Humper stieg ab. Die Polizisten folgten ihm in eine noch dunklere Strecke, durch die ein Förderband führte, das allerdings im Moment stillstand. Warme und etwas feuchte Luft wehte ihnen entgegen. Nach wenigen Schritten, die in der schwülen und stickigen Atmosphäre ziemlich anstrengend und schweißtreibend waren, machte der Weg einen deutlichen Bogen. Als sie die Kurve passiert hatten, konnten die beiden Beamten in der Ferne sich bewegende Lichter entdecken, die Humper als Kopflampen von Bergleuten identifizierte. Sie waren fast an der Fundstelle der Leiche von Heinz Schattler angelangt.

Sie gingen an einer Gruppe Kumpel vorbei, die sich gedämpft unterhielten. Dann erreichten sie ein Absperrband, vor dem weitere fünf Bergleute leise debattierten.

»Glück auf«, grüßte der Personaldirektor die Anwesenden. »Das hier sind Hauptkommissar Brischinsky und sein Mitarbeiter Kommissar Baumann von der Recklinghäuser Kripo.« Humper zeigte nacheinander auf die Wartenden und stellte sie vor: »Herr Bergrat Krafzik vom Bergamt Dortmund; Herr Doktor Pillu, unser Werksarzt; der Leiter des Sicherheitswesens, Herr Zaborsky; Herr Kälch vom Betriebsrat; Herr Kusche, Steiger auf der Frühschicht, und Herr Frühsee. Die letzten beiden Herren haben den Toten gefunden.«

»Guten Tag«, grüßte der Hauptkommissar.

»Glück auf«, bekam er zur Antwort.

Brischinsky tauchte unter dem Absperrband durch und sagte zu den versammelten Bergleuten: »Können Sie hier vielleicht für etwas mehr Licht sorgen?«

»Die Lampen sind bereits angefordert«, antwortete der Leiter der Arbeitssicherheit. »Bis die hier sind, müssen Sie leider damit auskommen.« Er reichte dem Hauptkommissar eine Stableuchte. »Der Tote liegt dort hinten hinter den Kästen.«

»Danke.« Brischinsky und Baumann schlugen die angegebene Richtung ein. Im Lichtkegel der Lampe erkannte der Hauptkommissar zuerst die weiße Folie, mit der die Leiche ursprünglich bedeckt gewesen war und die jetzt auf der Kiste lag.

»War die Plane vollständig über den Körper gezogen?«, fragte Baumann den Steiger.

»Nein«, sagte Walter Kusche. »Ein Fuß war zu sehen. Nur deshalb haben wir den Toten ja so schnell gefunden.«

»Was ist das für eine Plane? Wird die hier für irgendwas benötigt?«, wollte Brischinsky wissen.

Zaborsky näherte sich. »Das ist Wetterfolie. Sie dient zum Bau von Wettertüren. Dieses hier ist nur ein Rest. Vermutlich lag sie in einem der beiden Transportbehälter.«

»Dann hätte also jeder die Folie über die Leiche legen können«, folgerte der Hauptkommissar.

»Sicher.«

»Herr Dr. Pillu, kommen Sie doch herüber zu uns«, bat Brischinsky. »Haben Sie die Leiche bewegt?«

»Nur wenig«, antwortete der Arzt. »Sie sehen ja selbst. Der halbe Hinterkopf ist zertrümmert. Ich habe lediglich versucht, einen Puls zu ertasten, obwohl ich kaum Hoffnung hatte, angesichts solcher Verletzungen. Schon beim Berühren der Leiche habe ich gemerkt, dass sie bereits erkaltet ist. Der Mann muss schon einige Stunden hier gelegen haben. Da war nichts mehr zu machen. Sehen Sie hier, die Nummer am Filterselbstretter. 6918. Das ist die Markennummer von Schattler. Wenn das sein Filter ist, dann ist das ohne jeden Zweifel Heinz Schattler.«

»Hat der keinen Ausweis?«, erkundigte sich Baumann.

»Sein Werksausweis ist selbstverständlich über Tage, lediglich der für das Arbeitszeiterfassungssystem ...«, erwiderte Pillu.

»Ich meine seinen Personalausweis.«

Als der Kommissar die Blicke bemerkte, die sich die Bergleute zuwarfen, und das leicht spöttische Grinsen registrierte, verzichtete er auf weitere Fragen dieser Art. Stattdessen kroch er unter das Förderband und versuchte, im Schein seiner Kopflampe brauchbare Spuren auszumachen. Als er sich wiederaufrichten wollte, hielt er sich mit der rechten Hand an der Stützkonstruktion des Bandes fest und versuchte, sich nach vorne in den freien Raum zu ziehen. Dabei kam es zu einer leichten Erschütterung der Tragkonstruktion, und eine Wolke feinsten Kohlenstaubs löste sich und hüllte ihn ein. Er spürte Kohlenstaub in Mund, Nase, Ohren und Augen. Der Kommissar spuckte schwarzen Schleim aus und schimpfte lautstark. Als er versuchte, sich mit den Fingern den Staub aus den Augenwinkeln zu reiben, erreichte er nur, dass seine Augen anfingen zu tränen. Die Feuchtigkeit hinterließ helle Spuren in seinem verstaubten Gesicht. Fluchend wischte sich der Beamte eine Haarsträhne aus der schwitzenden Stirn, wodurch auch der noch saubere Rest seines Antlitzes gleichmäßig geschwärzt wurde. Drei Minuten hatten genügt, um Baumann so aussehen zu lassen, als ob er acht Sunden unter Tage in einem Kohlenstreb gearbeitet hätte.

»Hier ist etwas.« Der Hauptkommissar deutete auf Schleifspuren, die entstehen, wenn ein schwerer Körper so gezogen wird, dass die Absätze seiner Schuhe Rillen in den weichen Untergrund schneiden. Brischinsky folgte den Abdrücken im Licht seiner Kopflampe. Nach einigen Metern endeten die Spuren in einer Wasserpfütze. Das würde er sich später genauer ansehen.

Brischinsky wandte sich wieder dem Toten zu. Er war wie jeder Bergmann bekleidet. Trotzdem fehlte etwas. Der Hauptkommissar war sich nur nicht sicher, was.

Baumann näherte sich seinem Chef. »Hier finden wir doch außer Kohle nichts Brauchbares. Den Rest soll die Spurensicherung erledigen. Lass uns sehen, dass wir wieder ans Tageslicht kommen.« Er nahm seinen Helm ab und wischte sich erneut über die Stirn, was ihn mehr und mehr zu einem Gesamtkunstwerk in Schwarz werden ließ. »Der Helm sitzt auch nicht richtig. Das Ding drückt und ...«

»Baumann, genau. Das ist es.« Der Hauptkommissar wandte sich wieder an den Arbeitsschützer. »Es muss doch jeder bei Ihnen unter Tage einen Helm tragen, oder?«

»Selbstverständlich.«

»Dann helfen Sie mir bitte weiter. Der Tote hat keinen auf und es liegt auch keiner in der Nähe. Hat jemand von Ihnen«, Brischinsky sprach die beiden Bergleute an, die den Toten gefunden hatten, »hier einen Helm herumliegen sehen?«

Beide verneinten.

»Hm.« Der Beamte ging zu der flachen Wasserpfütze und sah sich um. Ihm fiel nichts Ungewöhnliches auf, wenn er davon absah, dass hier fast alles für ihn ungewöhnlich war. Mit dem rechten Fuß stocherte er unschlüssig in der schwarzen Brühe herum. Vorsichtig machte er einen Schritt in die Wasserlache, leider nicht vorsichtig genug. Sein linker Fuß versank bis zu den Knöcheln. Lauwarmes, dreckiges Wasser schoss in den Schuh. Brischinsky verzog sein Gesicht. Er unterdrückte einen Fluch und stocherte mit dem durchnässten Stiefel weiter in der Pfütze herum. Plötzlich stieß er gegen einen Gegenstand. Er beugte sich hinunter und tastete mit den Händen im Wasser herum. Dann zog er einen länglichen Metallstab aus dem Schlamm.

»Sieh mal an.« Der Polizist musterte seinen Fund neugierig. Die Stange, die er in der Hand hielt, war etwa 40 Zentimeter lang und hatten einen Durchmesser von rund drei Zentimetern. An einem Ende lief sie spitz zu.

Der Hauptkommissar ging zurück zu den wartenden Bergleuten. »Können Sie mir sagen, was das ist?«, fragte er.

»Klar«, antwortete Walter Kusche. »Das ist ein Pickeisen.«

»Ein was?«, wunderte sich Baumann und versuchte, das Jucken an seinem Hals durch heftiges Kratzen zu unterbinden.

»Ein Pickeisen«, wiederholte der Steiger. »Das untere Ende eines Pickhammers.«

»Aha. Natürlich. Ein Pickeisen von einem Pickhammer. Da wäre ich nie draufgekommen«, mischte sich Brischinsky ein. »Was zum Teufel ist ein Pickhammer?«

»Ach so. Das wissen Sie ja nicht ...«

»Nein, weiß ich wirklich nicht«, warf der Hauptkommissar etwas ungehalten ein. »Wenn Sie so freundlich wären, es mir zu erklären?«

»Ein Pickhammer ist eine Art Presslufthammer. Und das Pickeisen ist der Meißel, mit dem der Presslufthammer arbeitet. Sie können, je nach Art der Arbeitsaufgabe, unterschiedliche Pickeisen einsetzen.«

»Aha«, wiederholte Brischinsky. »Dann weiß ich ja jetzt Bescheid.«

Nachdenklich wog er die Stange in der Hand. Dann führte er damit einen Schlag gegen ein imaginäres Opfer aus. »Das wäre möglich«, sinnierte er. »Das könnte es sein.« Er untersuchte die Stange so gut es ging im Licht der Stablampe und seiner Kopflampe. Dann sagte er: »Baumann, das Teil muss ins Labor. Mal sehen, ob die was finden.«

Lautstarke Stimmen ließen Brischinsky aufmerken. Eine weitere Gruppe von Männern näherte sich ihnen. Nach kurzer Zeit erkannte der Hauptkommissar die Stimme von HK Scholz, eines der Beamten von der Spurensicherung.

»Schlagwetterschutz, ich höre immer Schlagwetterschutz. Können Sie mir vielleicht erklären, wie wir mit den Funzeln, die Sie da mit sich rumschleppen, den Tatort ausreichend ausleuchten sollen? Wir müssen nach Fingerabdrücken und kleinsten Partikeln suchen, da kommen Sie mir mit Schlagwetterschutz!« Ein Lichtstrahl streifte den Hauptkommissar. »Sind Sie das, Brischinsky?« Und ohne eine Antwort abzuwarten, setzte die Stimme fort: »Versuchen Sie doch den Ignoranten hier klarzumachen«, der Leiter der Spurensicherung machte eine jeden Anwesenden einschließende Armbewegung, »dass wir unsere Sachen brauchen, um vernünftig arbeiten zu können. Sehen Sie sich das an.«

Scholz nahm dem neben ihm stehenden Bergmann eine Kamera aus der Hand. »Hiermit sollen wir unsere Bilder machen. Hiermit. Und unsere Kameras liegen oben im Koffer. Von wegen Schlagwetterschutz. Behinderung der Polizeiarbeit ist das! Und kein vernünftiges

Licht. Geht auch angeblich nicht. Da wundert es mich schon, dass wir wenigstens unsere Analysekoffer mitnehmen durften. Wo ist der Tote? Ach da. Dann wollen wir mal. Wo ist der Fotograf? Hier kann man ja die Hand vor Augen nicht sehen. Wo der Fotograf ist, will ich wissen ...«

Brischinsky grinste und sagte: »Ihr werdet das schon machen. Baumann hat ein Pickeisen ...«

»Was hat der?«

»Erkläre ich euch später. Ich hab das Ding in der Pfütze da vorne gefunden. Das könnte möglicherweise das Tatwerkzeug sein. Nehmt's mit ins Labor. Und der Tote hat keinen Helm auf. Wenn das hier auch der Tatort ist, müsste der eigentlich irgendwo hier liegen.«

»Ach, Brischinsky, ehe ich's vergesse: Der Staatsanwalt ist verhindert. Kommt auch kein Vertreter. Du sollst das alleine machen.«

»Angekommen.«

Immer noch schimpfend, machte sich Scholz an seine Arbeit.

»Bitte verstehen Sie das«, versuchte Zaborsky zu erläutern. »Unter Tage sind elektrische Geräte nur dann zugelassen, wenn hundertprozentig sicher ist, dass von ihnen keine Funken ausgehen, die eine Schlagwetterexplosion auslösen können.«

Baumann, der dem Dialog interessiert und belustigt zugehört hatte, erschrak: »Explosion? Hier kann doch aber nichts passieren, oder?«

»Eigentlich nicht.«

Baumann missfiel das Wort ›eigentlich‹ außerordentlich.

»Aber Methangas oder gefährliche Kohlestaubkonzentrationen können sich überall bilden. Dann würde ein Funke genügen und ... Wir haben zwar Sensoren und natürlich auch Mitarbeiter, die laufend das gesamte Grubengebäude überwachen, aber trotzdem.«

Baumann schwitzte noch stärker. »Hör mal, Chef, sollten wir nicht langsam ... Ich meine, die Spurensicherung kann ja den Rest übernehmen, oder?«, wandte er sich fast flehentlich an seinen Vorgesetzten. »Die Zeugen lassen sich doch oben auch viel besser verhören, meinst du nicht?«

»Hmm ... Herr Zaborsky, wenn die Spurensicherung fertig ist, können Sie die Leiche bergen. Herr Humper, wir möchten die beiden Herren hier«, er zeigte auf Kusche und Frühsee, »nachher noch sprechen.«

»Selbstverständlich.«

»Danke. Und den Steiger der Nachtschicht bitte auch.«

»Ich glaube nicht, dass der noch auf der Zeche ist«, antwortete Humper.

»Aber seine Anschrift haben Sie doch sicher?«

»Natürlich.«

»Gut. Wir können dann gehen.«

Zum ersten Mal in seinem Leben empfand Baumann wirklich tiefe Dankbarkeit gegenüber einem Vorgesetzten.

4

Die Büroräume der Detektei *Look und Listen* lagen in der Uferstraße 2 im Süden Recklinghausens. Zur Herner Innenstadt waren es nur wenige Minuten zu Fuß, während eine Autofahrt im Berufsverkehr in die Recklinghäuser Innenstadt gut dreißig Minuten in Anspruch nehmen konnte.

Eschs Büro bestand aus zwei weiß gestrichenen Räumen. Direkt vom Hausflur aus betrat man das erste Zimmer, welches das eigentliche Büro darstellte. Eingerichtet war es mit schwarzen Regalen, in dem die juristische Fachliteratur, die Rainer sein Eigen nannte, nicht mehr als einen halben Regalboden füllte. Den restlichen

Platz nahmen Modelleisenbahnzeitschriften, alte Ausgaben des *Spiegel* und allerlei Mitbringsel von seinen diversen Griechenlandurlauben ein.

In der Mitte des Raumes stand ein etwas überdimensionierter Eckschreibtisch, auf dem unübersehbar ein schon fast antiquarisch zu nennender Computer nebst Drucker thronte. Vor dem Schreibtisch warteten zwei mit schwarzem Leder bezogene Freischwinger auf Kunden. Rainer selbst hatte sich einen Chefsessel gegönnt, in dem er, wie er glaubte, ungemein wichtig aussah.

Der andere Raum beherbergte die Küche. Hier hatte Esch jegliche Investitionen für überflüssig gehalten, so dass der Raum immer noch so aussah wie ein Sperrmüllhaufen, was er im Grunde auch war. Freunde und gute Bekannte hatten zur Einrichtung das beigesteuert, was bei ihnen in aller Regel im Keller vergammelte, nur den Kühlschrank hatte Esch selbst gekauft, allerdings gebraucht, für dreißig Mark beim türkischen An- und Verkauf direkt um die Ecke.

Die Toilette befand sich auf dem Flur und der dafür erforderliche Schlüssel hing, mit einem dicken Holzklotz versehen, direkt neben der Eingangstür. Auf dem Klotz stand in dicken, roten Buchstaben *Klo*.

Kurz vor elf Uhr schellte es. Esch öffnete seine Bürotür und hielt den Atem an. Vor ihm stand eine traumschöne Frau. Ihr Alter schätzte er auf Ende zwanzig, Anfang dreißig. Sie war groß, schlank und dunkelblond. Die junge Frau trug Jeans, ein weißes T-Shirt und darüber einen schwarzen, leicht taillierten Blazer, dazu schwarze, nicht sehr hochhackige Schuhe. Diese Frau war einfach toll.

»Karin Schattler«, stellte sie sich mit einer etwas rauchigen Stimme vor. »Sind Sie Herr Esch?«

»Ja, richtig.« Esch reichte ihr die Hand zur Begrüßung. »Bitte kommen Sie doch herein.« Er trat zur Seite und bot ihr einen Platz auf einem Freischwinger an.

Nachdem sie sich gesetzt hatte, fragte er: »Möchten Sie einen Kaffee?«

»Nein, danke.«

»Etwas anderes? Ein Wasser vielleicht.«

»Nein, vielen Dank.«

Rainer griff zu seinen Zigaretten und hielt ihr die Schachtel Reval hin. »Rauchen Sie?«

»Nein, ich hab's mir abgewöhnt.«

Er legte die Packung enttäuscht zur Seite.

»So habe ich das nicht gemeint«, sagte Karin Schattler, »rauchen Sie ruhig, wenn Sie möchten. Mich stört's nicht.«

»Danke.« Erleichtert steckte er sich eine Reval an. »Also, Frau Schattler, was kann ich für Sie tun?«

»Ich besitze einen Kiosk in Herne an der Mont-Cenis-Straße, Nummer 92, ganz in der Nähe der Wohnung Ihres Bekannten, Herrn Kaya. Herr Kaya ist mein Kunde, außerdem ist er ein Arbeitskollege meines Mannes.«

»Ich weiß, hat er mir erzählt.«

»Ach so. Gut. Der Kiosk ist nichts Besonderes, Bier, einige Spirituosen, Wasser, Cola und so, natürlich Zigaretten und Zeitschriften, Süßigkeiten, einige Lebensmittel, fast nur Konserven und so weiter. Sie kennen das ja. Der Umsatz ist recht zufrieden stellend, ich verdiene zwar kein Vermögen, aber die Bude wirft doch ganz schön was ab, mehr zumindest als das, was mein Mann vom Pütt im Monat mit nach Hause bringt.«

Esch kalkulierte überschlägig den Nettolohn eines Hauers vom Pütt und war erstaunt. »Das ist nun nicht gerade wenig. Hätte ich nicht gedacht, Frau Schattler.«

Sie lachte. »Tun die meisten nicht. Aber es gibt leider auch andere. Vor etwa einem halben Jahr fing das an. Da tauchten eines Nachmittags fünf, sechs Jugendliche bei mir am Büdchen auf. Alle topmodern gekleidet, das heißt, Hosen und Pullover mindestens sechs Nummern zu groß, so 'ne Art Bomberjacken und Baseballmützen verkehrt auf dem Kopf. Der älteste der Gruppe war vielleicht fünfzehn, der jüngste etwa zwölf. Wortführer war der älteste, den alle ›Polle‹ nannten.«

»Polle?«, unterbrach sie Esch. »Komischer Name.«

»Fand ich auch. Die haben zunächst vor der Bude rumgemacht, so mit Machosprüchen, wahrscheinlich, um dem einzigen anwesenden Mädchen zu imponieren. Ich habe mir am Anfang nichts dabei gedacht. Pubertierende Jungs, das war mein Eindruck. Sie bestellten mehrere Cola und Eis. Polle bezahlte für alle. Dann gingen sie. Wenig später kehrte einer aus der Gruppe zurück und brachte die Pfandflaschen wieder. Er stellte sie auf den Tresen, eine behielt er allerdings in der Hand. Als ich ihn fragte, ob er die Flasche nicht auch abgeben wolle, antwortete er mir, dass er die noch brauche. Ich gab ihm das Pfandgeld zurück und wollte meine Scheibe gerade wieder schließen, als mir der Kleine sagte, dass er noch keine zwölf sei und damit nicht strafmündig. Ich verstand zunächst nicht, was das sollte. Dann sagte er mir, dass ihn Polle geschickt habe. Der habe noch Durst. Auf zwei Bier. Die solle er mitbringen. Auf meine Antwort, dass ich alkoholische Getränke nicht an Kinder verkaufen dürfe, nahm er die leere Colaflasche, schmiss sie in die Glasscheibe und meinte, ich solle mir das alles doch noch ganz genau überlegen. Die meisten von ihnen seien keine vierzehn Jahre alt. Und morgen würden sie wiederkommen. Danach lief er weg.«

»Und sie kamen wieder«, vermutete Rainer.

»Natürlich. Wieder mit Polle. Er hörte sich meine Vorwürfe in aller Ruhe an und meinte, ich müsse selbst wissen, was ich täte. Er jedenfalls habe die Kleinen nicht unter Kontrolle. Und wenn ich die Polizei informieren würde, könne es sein, dass die jüngeren, so wie sie es im Fernsehen täglich sähen, es mit Brandsätzen versuchen würden. Und ewig kaputte Scheiben seien ja nun auch sehr lästig. Da verstand ich. Seitdem kommen sie fast täglich. Zwei oder drei, aber auch zehn Kinder und Jugendliche. Geld wollten sie fast nie, meistens Getränke, Eis und Zigaretten. Es nimmt aber immer größere Ausmaße an. Und sie werden immer aufdringlicher und frecher. Mein Mann sagt, ich soll zur Polizei gehen. Aber die lassen die doch sofort wieder laufen. Und dann geht vielleicht tatsächlich meine Existenz in Flammen auf. Nein, das will ich nicht. Ich habe mir gedacht, Sie bringen in Erfahrung, wer die Kinder sind, und sprechen mit den Eltern. Das bringt doch sicher mehr.«

Esch bezweifelte das, wollte aber seine potenzielle Auftraggeberin nicht abschrecken. Dafür war immer noch Zeit. Also sagte er: »Gut. Ich nehme den Auftrag an.«

Er zögerte, weil er nicht die geringste Ahnung hatte, welcher Preis angemessen war. Im Geiste spulte er alle Philip-Marlowe-Filme ab. Endlich hatte er es. »Einhundertfünfzig am Tag. Plus Spesen. Mein Honorar wird in jedem Fall fällig, unabhängig vom Erfolg. Wenn ich Erfolg habe, kostet Sie das zwanzig Prozent mehr. Zwei Tagessätze sofort. Einverstanden?«

»Einverstanden.« Karin Schattler zückte ihre Brieftasche. »Scheck oder bar?«

»Immer bar.«

Sie blätterte drei Hundertmarkscheine auf den Tisch.

»Danke.« Esch steckte die Blauen ein. »Brauchen Sie eine Quittung?«

»Ist nicht nötig, danke.« Sie stand auf.

»Ihr Kiosk, ist der heute geschlossen?«, wollte Rainer wissen.

»Ja, ich habe mir heute einen freien Tag genommen.«

Esch fiel noch etwas ein. »Am besten komme ich ab morgen als Aushilfskraft zu Ihnen in den Kiosk. So kann ich die Meute erst mal kennen lernen. Wäre gegen elf okay?«

»Wie Sie meinen. Also bis morgen.«

Nachdem seine neue Mandantin gegangen war, gefiel sich Esch sehr in der Rolle des Privatdetektivs. Besonders die Zahlungsmodalitäten hatte er absolut professionell abgewickelt ... Er stutzte. Zwar bekam er einhundertfünfzig am Tag, hatte sich aber gleichzeitig als kostenlose Aushilfskraft verdingt. Auf einmal war er sich nicht mehr so sicher, ob seine Vertragsverhandlungen wirklich so professionell verlaufen waren.

5

Nach zehnminütiger gründlicher Reinigung unter der Dusche fühlte sich Baumann schon besser. Zwar hatte er immer noch den Eindruck, dass sich die halbe Tagesförderung des Bergwerkes *Eiserner Kanzler* in seinen Nasenlöchern befand, aber das penetrante Jucken auf der Haut war verschwunden. Seine im Grunde optimistische Lebenseinstellung kehrte nun langsam wieder zurück.

Triefend vor Nässe, schnappte sich der Kriminalkommissar ein Handtuch und begann, sich abzutrocknen. Dabei fiel sein Blick auf den völlig beschlagenen Spiegel. Baumann nahm das Handtuch und wischte den kondensierten Wasserdampf ab. Er erstarrte. Aus dem Spiegel blickte ihm sein Gesicht entgegen, das zwar vordergründig sauber war, aber am Haaransatz und vor allem in den Augenhöhlen noch völlig von Kohlenstaub geschwärzt war.

Fluchend griff er zur Seife und unterzog die entsprechenden Stellen einer erneuten, noch gründlicheren Reinigung mit dem Ergebnis, dass die Augenhöhlen zwar sauberer wurden, es aber immer noch so aussah, als ob er sich mit einem Kajalstift Lidstrich und Lidschatten gemalt hätte.

Suchend sah er sich um. Mit der Bürste wollte er seine Augen nun nicht gerade traktieren. Da entdeckte Baumann einen Beutel mit Watte, der an einem Haken neben dem Waschbecken hing. Er fischte sich eine Wattekugel heraus, feuchtete sie an und versuchte erfolglos, den schwarzen Schleier zu beseitigen. Auch der Einsatz der Handtücher und eine nochmalige Wäsche mit viel Seife, die er sich quasi in die Augen rieb, führte nur dazu, dass er sich so vorkam wie ein Kaninchen nach kosmetischen Tierversuchen. Zumindest waren seine Augen ebenso rot.

Resigniert gab Baumann auf, zog seine Kleidung an und ging am Kauenwärter, der ihn nach seinem Gefühl etwas zu spöttisch musterte, vorbei Richtung Ausgang. Dort traf er Brischinsky, der seine Haare unter einem an der Flurwand montierten Föhn trocknete.

»Da bist du ja endlich«, begrüßte der Hauptkommissar seinen Mitarbeiter. »Humper wartet schon auf uns.« Er strich noch einmal mit den Fingern durch seinen spärlichen Haarwuchs und machte sich auf den Weg zur Ausgangstür.

Dort unterhielt sich Humper leise mit dem in Socken und Bergmannshemd dastehenden Werksarzt.

»Wir haben«, sagte er zu Brischinsky, als sich die beiden Beamten näherten, »den Toten gerade nach über Tage gebracht und der Feuerwehr übergeben. Die fahren ihn dann ins gerichtsmedizinische Institut. Das war doch richtig, oder?«

»Völlig richtig«, erwiderte Brischinsky.

»Brauchen Sie mich noch?«, fragte Pillu und machte eine um Verständnis bittende Geste. »Ich würde auch gerne duschen.«

»Selbstverständlich. Wenn wir noch Fragen haben …?«

»Können Sie mich jederzeit in meiner Praxis auf dem Bergwerk erreichen«, antwortete der Doktor.

»Sind die beiden Bergleute, die den Toten gefunden haben, schon oben?«, wollte Brischinsky wissen, nachdem der Werksarzt verschwunden war.

»Ja, natürlich. Sie sind unmittelbar nach uns ausgefahren. Sie können mit den beiden in unserem Sitzungszimmer sprechen. Steiger Krytcak habe ich anrufen lassen, der kommt wieder hierher und steht Ihnen selbstverständlich ebenfalls zur Verfügung. Die Liste der Mitarbeiter, die auf Nachtschicht waren, ist fertig. Ich lasse Sie Ihnen bringen.«

»Danke. Sagen Sie, Herr Humper, steht eigentlich jeder, der nach unter Tage gefahren ist, auf dieser Liste?«

»Eigentlich ja.«

»Was heißt das?«

»Jeder Bergmann, dessen Arbeitszeit durch unser Erfassungssystem ermittelt wird, steht darauf. Aber keine Besucher zum Beispiel.«

»Waren denn gestern Nacht Besucher auf Ihrem Bergwerk?«, erkundigte sich Brischinsky.

»Normalerweise sind nachts und vor allem am Sonntag nie Fremde da. Aber ich muss mich selbstverständlich erst erkundigen, bevor ich Ihnen eine abschließende Auskunft geben kann.«

»Und sonst kann keiner anfahren, ohne registriert zu werden?«

»Wenn er sich an die Vorschriften hält, nicht.«

»Und wenn er sich nicht dran hält?«, warf Baumann ein.

»Na ja, theoretisch wäre es schon möglich, dass jemand ohne Zeiterfassung anfährt, aber ...«

»Nur theoretisch?«, hakte Brischinsky nach. »Oder auch praktisch?«

»Wenn Sie so fragen, auch praktisch. Wenn ein Bergmann das Arbeitszeiterfassungssystem bewusst umgehen will, kann er das natürlich. Aber warum sollte das jemand machen?«

»Da fällt mir schnell ein Grund ein«, sinnierte der Hauptkommissar. »Was meinst du?« Er sah sich nach Baumann um. Einen Moment lang blickte Brischinsky seinen Assistenten verblüfft an und fing dann an zu lachen. »Wie siehst du denn aus? Willst du Michael Jackson Konkurrenz machen?«

»Ha, ha, ha. Wirklich sehr komisch. Ich hab das Zeug nicht runterbekommen, das ist ja wie Teer.«

»Fettkohle«, warf Humper ein. »Die ist Wasser abweisend. Wirklich nicht einfach zu entfernen. Hatten Sie denn keine Augensalbe in Ihrer Kabine?«

»Augensalbe? Da lag was, das ich für Hautcreme gehalten habe.«

»Das war sie. In den Umkleidekabinen liegen immer Salbe und Watte. Die Salbe tragen Sie auf die Watte auf und reinigen sich dann damit vorsichtig die Lidränder. Die Salbe ist augenverträglich. Sonst bekommen Sie die Kohle erst nach Tagen ab.« Humper grinste. »Und so lange wollen Sie doch wohl nicht so rumlaufen?«

»Nein, will ich nicht.« Baumann machte kehrt. »Das hätte man mir ja auch vorher sagen können«, brummte er leicht verstimmt.

»Herr Brischinsky«, fragte Humper den Hauptkommissar. »Wer verständigt eigentlich die Angehörigen des Toten? Normalerweise ...«

»... übernehmen wir das«, unterbrach der Polizist den Personaldirektor. »Aber erst möchte ich mit, wie heißen die beiden ...?«

»Kusche und Frühsee.«

»Richtig. Mit Kusche und Frühsee sprechen. Und mit Herrn Krytcak. Vorher möchte ich aber noch einen Blick auf die private Kleidung des Toten werfen. Das ist doch sicher möglich, oder?«

»Natürlich.«

Der Hauptkommissar folgte Humper in den Weißbereich der Mannschaftskaue, in dem die Bergleute ihre Straßenkleidung während der Arbeitszeit aufbewahrten.

»Weißkaue?«, fragte Brischinsky. »Warum heißt die so?«

»Zur Abgrenzung von der Schwarzkaue. Dort ziehen die Kollegen ihre Arbeitskleidung an. Zwischen beiden Kauen befinden sich die Duschen. So wird die Straßenkleidung nicht durch Kohlenstaub an der Arbeitskleidung verschmutzt«, erläuterte der Bergmann.

»Aha.«

Der Personalleiter fragte den Kauenwärter nach der Hakennummer des Toten. Der Bergmann suchte in einer langen Liste.

»2435 ist seine Nummer. Aber wir müssen auf den Betriebsrat warten, ehe wir das Schloss aufbrechen dürfen.«

»Auf den Betriebsrat?«, wunderte sich Brischinsky. »Was hat denn der damit zu tun?«

»In allen personellen Angelegenheiten bestimmen bei uns Betriebsräte mit und daher möchten wir, dass ein Betriebsratsmitglied dabei ist, wenn wir die privaten Sachen eines Beschäftigten durchsuchen, auch wenn der verstorben ist.«

»Sie durchsuchen gar nichts« knurrte der Hauptkommissar. »Ich durchsuche. Und dafür brauche ich auch keinen Betriebsrat. Aber von mir aus ...«

Unmittelbar darauf erschienen zwei Bergleute, von denen einer eine große Stahlschere in der Hand trug.

»Der Kollege links ist vom Betriebsrat«, raunte Humper dem Polizisten zu, als sich die beiden näherten.

»Na und?«, meinte Brischinsky. »Können wir dann bitte?«

Sie betraten die Weißkaue und der Beamte schaute sich überrascht um. So groß hatte er sich das nicht vorgestellt. In langen Reihen stand Spind neben Spind, so dass sich im rechten Winkel abgehende Gänge bildeten.

Die Schränke waren wiederum in separate, verschließbare Fächer geteilt. Davor standen lange Bänke. An der Decke hingen in etwa fünf Metern Höhe an Ketten so etwas wie Kleiderbügel, an denen Körbe befestigt waren. Die Ketten endeten an einer Stahlplatte an der Längsseite jedes Ganges, wo sie durch Ösen, die nummeriert waren, geführt wurden. Diese Ösen waren mit Vorhängeschlössern gesichert.

Eines der Schlösser knackte der Bergmann, der das Betriebsratsmitglied begleitete, mit der Stahlschere, befreite die Kette und ließ langsam einen Kleiderbügel von der Decke so weit herunter, bis er sich in Augenhöhe über dem Boden befand.

Brischinsky untersuchte gründlich die Kleidung des Toten.

»Ich finde keine Schlüssel, kein Geld; nichts, was man üblicherweise mit sich trägt. Sagen Sie, Herr Humper, könnten diese Sachen an anderer Stelle aufbewahrt werden?«

»Natürlich«, erwiderte der Angesprochene, »im Wertfach.«

»Klar, im Wertfach ... Und wo ist dieses Wertfach, verdammt noch mal?«, blaffte Brischinsky unbeherrscht.

»Direkt hinter Ihnen, Herr Hauptkommissar. Wir können es aber nur mit dem Zentralschlüssel öffnen, nicht mit dem von Schattler. Wir durften den Toten ja nicht anrühren«, antwortete Humper nicht ohne einen gewissen Vorwurf.

»Dann öffnen Sie jetzt bitte.«

»Wie Sie wünschen.« Der Betriebsdirektor für Personal- und Sozialfragen steckte einen Schlüssel in eines der Fächer des Spindes hinter ihnen und öffnete Fach Nummer 2435.

Der Beamte griff hinein und fand einen Schlüsselbund, eine Armbanduhr, ein Feuerzeug, eine Packung Marlboro lights und eine Geldbörse, die außer einem

Personalausweis, einem Führerschein, ausgestellt auf Heinz Schattler, und einem Fahrzeugschein für einen Opel mit dem amtlichen Kennzeichen HER-CN 87, dem Bild einer jungen Frau, etwas Münzgeld und einem Zehnmarkschein nichts enthielt.

Der Hauptkommissar verstaute die magere Ausbeute mit Ausnahme des Schlüsselbundes in einer kleinen Plastiktüte.

»Hm«, sagte er. »Hm. Sie haben doch einen Betriebsparkplatz, oder?«

»Ja, an der Bochumer Straße, weiter unten.«

»Haben Sie an Ihre Mitarbeiter feste Parkplätze vergeben oder muss ich da gleich Reihe für Reihe ablaufen, um den Wagen zu finden?«, wollte Brischinsky wissen.

»Ich fürchte«, antwortete Humper, »Sie müssen suchen. Selbstverständlich ...«, setzte er hinzu, als er den Gesichtsausdruck des Polizisten richtig interpretierte, »werden Ihnen einige unserer Mitarbeiter dabei behilflich sein.«

»Das ist sehr freundlich von Ihnen.«

Trotz der Unterstützung von drei jugendlichen Bergleuten dauerte es fast eine Viertelstunde, bis sie den Wagen fanden. Der blaue Opel Omega stand verschlossen am Ende des Parkplatzes. Brischinsky öffnete die Fahrertür und beugte sich in das Wageninnere. Da war nichts, was dort nicht hingehörte.

Der Hauptkommissar schraubte seinen Körper wieder aus dem Fahrzeug heraus und sah im Kofferraum nach. Ebenfalls nichts Besonderes. Brischinsky machte die Beifahrertür auf und warf einen Blick in das Handschuhfach. Hier lag ein brauner DIN-A5-Briefumschlag.

Der Polizist griff nach dem unbeschrifteten Umschlag und zog ein weißes, einmal geknicktes Stück Papier heraus. Er faltete es auseinander, las und runzelte die Stirn.

6

»Du hattest Recht, diese Karin Schattler ist einfach atemberaubend.« Rainer Esch saß in Cengiz Kayas Wohnzimmer, nippte an einem türkischen Mocca und verzog das Gesicht. »Der zieht dir ja die Schuhe aus. Zwei davon und dein Blutdruck schlägt Purzelbäume.«

Sein Freund ignorierte die Kritik. »Sag ich doch. Die Frau hat einfach Klasse. Bist du mit ihr ins Geschäft gekommen?«

Rainer nickte und schob sich eine Reval in den Mund.

»Und das Honorar?«

»Einhundertfünfzig.«

»In der Stunde? Beachtlich!«

»Am Tag.«

»Dann wird es wohl noch etwas dauern mit der Finca auf Mallorca, oder? Wirft da dein Taxifahrerjob nicht mehr ab?«

»Klappe, Cengiz.« Esch nahm einen zweiten Schluck aus der Moccatasse. »Mit einem Brandy wäre das Gesöff sogar genießbar«, beschwerte er sich. Als sein Freund nicht reagierte, fragte er: »Wie lange kennst du diese Frau eigentlich schon?«

»Warum willst du das wissen?«

»Reine Neugierde.«

»Seit ich hier wohne. Gut zwei Jahre. Aber warum fragst du wirklich?«

»Ich möchte mir ein Bild von meiner Mandantin machen.«

»Du hast wohl zu viele Detektivgeschichten gelesen?«

»Blödsinn. Was hat sie dir von der Bande Jugendlicher erzählt?«

»Nicht viel mehr, als ich dir schon am Telefon sagte. Fast alle Kids sind noch nicht strafmündig, mit Ausnahme dieses älteren ...«

»Polle?«

»Richtig. Sie drohten ihr damit, die Scheiben ihrer Bude einzuwerfen. Und dieser Polle hat sogar angedeutet, dass die Kids den ganzen Kiosk abfackeln könnten.«

»Und wann hat sie dir davon erzählt?«

»Vor etwa einem Monat. Ich habe mich etwas mit ihr unterhalten und ... Was guckst du so?«

Rainer grinste. »Du müsstest den verklärten Ausdruck in deinen Augen sehen, wenn du von ihr sprichst.«

»Jetzt spinnst du völlig. Karin ist verheiratet.«

»Karin? Und seit wann hindern dich kleinbürgerliche Rituale?«

Cengiz brauste auf. »Wenn du nicht sofort deine dämlichen Anspielungen bleiben lässt, fliegst du raus.«

Sein Freund hob abwehrend die Hände. »Schon gut Mann, reg dich ab«, sagte er lachend. »Ich kann ja nicht ahnen, dass dich diese Frau so aus der Fassung bringt.«

»Rainer ... treib es nicht zu weit.«

Esch wusste, dass er den Bogen trotz oder gerade wegen ihrer Freundschaft nicht überspannen durfte. »Hast du einen der Jugendlichen schon einmal gesehen?«

»Nein. Ich habe mir zwar an der Bude schon die Beine in den Bauch gestanden, aber leider ...« Cengiz zuckte mit den Schultern.

»Du glaubst ihr?«

»Warum sollte ich das nicht tun?«

»Es wäre schließlich möglich, dass sie die Geschichte nur erfunden hat.«

»Und warum? Um dir einhundertfünfzig Schleifen am Tag zukommen zu lassen? Das Geld könnte sie eleganter unter die Leute bringen.«

»Vielleicht gehört sie zu der Sorte Menschen, die glauben, sich durch solche Erzählungen interessant zu machen.«

»Rainer, du solltest dir wirklich nicht einbilden, dass jeder Taxifahrer sich quasi zwangsläufig als Psychologe eignet.« Cengiz stand auf. »So, ich muss gleich zur Schicht. Vorher muss ich mich aber noch von deinem Besuch erholen. Deshalb gehst du jetzt.«

»So was nennt sich Freund. Sag mir nur noch, wo der Kiosk genau ist.«

Der Türke schob seinen Freund zur Tür. »Wenn du bei mir aus der Haustür kommst, links. Dann nach hundert Metern auf der rechten Seite. Die Bude ist heute aber geschlossen.«

»Ich weiß«, antwortete Rainer und verließ die Wohnung.

7

Die Aussagen der Bergleute Kusche und Frühsee brachten den Beamten keine substanziell neuen Erkenntnisse. Beide konnten nur berichten, wie sie aufgefordert wurden, nach Heinz Schattler zu suchen, und ihn dann auch gefunden hatten.

»Und Sie haben weiter nichts Auffälliges am Fundort der Leiche bemerkt?«, fragte Brischinsky.

»Nein, Herr Hauptkommissar. Kollege Frühsee hat mich gerufen, als er links von der Bandanlage stand. Mit Hilfe des stärkeren Lichts der Stableuchte haben wir dann den toten Kollegen entdeckt.«

»Hm. Und den Helm haben Sie nicht gesehen?«

»Nein.«

»Danke, meine Herren. Ich brauche Sie dann nicht mehr. Wenn Sie so freundlich wären, in den nächsten Tagen aufs Präsidium zu kommen, wir müssen Ihre Aussage noch protokollieren.« Brischinsky gab ihnen eine Visitenkarte. »Wenn es Ihnen Donnerstagmorgen passt? Und wären Sie so freundlich, Ihren Kollegen hereinzuschicken?«

Kurz darauf betrat Volker Krytcak das Sitzungszimmer. Brischinsky stellte sich vor und forderte ihn dann auf: »Herr Krytcak, bitte schildern Sie doch so genau wie möglich den Verlauf der Nachtschicht.«

»Ja, wo soll ich anfangen? Also, auf Nachtschicht werden meistens Wartungs- und Reparaturarbeiten gemacht. Dat wäre auch bei uns normalerweise so gewesen. Aber wir hatten Freischichtenverlegung. Und dann ...«

»Was hatten Sie?«, unterbrach ihn der Hauptkommissar.

»Freischichtenverlegung. Wenn die freien Tage von zum Beispiel Samstag auf Montag verlegt werden. Also, uns ist vor zwei Tagen auf Frühschicht die Kette gerissen. Wir in Revier 32 sind 'n Gewinnungsrevier. Und die Förderung stimmte nicht mehr. Da hat der Fahrsteiger gesacht, dat wir auch auf Nachtschicht Kohle schicken sollen. Dat ham wir dann auch gemacht.«

»Also haben Sie normal gearbeitet, wie sonst auch?«

»Genau. Und die Kohle kam auch. Lief echt prima. Is aber oft so, weil dann nich so viele Vorgesetzte da sind, verstehn Se.«

»Verstehe.« Brischinsky bedeutete Baumann, der das Zimmer betreten hatten, sich zu setzen. »Das ist mein Kollege Baumann, Herr Krytcak.«

»Auf«, begrüßte ihn der Bergmann.

»Was hatte denn Schattler für eine Aufgabe?«, wollte der Hauptkommissar wissen.

»Heinz is, nee, war Elektriker. Und inner Nähe vonne Bandübergabe musste 'n Schaltkasten ausgetauscht werden. Dat sollte der Heinz machen.«

»Haben Sie Schattler zu dieser Arbeit eingeteilt?«, fragte Baumann.

»Nee, dat war der Fahrsteiger. Schon vor der Schicht. Ich glaub, dat war gestern.«

»Wie weit ist es denn von Ihrem Arbeitsplatz bis zum Fundort der Leiche?«

»Vom Streb? Wenn Se schnell gehen, 'ne Viertelstunde.«

»Wie viele Mitarbeiter waren bei Ihnen gestern Nacht im Einsatz?«

»Direkt bei mir? Etwa fünfzehn.«

»Und hat jemand von denen seinen Arbeitsplatz verlassen?«, erkundigte sich der Kommissar. »Wenn das nur eine Viertelstunde vom Tatort entfernt ist ...«

Krytcak sah zunächst Baumann, dann Brischinsky entgeistert an. »Hörn Se ma, dat is unter Tage. Dat is kein Büroarbeitsplatz, wo de die ganze Zeit nur sitzen tust. Dat is echte Maloche. Die Kumpels arbeiten da. Da steht keiner nur rum un wartet darauf, dat ich vorbeikomm und ihm 'n schönen Abend wünsch. Jeder weiß, wat er zu machen hat. Un da isset ziemlich dunkel. Also, mir is da nix aufgefallen, aber meine Hand würd ich nich dafür ins Feuer legen, dat da keiner weg is.«

»Dann erübrigt sich ja meine Frage, ob aus anderen Bereichen Kollegen an die Bandübergabe hätten gelangen können?«

»Dat erübrigt sich, ganz klar, Herr Hauptkommissar. Ham Sie 'ne Ahnung, wie groß dat da unten is? Da können Se sich verlaufen, aber locker. Und da fragen Se mich so wat. Also nee.« Steiger Volker Krytcak schüttelte, ehrlich bestürzt, den Kopf. »Dat wird Ihnen keiner sagen können, dat können Se mir glauben.«

»Tun wir ja, Herr Krytcak. Ich habe aber noch eine Frage. Wir haben da unten ein Pickeisen gefunden. Wie kommt so was da hin?«

»Ein Pickeisen? Hat jemand aus 'ner Gezähekiste geholt, vermute ich ma.«

»Gezähekiste? Was ist das?«, wunderte sich Baumann.

»Gezähekiste? Gezähe is Werkzeug. Sagen wir so auf 'm Pütt für.«

»Und da kann jeder dran?«

»Jeder, der da ran muss, ja.«

»Und wer muss an ein Pickeisen?«, wurde Brischinsky ungeduldig.

»Fast jeder Hauer von Zeit zu Zeit. Die Vortriebskolonnen. Un noch so einige.«

»Wie viele von den Dingern gibt es denn?«, erkundigte sich Baumann.

»Pickeisen? Ach du liebe Güte. Wat weiß ich. Hunderte, glaub ich. Ohne die gebrauchten. Müssen Se im Magazin fragen. Die können Ihnen dat genau sagen.«

»Was für gebrauchte?«

»Na, so 'n Eisen wird nach einiger Zeit stumpf. Dann muss et neu geschärft werden. Dafür muss et wieder nach über Tage. Macht aber nich jeder so. Manche schmeißen dat Pickeisen auch einfach inne Strecke. Oder innen Alten Mann.«

»Wohin?«

»Innen Teil des Strebs, der hinter dem Ausbau liegt. Wo wir die Kohle schon abgebaut ham.« Als Krytcak den irritierten Blick der Polizisten sah, setzte er hinzu: »Dat Loch, dat bleibt, wenn wir die Kohle rausgeholt ham. Halt den Alten Mann.«

»Aha.«

»Und das merkt keiner?«

»Nee. Wer soll dat denn merken?«, erwiderte der Steiger mit entwaffnender Ehrlichkeit. »Dat is einfach weg. Oder ausgeliehen un nich wiedergebracht. So einfach is Zeche.«

»Das glaube ich mittlerweile auch«, meinte Brischinsky zu seinem Mitarbeiter. »So kommen wir nicht weiter. Gut, Herr Krytcak. Vielen Dank für Ihre Mitarbeit.«

»Man tut, wat man kann, oder? Dann Glück auf. Un viel Erfolg noch weiter.«

»Danke. Glück auf.«

Als Volker Krytcak das Sitzungszimmer verlassen hatte, musterte Brischinsky seinen Mitarbeiter: »Siehst ja schon wieder wie ein Mensch aus. Obwohl dir der dezente Lidstrich gar nicht schlecht gestanden hat.«

Bevor Baumann etwas Passendes entgegnen konnte, fuhr der Hauptkommissar fort: »Lass uns zu Humper gehen und die Liste der Bergleute besorgen, die gestern auf Schicht waren. Und wir müssen noch den Besuch bei den Angehörigen Schattlers hinter uns bringen.«

»Sehr bedauerlich«, seufzte Baumann. »Wirklich sehr bedauerlich.«

»Eben. Vor allem, weil wir die Angehörigen fragen müssen, was es hiermit auf sich hat.« Brischinsky zog den Umschlag aus der Jackentasche, den er in dem Fahrzeug des Toten gefunden hatte, und hielt ihn Baumann hin. In großen, aus Zeitungsüberschriften ausgeschnittenen und dann aufgeklebten Buchstaben stand da:

DIES IST DIE LETZTE WARNUNG. WENN DU NICHT DAS TUST WAS WIR DIR SAGEN PASSIERT WAS. DENK DRAN. LASS DIE BULLEN AUS DEM SPIEL. DU HÖRST VON UNS.

»Da hat jemand seine Drohung anscheinend in die Tat umgesetzt«, spekulierte Brischinsky und wechselte übergangslos das Thema: »Sag mal, Krytcak hat doch eben gesagt, dass Schattler einen Schaltkasten austauschen sollte, oder?«

»Ja, hat er«, bestätigte sein Assistent leicht verwundert.

»Womit hat der das gemacht? Der brauchte doch Werkzeug.«

»Stimmt. Ich habe kein Werkzeug am Fundort der Leiche gesehen …«

»Nee, ich auch nicht. Aber wir haben ja auch nicht danach gesucht. Und auch nicht nach dem Schaltkasten.« Er dachte einen Moment nach. Schließlich sagte er: »Wenn ich mir deine Augen genau anschaue, Baumann, sind die noch nicht so richtig sauber. Eigentlich kommt es dann ja nun auch nicht mehr darauf an ...«

In Baumann keimte ein schrecklicher Verdacht. »Nein, Rüdiger, das ist nicht dein Ernst.«

»Mein voller Ernst«, griente sein Vorgesetzter.

»Das kannst du mir nicht antun. Brischinsky, ich ...«

»Du fährst an. Und zwar sofort. Vielleicht liegen deine Sachen noch in der Kaue. Dann brauchen die die erst gar nicht zu waschen. Also, trab ab.«

Baumann beschloss, nie wieder Dankbarkeit gegenüber einem Vorgesetzten zu empfinden.

Brischinsky suchte im Ruhrgebietsplan die Schreberstraße in Herne und startete den Passat. Gegen 14 Uhr erreichte er die Bergmannssiedlung Teutoburgia, in der das Ehepaar Schattler lebte.

Die Schreberstraße durchzog, teilweise als Einbahnstraße geführt, die gesamte Siedlung. So konnte der Hauptkommissar die liebevoll renovierten Häuser einer der schönsten Bergarbeitersiedlungen des Ruhrgebietes ausgiebig bewundern. Keines der Häuser ähnelte auf den ersten Blick einem anderen. Das Haus mit der Nummer 67 stand an einer Straßenecke. Es entpuppte sich als ein Doppelhaus mit einem kleinen Balkon und einem holzverkleideten Giebel, grünen Fensterläden und Türen.

Brischinsky schellte. Ihm öffnete eine schlanke, groß gewachsene junge Frau.

»Ja, bitte?«

»Guten Tag, mein Name ist Brischinsky. Ich komme von der Kripo Recklinghausen. Frau Schattler, nehme ich an?« Der Beamte zeigte ihr seinen Dienstausweis.

»Ja, das bin ich. Was wollen Sie von mir?«

»Frau Schattler, das würde ich gerne mit Ihnen in Ruhe besprechen, könnten wir vielleicht ...?« Brischinsky schaute an ihr vorbei ins Wohnungsinnere.

»Natürlich. Bitte, kommen Sie.« Karin Schattler ließ Brischinsky hinein. »Geradeaus, ins Wohnzimmer.«

Der Hauptkommissar betrat ein im altdeutschen Stil eingerichtetes Zimmer und blieb im Raum stehen.

Karin Schattler zeigte auf einen Sessel. »Bitte. Was kann ich für Sie tun?«

»Frau Schattler«, begann Brischinsky und suchte wie bei jedem solcher Besuche nach den passenden Worten. »Ihr Mann ...«

»Was ist mit Heinz?«, fragte die junge Frau aufgeregt.

»Ihr Mann wurde auf dem Bergwerk *Eiserner Kanzler* unter Tage gefunden. Es tut mir leid, Ihnen sagen zu müssen, dass Ihr Mann tot ...«

»Nein, bitte, nein«, schrie Karin Schattler auf und verbarg ihr Gesicht hinter ihren Händen.

»Es tut mir wirklich leid, Frau Schattler.« Brischinsky hasste seinen Beruf in solchen Momenten. »Soll ich jemanden anrufen? Verwandte vielleicht? Oder einen Arzt?«

Karin Schattler starrte ihn an. Sie stammelte: »Nein, nicht. Aber wie ist ... ich meine ... wann ist er ... was ist passiert? War es ein Unfall?«

»Das wissen wir noch nicht genau. Es ist nicht auszuschließen, dass ein Fremdverschulden vorliegt.«

»Fremdverschulden? Soll das heißen, dass jemand Heinz ...«, sie schluchzte auf.

»Wir können noch gar nichts Genaues sagen. Die Untersuchungen laufen. Sind Sie in der Lage, mir einige Fragen zu beantworten? Wenn es Ihnen nicht möglich ist, können wir das selbstverständlich auch verschieben.«

»Nein, fragen Sie ruhig.« Die junge Frau wischte sich mit ihrem Handrücken die Tränen ab und atmete tief durch. Sie stand auf, öffnete eine Schranktür und holte einen Cognacschwenker heraus. »Möchten Sie auch ...?«, fragte sie den Hauptkommissar.

Der schüttelte wortlos den Kopf. Mit zitternden Fingern schraubte sie den Verschluss der Flasche ab und goss einen Fingerbreit braunen Schnaps ins Glas. Stehend nahm sie einen Schluck, setzte sich und sagte relativ gefasst: »Was wollen Sie wissen?«

»Frau Schattler, hatte Ihr Mann Feinde?«

»Feinde? Nicht dass ich wüsste. Natürlich hat es hier und da schon einmal ein paar Streitigkeiten gegeben, mit Nachbarn zum Beispiel. Aber Feinde ...«, sie schüttelte heftig den Kopf. »Nein, Feinde hatte er sicher nicht.«

»Mit Nachbarn? Worum ging es da?«

»Das war nichts Ernstes. Die Nachbarskinder liefen vor unserem Haus immer über unseren Rasen, um an der Ecke ein Stück Weg abzukürzen. Heinz hat sich darüber furchtbar aufgeregt und mit den Kindern geschimpft. Die haben dann natürlich extra weitergemacht. Er konnte nicht so gut mit Kindern, wissen Sie.« Sie lächelte entschuldigend, um unmittelbar darauf wieder in Tränen auszubrechen. »Am Samstag hat er sich noch bei Meiers beschwert ...«

»Meiers?«, unterbrach sie Brischinsky.

»Ja. Die wohnen in der Straße weiter unten. Es waren meistens ihre Kinder. Siegfried Meier hat Heinz angebrüllt, er solle sich um seinen Kram kümmern, und wenn er nicht sofort verschwinden würde, würde er es noch bereuen.«

»Waren Sie dabei?«

»Nein, Heinz hat es mir anschließend erzählt. Siegfried Meier ist hier in der Siedlung als jähzornig bekannt, deshalb hat Heinz auch nichts mehr gesagt. Hier zu

Hause hat er sich dann abreagiert. Wissen Sie, das ist hier wie in einem kleinen Dorf. Da kennt jeder jeden.«

»Arbeitet dieser Siegfried Meier auch auf *Eiserner Kanzler?*«

»Nein, nicht mehr. Der ist jetzt bei der Feuerwehr. Seine Frau ist in der Verwaltung der Bergwerks AG in Essen beschäftigt, deshalb wohnen die noch hier.«

Ein potenzieller Täter weniger, dachte der Hauptkommissar. Er griff in seine Jackentasche und holte den braunen Umschlag heraus.

»Frau Schattler, wussten Sie, dass Ihr Mann einen Drohbrief bekommen hat?«

»Einen Drohbrief?«, fragte Karin Schattler verwundert. »Nein, wo kommt der denn her?«

»Das weiß ich nicht. Der Briefumschlag ist nicht abgestempelt. Das spricht dafür, dass er nicht mit der Post gekommen ist, sondern Ihrem Mann anders übermittelt wurde. Es kann natürlich auch sein, dass Ihr Mann den Brief in diesen Umschlag getan und den anderen weggeworfen hat. Ich hatte gehofft ...«

»Nein«, fiel sie ihm hastig ins Wort. »Ich weiß nichts davon, überhaupt nichts.« Sie griff zum Cognacglas. Ihre Hand zitterte dabei so stark, dass sie die andere zu Hilfe nehmen musste, um den Schwenker halbwegs sicher zum Mund zu führen.

»Er hat also nicht mit Ihnen darüber gesprochen?«

»Nein, kein Wort.« Sie schlug wieder beide Hände vor ihr Gesicht. »Herr Kommissar«, bat sie mit gepresster Stimme, »wäre es möglich, dass Sie später ...«

»Natürlich. Nur, Frau Schattler, eins kann ich Ihnen leider nicht ersparen: Sie müssen Ihren Mann noch identifizieren.«

»Ich verstehe. Und wann?«

»Wenn es Ihnen möglich ist, noch heute. Spätestens morgen. Ich würde Ihnen einen Wagen vorbeischicken, der Sie ...«

»Ist gut. Ich denke, um fünf geht es.«

»Vielen Dank. Nein, bleiben Sie sitzen, ich finde selbst hinaus«, sagte Brischinsky, als Karin Schattler Anstalten machte, ihn zur Haustür zu begleiten. »Und noch einmal mein herzliches Beileid.«

8

Der Kiosk befand sich in einem mehrgeschossigen Wohnhaus und sah so aus, wie Esch sich einen Kiosk in der Mont-Cenis-Straße in Herne vorgestellt hatte. Genau genommen hatte er sich überhaupt keinen bestimmten Kiosk vorgestellt, sondern eben nur irgendeinen Kiosk.

Bedient wurde durch ein kleines Glasfenster in Brusthöhe des Kunden, der durch die Scheiben die Titelblätter von zahlreichen Zeitschriften, Glasbehälter mit Süßigkeiten aller Art, Regale mit übereinander gestapelten Zigarettenpäckchen und anderen lebensnotwendigen Dingen erkennen konnte. Häufig verkaufte Artikel wie die *Bildzeitung* und die *Westdeutsche Allgemeine Zeitung* lagen in Griffnähe des Verkaufsfensters, die seltener verlangten oder sperrigen Güter wie Bier-, Cola- und Wasserflaschen standen etwas weiter weg.

Vor der Scheibe war ein etwa zwanzig Zentimeter breites Abstellbrett befestigt, auf dem die gefüllten Tüten und Körbe der Kunden bis zum Bezahlen zwischengelagert werden konnten. Eine einfache Haushaltsklingel ermöglichte es, das Verkaufspersonal davon zu unterrichten, dass vor der Scheibe Kundschaft wartete. Links und rechts des Verkaufsbereichs warben dreibeinige Schilder vornehmlich für Fernsehzeitschriften.

Ein Hinweisschild untersagte das Verzehren alkoholischer Getränke in einem Umkreis von zehn Metern. In etwa zwei Meter Höhe hing schlaff eine Werbefahne für Speiseeis und die Papierkörbe dienten als Reklamefläche für Zigarettenmarken.

Esch wartete, bis ein junger Mann seine Einkäufe erledigt hatte. Dann trat er an die Scheibe und begrüßte Karin Schattler.

»Ach, Herr Esch. Kommen Sie doch herein.« Die junge Frau ergänzte, als sie seinen fragenden Gesichtsausdruck registrierte: »Durch die nächste Haustür da vorne links. Ich drücke Ihnen auf. Im Flur dann rechts.«

Esch ging in die angewiesene Richtung und wartete, bis Momente später der Türöffner summte. Er drückte die Haustür auf und betrat den Flur. Nach wenigen Metern erreichte er eine nur angelehnte Wohnungstür. Er klopfte und Karin Schattler rief: »Ich bin im Verkaufsraum.«

Esch schloss die Wohnungstür hinter sich. Es roch nach Tabak und Alkohol. Er betrat einen Raum, der mit Regalen und großen Kühlschränken und Kühltruhen gefüllt war. In der Mitte stand ein einfacher Küchentisch mit drei Stühlen vor einem schlichten Sofa. Zwischen Zigarettenstangen und Rollmopsgläsern entdeckte Esch ein Fernsehgerät. An den Wänden war jeder freie Platz mit hochgestapelten vollen und leeren Getränkekisten belegt.

Von diesem Raum aus führte eine Tür in den eigentlichen Verkaufsraum, der mit noch mehr Regalen und Waren vollgestellt war. Esch nahm an, dass es sich bei dem Kiosk ursprünglich um eine normale Wohnung gehandelt hatte, die durch das Ausbrechen der Außenwände zum Büdchen mutiert war.

Karin Schattler saß auf einem Stuhl links vom Verkaufsfenster und stützte ihren Kopf mit beiden Händen. Sie sah sehr niedergeschlagen aus, fand Rainer.

»Bringen Sie sich einen Stuhl aus dem Lager mit«, forderte sie ihn auf »Und wenn Sie einen Kaffee möchten, auch eine Tasse. Stehen neben den Kümmerlingen im linken Regal.«

»Frau Schattler«, begann Esch, als er sich ihr gegenüber zwischen Konservendosen und einer halb gefüllten Mineralwasserkiste niedergelassen hatte, »waren die Jugendlichen heute schon bei Ihnen?«

Karin Schattler blickte ihn aus verweinten Augen an. »Nein, noch nicht. Ist ja auch noch nicht Mittag. Die kommen meistens so gegen eins.«

Esch sah auf die Uhr. Halb Elf. Er trank einen Schluck Kaffee und griff zur Revalpackung. »Darf ich?«, fragte er.

»Natürlich. Stört mich nicht. Mein Mann raucht auch. Da vorne ist ein Aschenbecher.« Sie zeigte auf das Regalbrett hinter ihm.

Esch zündete seine Filterlose an. »Sagen Sie, was macht Ihr Mann auf dem Pütt?«, wollte er wissen, um die Unterhaltung in Gang zu halten.

»Mein Mann? Der ist Energieanlagenelektroniker. Der arbeitet ... Einen Moment bitte.«

Vor dem Fenster war die Silhouette eines Mannes zu erkennen. Karin Schattler trat hinter den Verkaufsthresen.

»Ja, bitte?«

»'ne *WAZ* und eine Camel.«

Sie legte dem Kunden das Gewünschte auf das Brett und gab ihm, nachdem er einen Zehnmarkschein hingelegt hatte, das Wechselgeld zurück.

»Wiedersehen.« Ohne seine Antwort abzuwarten, schloss sie das Fenster.

Esch beobachtete, wie der Mann sein Geld verstaute und ging.

Karin Schattler setzte sich und begann plötzlich zu weinen.

Rainer fühlte sich völlig hilflos. »Sagen Sie, Frau Schattler, kann ich Ihnen irgendwie helfen? Ich komme auch gerne später wieder, wenn Ihnen das lieber ist.«

»Nein, bitte nicht. Bleiben Sie. Es ist ... die Polizei war gestern Nachmittag bei mir. Mein Mann ist tot. Er ...« Karin Schattler schluchzte erneut heftig auf.

»Oh, entschuldigen Sie. Das tut mir leid, das wusste ich nicht«, stammelte Rainer verwirrt. »Aber gestern sagten Sie doch noch ...«

Die junge Frau fasste sich wieder ein wenig. »Sie müssen sich nicht entschuldigen. Ich trage meine Gefühle eigentlich nicht vor mir her. Aber als Sie nach dem Beruf meines Mannes fragten ...«

»Natürlich, ich verstehe.«

»Er wurde gestern Morgen tot in der Nähe seines Arbeitsplatzes auf *Eiserner Kanzler* gefunden.«

»Hatte er«, Esch schluckte, »einen Arbeitsunfall?«

»Das weiß ich nicht. Die Kriminalpolizei fragte mich, ob es Streit mit seinen Kollegen auf dem Bergwerk gegeben habe. Ich habe ihnen erzählt, dass mir davon nichts bekannt sei. Ich musste gestern Nachmittag in die Gerichtsmedizin, um Heinz zu identifizieren.« Die Witwe stockte und wischte sich die Tränen aus den Augen. »Mein Mann wird noch obduziert. Erst dann kann ich ihn beerdigen.«

Sie sah Rainer unvermittelt an. »Sicherlich wundern Sie sich, dass ich heute hier im Kiosk bin, nicht?«

Esch hob abwehrend die Hände: »Nein, das müssen Sie ... doch, entschuldigen Sie. Ja, etwas schon.«

»Sie brauchen sich nicht dauernd zu entschuldigen. Natürlich sind Sie verwundert. Aber zu Hause würde mir die Decke auf den Kopf fallen. So kann ich mich wenigstens etwas ablenken.«

»Verstehe.«

»Herr Esch, ich wollte Ihnen noch etwas sagen ... Moment.«

Ein kleines Mädchen, das mit ihrem Kopf kaum über das Brett reichte, wollte ein Wassereis haben, das Karin Schattler aus einer Kühltruhe im Lagerraum holte.

»Was sind eigentlich so die typischen Umsätze?«, erkundigte sich Esch. »Geht mich ja eigentlich nichts an.«

»Na ja, der durchschnittliche Kunde kauft so für fünf, sechs Mark ein. Natürlich gibt's auch andere. Die sind zu faul, um in den nächsten Getränkemarkt zu gehen, und decken sich bei mir mit ihren Vorräten ein. Das ist natürlich etwas teurer. Mir soll's recht sein. Und ich habe regelrechte Stammkunden. Fünf Häuser weiter, da wohnt ein ehemaliger Bergmann, ist im Vorruhestand, 53 Jahre alt. Dem fällt zu Hause die Decke auf den Kopf. Der kommt sechs, sieben Mal am Tag mit dem Hund bei mir vorbei. Morgens kauft er zwei Schachteln Zigaretten für sich und seine Frau. Mittags den ersten Flachmann. Und später dann Bier. Mit der Flasche geht er bis zum Hölteskampring dahinten, da ist etwas Rasen und eine Bank. Später gibt er die Flasche wieder zurück. Und kommt zwei Stunden später noch mal.«

»Das macht der jeden Tag?«, wunderte sich Esch.

»Jeden Tag. Nur nicht samstags. Da guckt er Fußball.«

»Kann ich nachvollziehen. Aber Sie wollten mir eben noch etwas sagen.«

Sie sah ihn erstaunt an. »Wirklich? Das hab ich vergessen. Vielleicht fällt es mir später wieder ein. War wohl nichts Wichtiges.«

Sie stand abrupt auf und verschwand im hinteren Teil des Verkaufsladens. Esch hörte sie mit Flaschen klimpern.

Als sie zurückkam, fragte sie: »Herr Esch, ich meine, wenn Sie schon hier sind ... Würde es Ihnen viel ausmachen, für mich einige Kästen Cola, Bier und Wasser aus dem Schuppen ins Geschäft zu tragen?«

Rainer machte es nichts aus, zumindest jetzt noch nicht.

»Vielleicht wären Sie auch noch so freundlich, das Leergut mit nach draußen zu nehmen?«

In den folgenden fast drei Stunden schleppte der Detektiv die Kleinigkeit von rund sechzig vollen Kisten Wasser, Cola und Bier und etwa vierzig leere Kästen hin und her. Anschließend hatte er den Eindruck, dass er nie mehr den aufrechten Gang würde ausüben können. Sein Kreuz tat ihm weh und seine Oberarme fühlten sich an wie Pudding.

Rainer verfluchte seinen Kumpel Cengiz und noch mehr seinen Ehrgeiz, mit *Look und Listen* den ersten richtigen Fall lösen zu wollen.

Er hatte es sich gerade mit einem Kaffee auf dem Sofa bequem gemacht, als Karin Schattler aufgeregt von vorne rief: »Herr Esch, ich glaube, da kommen sie.«

Rainer spurtete zum Verkaufsschalter und linste verstohlen zwischen Gläsern, die mit Lakritzstangen und Gummibärchen gefüllt waren, hindurch auf die Straße. Auf der gegenüberliegenden Straßenseite standen einige Kinder und Jugendliche.

9

Hauptkommissar Brischinsky las zum dritten Mal den Brief, den er im Handschuhfach von Schattlers Wagen gefunden hatte. Er warf die Fotokopie auf seinen Schreibtisch. »Baumann, wann liegt denn das Ergebnis der Spurensicherung vor? Und wann kann uns das Labor was zum Original dieses Machwerkes sagen? Was ist mit der Obduktion?«

»Das waren drei Fragen auf einmal, Chef. Aber weil ich ein so wahnsinnig guter Bulle bin, habe ich für alle drei Fragen eine Antwort: Später.«

Bevor der Hauptkommissar aus der Haut fahren konnte, fuhr sein Assistent fort: »War 'n Witz. Alle haben mir fest versprochen, uns noch heute Morgen erste Ergebnisse zu liefern. Kann sich also nur noch um Stunden handeln.«

»Dann bin ich ja beruhigt.« Brischinsky legte seine Füße auf den Schreibtisch, griff nach seinem Kaffeepott und dachte laut nach. »Irgendetwas war ungewöhnlich an der Reaktion von Karin Schattler gestern Mittag. Ich zermartere mir den Schädel, aber es fällt mir beim besten Willen nicht ein.«

Er griff wieder zu dem fotokopierten Brief. »Die fehlenden Kommata deuten darauf hin, dass der oder die Schreiber der Interpunktion nicht so ganz mächtig sind.«

»Oder sie haben in der Zeitung keine in der gewünschten Größe gefunden«, warf Baumann ein.

»Auch möglich. Hast du eigentlich schon einen Blick auf die Liste der Mitarbeiter geworfen, die während der Nachtschicht von Sonntag auf Montag unter Tage waren?«

»Hab ich. Sogar mehrere. Es waren insgesamt 236 Bergleute auf Schicht, hinzu kommen noch etwa fünfzig, die über Tage beschäftigt waren.«

»Da haben wir dann ja mindestens 236 potenzielle Täter.«

»Wenn nicht jemand angefahren ist, ohne das Erfassungssystem zu benutzen.«

»Genau. Dann erhöht sich der Kreis der Tatverdächtigen auf alle auf dem Bergwerk angelegten Kumpel. Das wären dann ...«

»... rund 2.500«, gab Baumann Auskunft.

»Rund 2.500«, bekräftigte Brischinsky. »'ne ganze Menge Verdächtige.«

Es klopfte und ein Bote brachte einen Stapel Akten.

Baumann blätterte den Aktenhaufen durch.

»Wer sagt's denn! Hier, der Bericht des Labors.« Er warf seinem Chef den Schnellhefter auf den Schreibtisch. »Und hier haben wir auch den Obduktionsbericht.« Auch dieser Aktenordner landete bei Brischinsky. »Fehlt nur noch der Bericht der Spurensicherung.«

Baumann griff zum Telefonhörer. »Sag mal«, sagte er verwundert zu seinem Vorgesetzten, der gedankenverloren in der Nase bohrte. »Interessiert dich der Inhalt nicht?«

Brischinsky schreckte hoch. »'tschuldigung. Was hast du gesagt?«

»Ob dich der Inhalt nicht interessiert?«

Der Hauptkommissar blickte sein Gegenüber einen Moment überrascht an und schlug dann mit der flachen Hand auf den Tisch. »Genau. Das ist es!«

»Was ist was?«

»Das ist das, was mir am Verhalten von Karin Schattler so merkwürdig vorkam. Sie hat die Frage, ob sie gewusst hat, dass ihr Mann Drohbriefe erhalten hat, verneint. Sie hat sich aber nicht im Geringsten dafür interessiert, welchen Inhalt der Brief hatte. Ich finde das zumindest seltsam, was meinst du?«

»Ich bin mir da nicht so sicher. Die Frau wurde unmittelbar vorher mit dem Tod ihres Mannes konfrontiert. Wer weiß, was der in dieser Situation durch den Kopf gegangen ist.«

»Mag sein. Mag auch nicht sein. Auf jeden Fall hatte Heinz Schattler im Gegensatz zur Auffassung seiner Frau Feinde. Wir müssen jetzt nur noch herausfinden, wer diese Feinde sind.«

»Du sagst es.«

Brischinsky griff zum Obduktionsbericht und begann zu lesen.

Nach einiger Zeit meinte er: »Hier, hör dir das an: ›Das Opfer wurde von mindestens zwei Schlägen getroffen, von denen der erste wahrscheinlich in horizontaler

Richtung geführt wurde. Starke Prellungen und kleine Blutgerinnsel hinter dem linken Ohr deuten darauf hin. Dieser Schlag war nicht tödlich, sondern hat das Opfer lediglich betäubt. Vermutlich wurde er abgelenkt oder gedämpft ...‹ Das war bestimmt der Helm ... ›Erst der zweite Schlag, ausgeführt von rechts oben nach links unten, hat den Hinterkopf zertrümmert und zum Exitus geführt. Es kam zu tiefen Einschiebungen von Knochenstücken in die Schädelbasis, die ein massives Schädelhirntrauma auslösten. Beide Schläge wurden mit an Sicherheit grenzender Wahrscheinlichkeit mit einem länglichen, runden Gegenstand, einem Rohr beispielsweise ...‹«

»Das Pickeisen«, rief Baumann.

»›... und mit großer Wucht ausgeführt. Die Beschaffenheit der Prellung und die Verletzung lassen den Schluss zu, dass das Opfer beim ersten Schlag stehend von hinten getroffen wurde, während der zweite, tödliche Schlag angebracht wurde, als das Opfer entweder schon am Boden lag oder im Fallen begriffen war. Der Täter hat wahrscheinlich mit dem Tatwerkzeug über seine linke Schulter ausgeholt, was darauf hindeutet, dass es sich um einen Rechtshänder handelt. Eine Sturzverletzung oder Ähnliches ist als Todesursache eindeutig auszuschließen.‹«

»Das schränkt ja den Kreis unserer Tatverdächtigen drastisch ein«, spottete Baumann.

»Eben. Wir haben jetzt schätzungsweise fünf weniger. Dafür können wir jetzt sicher sein, dass es sich um Mord handelt.«

Brischinsky schnappte sich den Laborbericht und bemerkte trocken: »Das hab ich mir gedacht.«

»Was?«, wollte Baumann wissen.

»Das nichts darin steht. Die Buchstaben sind mit handelsüblichem Klebstoff aufgeklebt, wahrscheinlich UHU, und stammen alle aus Überschriften der *Bildzei-*

tung. Von welcher Ausgabe, wird noch ermittelt. Keine Fingerabdrücke, weder auf dem Brief noch auf dem Umschlag, von Schattlers und meinen abgesehen. Das Papier ist normales Schreibpapier der Firma Holzfrei und in jedem Kaufhaus im Ruhrgebiet zu erwerben. Ausgeschnitten wurden die Buchstaben vermutlich mit einer Schere ... Also, darauf wäre ich nie gekommen. Schon clever, unsere Jungs vom Labor.« Der Hauptkommissar schmiss den Schnellhefter zurück auf den Schreibtisch. »Das kannste vergessen. Und jetzt, Baumann, sei so gut und besorge mir den Bericht der Spurensicherung. Wenn's sein muss, nehme ich den sogar mündlich von dir entgegen.«

»Vertrauen ehrt.«

»Sag ich auch immer.«

Als Baumann nach einer halben Stunde wieder in ihrem Büro eintraf, erwartete ihn Brischinsky schon ungeduldig. »Na, was ist?«

»Wie ich dir schon heute Morgen gesagt habe. Schattler wurde an seinem Arbeitsplatz ermordet, also da am Schaltkasten, wo ich das Werkzeug und den Helm entdeckt habe. Die Spurensicherung hat Blut- und Gewebereste am Boden vor dem Schaltkasten und in den Schleifspuren gefunden, die eindeutig von Schattler stammen. Das Pickeisen war stumpf, also gebraucht. Auch am Pickeisen befanden sich Blut und einzelne Haare. Zweifellos die Tatwaffe. Leider keine brauchbaren Fingerabdrücke. Am hinteren unteren Teil des Helmes finden sich Abriebspuren von Metall, die von dem Tatwerkzeug stammen. Auf der Folie, mit der Schattler zugedeckt war, wurden mehrere brauchbare Fingerabdrücke entdeckt. Die können vom Täter, aber ebenso gut von den Bergleuten stammen, die zuletzt mit der Wetterfolie gearbeitet haben.« Baumann legte einen Stapel Fotos auf den Schreibtisch. »Die Bilder sind nicht die besten. Es fehlte dem Fotografen eben an Erfahrung mit der Untertage-Fotografie. Und an ausreichendem Licht.«

»Sonst noch was?«

»Die Spurensicherung hat Gewebeproben von Schatters Arbeitsanzug genommen und auch vom Kohlenstaub, der auf seiner Kleidung war.«

»Na toll. Das bringt uns wirklich ein riesiges Stück weiter. Dann können wir ja jetzt alle 236 Arbeitsanzüge untersuchen lassen, ob sich auf einem von ihnen Gewebe von Schattlers Arbeitsanzug befindet.«

»Chef, das dauert Monate, wenigstens.«

»Eben. Und selbst wenn wir was entdecken, was beweist das schon? Dass dieser Bergmann Schattler irgendwann eng auf die Pelle gerückt ist. Da werden wir Dutzende von Spuren finden. Denk an die Enge, wenn die alle dicht gedrängt im Förderkorb stehen. Das gilt auch für die Kohleproben. Die rennen doch alle da unten durch die Gegend, das geht da ja an manchen Ecken zu wie im Ameisenhaufen. Ich gehe jede Wette ein, unter den Schuhen von zehn Bergleuten kleben zwanzig verschiedene Sorten Kohlenstaub. Nee, das bringt uns nichts. Ich habe den Eindruck, wir kommen nur über das Motiv weiter. Wenn wir das Motiv für den Mord kennen, wissen wir wahrscheinlich auch, wer der Mörder ist. Trotzdem werden wir natürlich auch unserer bisher einzigen Spur nachgehen. Den Fingerabdrücken.« Brischinsky dachte einen Moment nach. »Das erledigst du. Ich spreche später noch mit Humper. Wir müssen die Arbeitskollegen von Schattler verhören.«

»Oh nein, warum muss eigentlich immer ich ...«

»Weil ich Hauptkommissar bin und du das erst noch werden willst. Also, schnapp dir die Liste der Beschäftigten von der Nachtschicht und nimm von jedem Fingerabdrücke. Ich will wissen, wer die Abdrücke auf der Folie hinterlassen hat.«

»Brischinsky, das dauert Tage«, beschwerte sich Baumann. »Kannst du nicht mit HK Lohkamp sprechen, dass der uns noch einen Kollegen zusätzlich abstellt?«

»Kann ich, wird aber nicht viel nützen. Mach dir keine falschen Hoffnungen.«

»Seit ich bei der Polizei bin, habe ich alle Hoffnung fahren lassen«, erwiderte sein Assistent.

»Mit dieser Einstellung liegst du hier goldrichtig«, sagte Brischinsky, lehnte sich in seinem Schreibtischstuhl zurück und schloss die Augen.

10

»Das sind sie«, flüsterte Karin Schattler. »Aber Polle ist nicht dabei.«

Die Gruppe setzte sich in Bewegung und machte Anstalten, die Mont-Cenis-Straße zu überqueren. Esch tauchte hinter einem Regal ab. So konnte er den Schalter überblicken, war aber von draußen nicht zu sehen. Wenig später klingelte die Außenschelle.

Karin Schattler öffnete den Schalter. »Was wollt ihr denn schon wieder?«, fragte sie.

»Vier West, eine Camel und drei Cola. Aber die großen Flaschen«, bestellte ein Knirps, den Rainer auf höchstens elf oder zwölf Jahre schätzte.

Karin Schattler legte das Gewünschte auf die Theke. »31 Mark 40«, forderte sie.

»Bezahlt wird nicht«, zitierte der Kurze, ohne es zu wissen, Dario Fo. Die Umstehenden grinsten breit. »Oder es kommt Besuch.« Der Junge packte die Zigarettenschachteln ein und gab die drei Colaflaschen an seine Freunde weiter. »Bis später«, verabschiedete sich der Kleine spöttisch.

»Das war Dennis«, sagte Karin Schattler leise nach hinten. »Ich glaube, er ist der kleine Bruder von Polle.«

70

Rainer wartete, bis sich die Gruppe vom Kiosk entfernt hatte, und schoss dann aus dem Laden. Die Kinder bewegten sich langsam Richtung Herner Innenstadt. Esch folgte ihnen. Die sechs Kids trugen alle ähnlich aussehende Klamotten, die eindeutig zu groß waren. Zwei hatten Baseballmützen auf dem Kopf, einer die Kopfhörer eines Walkman. Die jungen Erpresser tranken Cola, alberten herum und achteten nicht auf den Erwachsenen, der ihnen in etwa hundert Metern Entfernung nachlief.

Als sie die Bahnhofstraße erreichten, trennte sich Dennis von der Gruppe, die weiter Richtung Kreuzkirche zog. Esch überlegte einen Moment und folgte dann dem Wortführer, der nach Norden abbog. Neben einem der Verkaufspavillions, die die Herner Einkaufsstraße verschandelten, standen ein Jugendlicher von etwa fünfzehn Jahren und ein junger Mann, Mitte zwanzig.

Rainer tat so, als ob er intensiv die Schaufensterauslagen eines Reisebüros studierte, und beobachtete die drei. Der Ältere trug ungepflegte, halb lange schwarze Haare, einen etwas zu langen Schnauzer, Jeans, ein blaues T-Shirt, Turnschuhe, war schlank und etwa ein Meter achtzig groß. Dennis gab dem Mann mehrere Schachteln Zigaretten.

Sie wechselten einige Worte, die Rainer nicht verstehen konnte. Nach einigen Minuten ging Dennis die Bahnhofstraße hinauf nach Süden. Esch wartete einen Moment und setzte sich dann ebenfalls wieder in Bewegung. Kurz vor der Kreuzkirche bog Dennis links ab und steuerte eines der hässlichsten Hochhäuser Hernes an.

Esch beeilte sich, dem Kleinen zu folgen, der die Eingangstür aufschloss und im Flur verschwand. Rainer legte einen kurzen Zwischenspurt ein und erreichte die Tür, unmittelbar bevor sie ins Schloss fiel.

Gelangweilt beobachtete Dennis von der offenen Aufzugskabine aus die Szene. Als sich die Lifttür schließen wollte, hielt der Junge seinen rechten Fuß vor die Lichtschranke. Esch betrat die Kabine. Dennis drückte den Halteknopf an der zwölften Etage. Wartend hielt er seine Hand vor der Tafel hoch. »Wohin?«, fragte er knapp.

»Zwölfte«, antwortete Rainer.

»Zu wem wollen Se denn da?«, erkundigte sich der Kleine neugierig.

»Geht dich nichts an«, fuhr ihn Esch an.

»Hab ja nur gefragt«, schmollte sein Mitfahrer.

In der zwölften Etage ließ Rainer den Jungen zuerst aussteigen und tat so, als ob er sich orientieren müsste. Ohne ihn eines weiteren Blickes zu würdigen, ging Dennis in dem Flur nach links und öffnete eine Wohnungstür, die er mit einem Knall ins Schloss fallen ließ.

Rainer Esch wartete etwas und schlich dann leise zu der Tür, hinter der der Kleine verschwunden war. Er sah auf das Namensschild neben der Klingel. In schwarzen Emailebuchstaben auf weißem Grund stand da *Fam. Kirchner.*

11

»Herr Master ist ab heute wieder im Dienst«, teilte Personaldirektor Humper Hauptkommissar Brischinsky mit. »Sie sollten mit ihm sprechen.«

»Master? Wer ist das?«

»Herr Master ist unser Werksleiter hier auf *Eiserner Kanzler*. Sie erinnern sich, dass ich Ihnen sagte ...«

»Richtig. Sie vertreten ihn nur, oder?«

»Genau. Also, wenn wir dann ...?«

Werksleiter Master war ein kleiner, drahtiger Mann in einem Alter, das Brischinsky auf eher fünfunddreißig als vierzig Jahre schätzte. Er empfing den Polizisten in seinem Büro, bot ihm einen Platz an einem Sitzungstisch an und fragte sofort: »Was kann ich für Sie tun?«

»Ich hoffe, so einiges.« Brischinsky setzte sein jovialstes Gesicht auf. »Sie haben doch sicher eine Karte, einen Lageplan von unter Tage?«

»Sie meinen einen Grubenriss«, stellte der Werksleiter fest. »Sicher.«

Master stand auf und ging zur gegenüberliegenden Wand, wo an einem Metallstreifen eine Karte hing. Master nahm den Grubenriss ab und breitete die etwa ein mal zwei Meter große Zeichnung vor dem Hauptkommissar aus. »Hier, bitte.«

Brischinsky studierte die Zeichnung genauer. Er erkannte nicht viel mehr als ein Gewirr von verschiedenfarbigen Strichen, die mit ihm unverständlichen Abkürzungen bezeichnet waren.

»Das hier«, erläuterte der Bergwerkschef, »ist ein Grubenriss. Die senkrechten Linien sind unsere Schächte, davon gehen waagerecht und schräg nach hinten die verschiedenen Sohlen ab, die, wenn Sie so wollen, Etagen eines Bergwerkes. Diese Verbindungsstrecken hier bezeichnen wir als Querschläge. Sie werden, ausgehend vom Hauptförderschacht, durchnummeriert. Also 1. Querschlag Ost, 2. Querschlag Ost und so weiter. Da wir nur einen Querschlag im Westen haben, heißt der bei uns einfach Querschlag West. Und der liegt hier.« Master zeigte mit seinem Kugelschreiber auf einen Punkt im Durcheinander der Striche. »Dort wurde der tote Bergmann gefunden.« Der Werksleiter zog einen kleinen Kreis um die Stelle.

»Tut mir Leid«, meinte Brischinsky, »ich komme mit der Darstellung nicht ganz klar. Aber das macht auch nichts. Wie weit ist es eigentlich von der entferntesten Stelle Ihres Grubengebäudes zum Fundort der Leiche?«

»Unser Bergwerk hat insgesamt eine untertägige Ausdehnung von etwa fünf mal zehn Kilometern ...«

»Was, so viel?«, staunte der Hauptkommissar.

»Ziemlich groß, was? Ja, und da ist die Verbindungsstrecke zu unserem Anschlussbergwerk im Norden nicht mitgerechnet.«

»Welches Anschlussbergwerk?«

»Der Bergbau folgt von Süden nach Norden den Kohleflözen der Lagerstätte. Wir haben nördlich von Emscher und Lippe keine fördernden Bergwerke mehr, sondern nur noch Schächte, durch die, vereinfacht gesagt, die Bergleute zu ihrem Arbeitsplatz kommen. Lediglich die Kohle wird durch Förderstrecken zwanzig, dreißig Kilometer unter Tage transportiert. Würden wir das mit unseren Bergleuten machen, wären sie Stunden unterwegs. Da die Schicht über Tage am Schacht beginnt ...«

»Verstehe. Da bliebe dann keine Zeit mehr für die eigentliche Arbeit.«

»So ist es. Außerdem liegen die Anschlussbergwerke häufig in landschaftlich sensiblen Gegenden. Da bekämen wir heute ohne große öffentliche Auseinandersetzung keine Genehmigung mehr, ein förderndes Bergwerk zu bauen, das ja sehr viel Platz benötigen würde.«

»Aha. Dann gibt es also eine Verbindung vom Anschlussbergwerk ... wo liegt das eigentlich?«

»In der Haard. In der Nähe von Haltern.«

»Dann gibt es eine Verbindung unter Tage von da nach hier?«, fragte Brischinsky interessiert.

»Genau. Hier.« Master zeigte auf eine dicke, schwarze Linie auf dem Grubenriss.

»Dann könnte also auch ein Bergmann von da unter Tage zum Fundort der Leiche gelangen?« Brischinsky schluckte kurz und fragte dann weiter: »Wie viele Bergleute arbeiten denn auf einem solchen Anschlussbergwerk?«

»Zu Ihrer ersten Frage: theoretisch ja. Zu Ihrer zweiten: in der Haard etwa 1.250.«

Brischinsky schluckte erneut. Der Kreis der potenziellen Täter hatte sich gerade drastisch vergrößert. »Was meinen Sie mit ›theoretisch‹, Herr Master?«

»Sie müssen sich die Entfernung vergegenwärtigen, Herr Kommissar. Das sind gute fünfundzwanzig Kilometer. Da müssen Sie schon sehr gut zu Fuß sein, um das in einer Schicht hin und zurück zu schaffen.«

»Aber es wäre doch möglich, an der Haard ein- und hier wieder auszufahren, oder?«

»Na ja«, gestand der Werksleiter ein, »das wäre möglich, natürlich. Theoretisch, wie gesagt. Allerdings müssen Sie an die Bekleidung des Betreffenden in der Kaue im Anschlussbergwerk denken. Meinen Sie nicht, dass ein Bergmann, der das Bergwerk verlässt, ohne sich zu duschen und umzuziehen, ziemlich auffallen würde?«

Dass Brischinsky daran nicht gedacht hatte, ärgerte ihn etwas. »Könnte der Täter denn nicht mit einem Zug oder einem anderen Hilfsmittel ...«

»Auch wieder ein theoretisches Ja. Praktisch nicht. Eine Zugverbindung gibt es nicht und selbst wenn, Personenzüge fahren nur zum Schichtwechsel planmäßig. Ansonsten werden sie nach Anweisung bereitgestellt. Die Benutzung des Förderbandes als Transportmittel ist zwar prinzipiell möglich, aber ...«

»Was aber?«

»... in der Nachtschicht am Sonntag wurde in der Haard nicht gefördert. Folglich kamen von dort keine Kohlen und es gab auch keine Bandfahrung. Nein, Ihr potenzieller Täter ... ich nehme stark an, daher rührt Ihr Interesse an den untertägigen Befahrungsalternativen ... musste, wenn er von der Haard gekommen sein sollte, schon laufen. Und, wie gesagt, das sind fünfundzwanzig Kilometer pro Strecke. Zu weit, wenn Sie mich fragen.«

»Na gut. Wie lange kann sich denn ein Bergmann von seinem Arbeitsplatz entfernen, bis es auffällt? Eine Stunde, zwei? Was meinen Sie?«

Master dachte einen Moment nach. »Ich würde sagen, maximal drei bis vier Stunden. Das hängt natürlich von der Art der Arbeit ab. Sicher gibt es Bergleute, die überwiegend auf sich gestellt, einiges entfernt von ihren Kollegen arbeiten. Da kann es dann sicher schon einmal vorkommen, dass ...«

»Vernachlässigen wir diese Alternative zunächst. Wenn wir von einer Abwesenheit von, sagen wir, vier Stunden ausgehen, bedeutet das eine zurückgelegte Wegdauer von maximal zwei Stunden. Wo haben in der Mordnacht zwei Stunden vom Fundort der Leiche entfernt Bergleute gearbeitet? Können Sie das ermitteln? Und mir eine namentliche Aufstellung geben?«

»Das kann ich Ihnen ad hoc natürlich nicht sagen. Aber unser Computer müsste Ihnen anhand der Betriebspunktanalyse eine solche Liste erstellen können. Moment bitte.« Master gab über Telefon die erforderlichen Anweisungen. »Sie bekommen die Liste in etwa einer Stunde.«

»Danke. Noch etwas. Ich benötige eine Namensliste aller Steiger, die in der Nacht zum Montag gearbeitet haben. Wir müssen wissen, ob sich einer ihrer Mitarbeiter in der fraglichen Nacht für einen längeren Zeitraum als vier Stunden von seinem Arbeitsplatz entfernt hat. Zunächst kommt jeder, der zur Tatzeit unter Tage war, als potenzieller Täter in Frage.«

»Verstehe ich, klar.«

»Und ich habe noch eine Bitte. Welcher Ihrer Mitarbeiter hat in den letzten ... hm ... sagen wir ... in den letzten drei Monaten ein neues Pickeisen bekommen?«

»Dann war das gefundene Pickeisen die Tatwaffe?«, wollte der Werksleiter wissen.

»Wahrscheinlich. Können Sie herausbekommen, wer ein solches Werkzeug erhalten hat?«

»Möglicherweise. Zwar nicht den Einzelnen, aber das Revier.«

»Warum nur möglicherweise?«

»Herr Brischinsky, ein Pickeisen ist alltäglich auf einem Bergwerk. Davon gibt es Hunderte, wenn nicht sogar Tausende. Wenn die Eisen stumpf geworden sind, kommen sie nach über Tage zum Schärfen und werden dann im Austausch gegen gebrauchte wieder ausgegeben, und zwar ohne Materialentnahmeschein. Den benötigt ein Steiger nur, wenn aus dem Magazin völlig neue Pickeisen geholt werden.«

»Das heißt ...«

»... dass Ihnen die Scheine wahrscheinlich nicht weiterhelfen werden. Aber gut, wir müssen zwar alle Materialentnahmescheine im Magazin sichten, aber Sie bekommen die Aufstellung.«

»Wann?«

»Nageln Sie mich nicht fest. Das geht nur manuell. Reicht es Ihnen morgen im Laufe des Tages?«

»Reicht mir. Danke.« Brischinsky stand auf. »Die anderen beiden Listen können Sie mir dann ja mitschicken. Wäre das möglich?«

»Selbstverständlich. Spätestens morgen Abend haben Sie die Unterlagen auf Ihrem Schreibtisch.«

Brischinsky schielte auf den Grubenriss. »Könnte ich ...?«

Wortlos faltete Master die Zeichnung zusammen und reichte sie dem Hauptkommissar. »Bitte. Glück auf, Herr Brischinsky.«

»Glück auf, Herr Master.«

12

Still und blaugrün lag das Meer vor der marmorbelegten Terrasse. Hohe Palmen säumten den weißen, völlig menschenleeren Strand und schenkten Schatten. Die Sonne stand prallgelb am wolkenlos blauen Himmel. Irgendwie erinnerte Rainer die Szenerie an einen Reklamespot für eine karibische Spirituose, die nicht so sehr sein Fall war. Aber das war ihm im Moment total egal. Wohlig räkelte er sich in seinem Liegestuhl. Aus der Ferne meldete sich melodiös das Klingeln seines Handys. Rainer versuchte, das leise Schellen zu ignorieren, vergeblich: Das Geräusch wurde lauter und eindeutig weniger melodisch.

Verärgert öffnete er das rechte Auge, um nach dem Handy zu greifen, das er neben seinem Brandyglas und der Sonnenbrille auf dem Beistelltisch abgelegt hatte. Er sah kein Handy. Er sah auch keine Sonnenbrille, nur ein Brandyglas. Abrupt richtete er sich auf. Da war auch kein Meer und kein Strand. Und das melodiöse Klingeln entpuppte sich als das erbarmungslose Schellen seiner Türklingel.

Seufzend schraubte sich Rainer aus dem Bett und tapperte zur Tür. Wer, um Gottes willen, wagte es, ihn mitten in der Nacht aus dem Bett zu holen? Er drückte den Öffner und machte die Wohnungstür einen Spalt auf. Dann lehnte er sich an die Wand im Flur und wollte gerade wieder einschlafen, als ihn ein fröhliches »Glück auf, du Penner« zurück in die Wirklichkeit holte.

»Mensch, Cengiz«, gähnte Rainer, »weißt du eigentlich, wie spät es ist?«

»Weiß ich. Du auch?«, bekam er zur Antwort.

»Nee. Sag's mir.«

»Es ist kurz vor zwei. Ich muss später zur Schicht und wollte vorher noch mit dir reden.«

»Erst vor zwei? Bist du des Wahnsinns fette Beute? Das ist mitten in der Nacht. Ich bin erst um halb neun ins Bett gekommen.«

»*Drübbelken*?«, vermutete sein Freund.

»Nichts *Drübbelken*. Um die Zeit haben die dicht. Nee, Taxi. Ich bin die ganze Nacht gefahren.«

»Du solltest dir wirklich einen besseren nächtlichen Zeitvertreib suchen. Wie wär's mit 'm Pütt?«, erkundigte sich Cengiz.

»Leck mich. Hast du wenigstens Brötchen mitgebracht?«, wollte Rainer wissen und gähnte vernehmlich. »Wenn nicht, schlafe ich jetzt noch etwas. Du kannst dann ja inzwischen das Nötige fürs Frühstück besorgen und mich dann wecken. Bis später.«

Esch wollte Richtung Schlafzimmer abdrehen.

»Rainer, jetzt ohne Scheiß, ich muss wirklich mit dir reden. Es geht um Schattler.«

»Um Schattler?«, wiederholte Esch verwundert. »Muss das jetzt sein?«

»Eher ging nicht. Als ich dich gestern vor der Schicht angerufen habe, warst du nicht zu Hause. Und heute Morgen bist du nicht ans Telefon gegangen.«

»Stimmt. Ging nicht. Ich war in der Südsee.«

»Wo warst du?«, wunderte sich Cengiz.

»Vergiss es. Gut. Dann mach wenigstens Kaffee. Ich geh duschen.«

Zwanzig Minuten später setzte sich Rainer an den Küchentisch, schenkte sich eine Tasse Kaffee ein, schnappte sich eine Scheibe Brot und griff zur Aufschnittdose. Angeekelt verzog er das Gesicht.

»Was ist das denn?« Mit zwei Fingern fischte er mehrere Scheiben Wurst aus der Dose, die nicht nur etwas streng rochen, sondern auch in allen Farben schillerten. »Hast du das mitgebracht?«, fragte er konsterniert.

»Wie käme ich dazu?«, antwortete sein Gast. »Die Büchse stand so im Kühlschrank. Für die Qualität deiner Nahrungsmittel bist nur du selbst verantwortlich. Damit hab ich nichts zu schaffen.«

»Du hättest das vergammelte Zeug wenigstens wegwerfen können. Jetzt ist mir der Appetit gründlich vergangen«, beschwerte sich Rainer.

»Macht nichts. Das war ohnehin der einzige Belag, den dein Kühlschrank zu bieten hatte. Es sei denn, du schmierst dir Senf oder Ketschup auf das trockene Brot. Davon ist noch reichlich da.«

Frustriert schmiss Esch die Brotscheibe zurück in den Korb. »Ist eh trocken. Du hast nicht zufällig was Essbares ...?«

»Doch, hab ich. Aber mein Brot ist erstens unten im Auto und zweitens für acht Stunden Nachtschicht vorgesehen. Im Klartext: nicht für dich.«

»Elender individualistischer, spätbourgeoiser Egoist. Ich schieb hier Kohldampf und du ...«

»Ich nix verstehn. Ich türkisch Mann«, spottete Cengiz.

»Wer weiß das besser als ich. Ohne meine uneigennützige Unterstützung wärst du in der deutschen Zivilisation schon lange untergegangen.«

»Wie wahr. Deshalb gehe ich ja regelmäßig arbeiten, während du Lebenskünstler schon seit einigen Semestern so tust, als ob du noch Jura studieren würdest. Wird das eigentlich noch etwas mit dem Strafrechtsschein, von dem du mir immer dann mit weinerlicher Stimme erzählst, wenn du dich wieder maßlos dem Alkohol hingegeben hast?«

Esch fand, dass es Zeit war, das Thema zu wechseln. »Willst du über mein Studium quatschen oder mir etwas von Schattler erzählen?« Er zündete sich eine Reval an und zog genussvoll den Rauch ein.

»Das hört der ewige Student wohl nicht so gerne, was? Aber gut. Lassen wir das. Heinz Schattler ist tot.«

»Weiß ich. Dafür hättest du mich nicht zu wecken brauchen.«

»Weißt du auch, dass er ermordet wurde?«

»Nee, das wusste ich nicht.« Rainers Interesse war geweckt. »Ist das sicher? Karin Schattler hat mir nur erzählt, dass die Bullen bei ihr waren.«

»Das ist sicher. Seit zwei Tagen nimmt die Polizei von allen, die in der Nacht zum Montag auf Schicht waren, Fingerabdrücke und verhört die Arbeitskollegen von Schattler. Meine Fingerabdrücke haben die auch schon und das Verhör wird nicht mehr lange auf sich warten lassen.«

»Dann haben die also anscheinend noch keinen Tatverdächtigen.«

»Sieht so aus.«

»Wie ist das denn passiert?«

»Genaues weiß ich natürlich nicht. Nur was die Spatzen vom Fördergerüst pfeifen. Schattler ist unter Tage erschlagen worden, in der Nähe seines Arbeitsplatzes. Was meinst du, ob da zwischen den Drohbriefen, die Karin Schattler erhalten hat, und dem Mord an ihrem Mann ein Zusammenhang besteht?«

»Was für Drohbriefe?« Esch sah seinen Freund ziemlich verblüfft an.

»Hat sie dir denn nichts davon erzählt?«, wunderte sich Cengiz.

»Nee, nichts.«

»Komisch. Mir hat sie es aber erzählt. Schattlers haben Drohbriefe bekommen.«

»Und was steht drin?«

»Hat sie mir nicht gesagt. Frag sie doch einfach.«

»Darauf kannst du einen lassen. Gleich heute Nachmittag«, versicherte Rainer. Ihm kam ein Gedanke. »Was für ein Mensch war er denn so?«

»Wer? Schattler?«

»Nee, Kemal Pascha Atatürk. Natürlich Schattler, du Nuss.«

»Sag das doch. Ich kannte den nicht näher. Hab ihn nur gesehen, wenn er im Kiosk seiner Frau ausgeholfen hat ... Und natürlich von Gesprächen in der Kaue. Na ja, und einmal ...«

»Was war da?«

»Ach, ich bin einmal mit dem aneinandergeraten. Wegen seiner Frau ...«

»Dacht ich mir's doch. Spannt der eine Bergmann dem anderen Bergmann die Frau aus. Band der Solidarität. Dass ich nicht lache.«

»Red nicht so 'n Scheiß. Da war nichts und da ist nichts zwischen mir und Karin Schattler.«

»Sagen sie alle.«

»Rainer, du kennst mich doch ...«

»Eben. Ich denke an Stefanie.«

»Oh nein, nicht schon wieder die Klamotte. Stefanie hat dir den Laufpass nicht wegen mir gegeben, das weißt du genau.«

»Leider. Aber was war jetzt mit Karin Schattler und dir?«

»Nichts war. Aber ihr Mann hat geglaubt, dass zwischen uns was war.«

»Kann ich mir vorstellen. So abwegig ist der Gedanke ja nicht.«

»Doch, ist er. Aber der Kerl ist, nein, war wahnsinnig eifersüchtig. Hat mich angebrüllt, ich solle die Finger von seiner Frau lassen, ansonsten würde ich es noch bereuen.«

»Und? Hast du?«

»Es bereut?«

»Quatsch. Die Finger von seiner Frau gelassen.«

»Also jetzt reicht es langsam. Ich habe nie ...«

»Ist gut, ist gut. Ich hab's ja zur Kenntnis genommen.«
Rainer grinste sein breitestes Grinsen. »Allein, mir fehlt
der Glaube ...«

»Und so was nennt sich Freund«, schimpfte Cengiz.
»Schattler hat mir auf dem Firmenparkplatz 'ne regelrechte Szene gemacht. Der wollte mir fast an die Wäsche. Wenn ihn nicht ein paar Kollegen zurückgehalten
hätten ...«

»Dann waren bei eurem Streit noch andere dabei?«

»Ja, sicher. Es war doch Feierabend. Wir waren auf
dem Weg zu unseren Fahrzeugen.«

»Und wann war das?«

»Vor etwa zwei Wochen.«

»Na, großartig.«

»Was ist daran großartig?«

»Sag mal, bist du so blöd oder tust du nur so? Mit mei-
ner langjährigen und erfolgreichen Erfahrung als Pri-
vatdetektiv kann ich dir versichern, dass ermittelnde
Polizeibeamte in einem Mordfall immer erst nach dem
Motiv und dann nach dem Täter suchen. Und auf jeden
Fall wirst du zu der engeren Auswahl zählen.«

Cengiz Kaya sah seinen Freund entgeistert an. »Du
meinst ...«

»Genau das meine ich.«

»Das ist doch Quatsch.« Cengiz machte eine abweh-
rende Handbewegung. »Ich glaube fast, du meinst das
wirklich ... Kein Witz?«

»Kein Witz«, versicherte Rainer.

»Scheiße.«

»Das hast du richtig erkannt.«

Cengiz Kaya schluckte heftig. Trotzdem löste sich der
Kloß in seinem Hals nicht auf. »Und wenn ich nichts
davon erzähle?«

»Ich weiß ja nicht, wie bei dir zu Hause in Anatolien ...«

»Mein Zuhause ist hier!«, unterbrach ihn Cengiz.

»... die Polizei so vorgeht, aber hier in Deutschland ist das bestimmt keine besonders gute Idee. Die kommen mit Sicherheit sowieso darauf. Das ist nur eine Frage der Zeit. Aber das lernst du auch noch. Bist ja erst seit ein paar Tagen Deutscher. Nein, hör einmal in deinem Leben auf einen älteren Freund, der es gut mit dir meint.«

»An wen denkst du da?«, erkundigte sich Cengiz freundlich.

»An mich natürlich.«

»Aha.«

»Sag der Polizei alles, was du weißt. Auch über den Streit. Und vertrau mir.«

»Ich weiß nicht, ob das so ein guter Einfall ist.«

»Der Polizei alles zu sagen?«

»Nein, dir zu vertrauen.«

»Schon wieder richtig. Aber andererseits: Habe ich dich schon jemals enttäuscht?«

»Enttäuscht kann man nicht sagen.«

»Siehst du.«

»Voll in die Scheiße geritten, wäre richtiger. Erinnerst du dich noch an ›Take Off‹?«

»Jetzt lass doch die alten Geschichten ruhen, Cengiz. Das ist kalter Kaffee. Heute stehst du unter Mordverdacht.« Bevor Cengiz protestieren konnten, relativierte Rainer seine Behauptung: »Na ja, noch nicht so richtig. Kommt aber noch, warte es nur ab.«

»Und weswegen soll ich dir vertrauen?«

»Weil ich den Mörder finden werde. Nee, falsch. Weil wir den Mörder finden werden.«

»Wir?«

»Bist du auf *Eiserner Kanzler* oder ich? Wie soll ich denn da ermitteln, kannst du mir das erklären?«

Und da sich Cengiz Kaya der durchschlagenden Logik des letzten Argumentes nicht entziehen konnte, schüttelte er lediglich den Kopf.

»Prima«, freute sich Rainer. »Du wirst sehen, wir sind ein starkes Team.«

Das vermochte Cengiz nicht so recht glauben.

13

Brischinsky kaute auf seinem Bleistiftstummel herum und bemühte sich, auf dem Grubenriss die Stellen zu finden, von denen laut Aufstellung des Bergwerks *Eiserner Kanzler* der Tatort in maximal zwei Stunden zu erreichen war.

»Verdammte Scheiße, wo ist denn nun wieder ABP 3 s/w 5. Sohle?«, fluchte er und fuhr mit dem Bleistift die einschüchternde Vielfalt der Linien auf dem Grubenriss entlang. »Hab ich Bergbau studiert oder Polizist? Mist, schon wieder vertan.« Der Hauptkommissar knallte den Bleistift auf die Zeichnung. »Baumann, wie wär's, wenn du ...?«

»Nee, kommt nicht in Frage. Du hast mich abgestellt, um von Hunderten Bergleuten Fingerabdrücke zu nehmen und zu katalogisieren. Genau das mache ich seit zwei Tagen. Nichts anderes. Hast du das gehört, Hauptkommissar Brischinsky? Seit zwei Tagen erkläre ich genervten Kumpel, warum ich ausgerechnet von ihnen Abdrücke brauche. Weißt du eigentlich, was ich mir da alles anhören muss? ›Scheißbulle‹ ist noch harmlos. Damit das klar ist: Das mit dem Grubenriss war deine Idee. Allein deine. Un getz mach ma.«

Der Hauptkommissar beugte sich grummelnd über die Zeichnung.

»Eigentlich ist dieser Mist hier doch nicht nötig«, sinnierte er. »Es reicht doch, dass ich weiß, wer den Tatort erreichen konnte. Ich muss doch nicht wissen, woher der Täter kam. Jedenfalls jetzt noch nicht«, schränkte er sofort ein. »Baumann, wie lange dauert es, bis das Labor die Fingerabdrücke von der Folie mit denen verglichen hat, die du den Kumpel von der Nachtschicht genommen hast?«

»Wenn ich die Vordrucke hier vollständig ausgefüllt habe, bringe ich den Stapel nach unten ins Labor; die werden dann in den Rechner eingelesen ... dann dauert das nur Minuten.«

»Und wie lange dauert das Ausfüllen noch?«

»Wenn du mich in Ruhe arbeiten lässt, brauche ich noch etwa eine Stunde.«

Seufzend starrte Brischinsky wieder auf den Grubenriss und die Namenslisten. Etwa zweihundert Bergleute wären in der Lage gewesen, innerhalb von zwei Stunden den Tatort zu erreichen. Die Liste der Beschäftigten, die in Revieren tätig waren, die in letzter Zeit ein neues Pickeisen aus dem Magazin enthalten hatte, umfasste einhundertfünfzig Namen.

Der Hauptkommissar war sich völlig darüber im Klaren, dass der Vergleich der Namenslisten nicht der Weisheit letzter Schluss war und in eine Sackgasse führen konnte. Aber neben der Befragung der Arbeitskollegen von Heinz Schattler war das zunächst der einzige Ermittlungsansatz, den sie hatten. Deshalb begann der Hauptkommissar damit, alle Namen, die nur auf einer der beiden Listen standen, mit seinem Bleistift durchzustreichen.

Nach einer Stunde hatte Brischinsky gut zwei Drittel der Aufstellungen durchgearbeitet. Baumann schnappte sich den Stapel Formulare mit den Fingerabdrücken.

»Ich gehe jetzt ins Labor. Bin in etwa einer halben Stunde wieder da.«

Fünfundvierzig Minuten später stand Baumann wieder in ihrem Büro.

»Hier, kannst gleich weitermachen.« Er warf seinem Chef eine weitere Namensliste auf den Schreibtisch.

»Sind nur sieben deckungsgleiche Abdrücke gewesen. Da musst du nicht lange vergleichen.«

»Nur sieben? Immerhin. Die nehmen wir uns auf jeden Fall alle vor. Gibt es noch weitere Abdrücke?«

»Ja, zwei. Die stammen auf jeden Fall von keinem der Bergleute der Nachtschicht. Ich habe trotzdem veranlasst, dass die durch unseren Computer gejagt werden. Vielleicht haben wir ja was in unserer Datei.«

»Gut.« Brischinskys Bleistift trat wieder in Aktion. Nach einigen Minuten sagte er: »Vier Namen. Die Schnittmenge aus drei Listen.«

»Zeig mir die doch bitte mal.« Baumann griff zu den Unterlagen. »Wolfgang Schäfer, Danisan Ködrünü, Cengiz Kaya, Martin Debus. Diese vier sind also unsere Verdächtigen ersten Grades.« Er gab Brischinsky die Listen zurück.

»So lange, bis wir etwas Besseres haben, auf jeden Fall.«

»Warte! Wer sind die vier?«, fragte Baumann nachdenklich.

Brischinsky las die Namen vor.

»Cengiz Kaya, den kenne ich.« Baumann grübelte nach. »Jetzt hab ich's. Das ist doch der Freund von diesem verhinderten Detektiv, wie heißt er doch gleich ...«

»Esch. Rainer Esch«, fiel Brischinsky ein. »Du könntest Recht haben. Anderseits ist der Name Cengiz Kaya in der Türkei ungefähr so selten wie Heinz Müller bei uns.«

»Ich kenne trotzdem keinen Heinz Müller. Und wir sind in Recklinghausen, nicht in Istanbul.«

»Stimmt. Häng dich ans Telefon und besorg von Humper die Anschriften der vier Männer. Frag gleich nach, für welche Schicht die eingeteilt sind. Ich möchte uns unnötige Wege ersparen. Ach ja, und die Namen der jeweiligen Vorgesetzten will ich auch wissen.« Brischinsky stand auf.

»Mach ich. Und was machst du?«

»Mittag. Du warst ja schon.«

»Hör mal«, protestierte sein Mitarbeiter, »ich war im Labor.«

»Reg dich nicht auf. Ich bring dir was mit. Wie immer?«

»Wie immer. Aber du bezahlst.«

»Also, hast du die Anschriften?«, fragte der Hauptkommissar seinen Assistenten, während er das letzte Stückchen Currywurst in die verbleibende Mayonnaise tunkte und es sich mit Genuss in den Mund schob.

»Logo. Die haben übrigens alle in dieser Woche Nachtschicht.«

Brischinsky sah auf seine Uhr. Kurz vor zwei. »Dann lass uns fahren und denen etwas auf den Zahn fühlen. Mal sehen, was dabei rauskommt.«

14

Laut fluchend umkurvte Rainer Esch mit seinem knallroten MX 5 nun schon zum dritten Mal den Häuserblock in der Mont-Cenis-Straße. Auch jetzt war in unmittelbarer Nähe der Bude kein Parkplatz frei. Und er hatte nicht vor, seine Karre mitten im absoluten Halteverbot abzustellen. Also blieb ihm nichts weiter übrig, als sein Glück in Richtung Innenstadt zu versuchen. Hier fand er dann in der Schillerstraße eine Parkmöglichkeit, musste aber etwa dreihundert Meter zu Fuß zurücklegen.

Karin Schattler empfing ihn, wie ihm schien, ziemlich aufgeregt.

»Ach, Herr Esch, mit Ihnen habe ich heute nicht mehr gerechnet. Ich mache auch gleich zu, die Kids kommen sicher nicht mehr.«

»Deshalb bin ich auch nicht hier.« Esch blieb in der offenen Tür stehen.

»Nein? Was wollen Sie dann? Ich dachte ...«

»Frau Schattler, ich glaube, Sie haben mir nicht alles erzählt, als Sie darum baten, dass ich Ihnen helfen soll. Meinen Sie nicht, dass es an der Zeit wäre, mir jetzt ...«

Seine Auftraggeberin sah ihn aus großen Augen an wie ein waidwundes Reh. »Herr Esch, ich weiß wirklich nicht ...«

»Ich meine die Drohbriefe. Sie haben doch Drohbriefe erhalten, oder?«

Karin Schattler drehte sich wortlos um, ging in den Lagerraum, öffnete eine Schranktür und nahm einen roten Schnellhefter aus dem Schrank, den sie Rainer reichte.

»Hier, lesen Sie. Ich wollte es Ihnen ja schon bei Ihrem ersten Besuch hier bei mir sagen, aber ...«

»Was hat Sie daran gehindert?«, wollte Esch wissen und schlug den Ordner auf.

»Ich habe Angst«, flüsterte Karin Schattler mit fast heiserer Stimme. »Lesen Sie. Dann wissen Sie, warum. Sie sollten aber besser hereinkommen.«

Der Schnellhefter enthielt etwa zwanzig Briefe. Der Text bestand aus Wörtern, die aus einzelnen Buchstaben aus Zeitungsüberschriften zusammengesetzt waren. Die Texte waren knapp und eindeutig:

GIB DEN KIOSK AUF! SOFORT! SONST PASSIERT WAS! KEINE POLIZEI!
REICHT EUCH DAS IMMER NOCH NICHT? WIR KÖN-NEN AUCH ANDERS!
EURE STURHEIT WERDET IHR NOCH BEREUEN! DAS WAR ERST DER ANFANG! KEINE POLIZEI!
HAUT AB, WENN EUCH EUER LEBEN LIEB IST!

WIR WERDEN EUCH VERBRENNEN, WENN IHR NICHT BALD VERSCHWINDET. DAS IST UNSERE LETZTE WARNUNG!

In diesem Stil ging es weiter.

»Wann hat das angefangen?«, fragte Rainer.

»Vor etwa drei Monaten. Heinz und ich haben es zunächst für einen bösen Scherz gehalten, aber als dann die Kids anfingen, mich zu erpressen ...«

»Haben die jemals eine Bemerkung gemacht, die in diese Richtung deutet?« Esch zeigte auf den Schnellhefter.

»Nein, nie.«

»Können Sie sich vorstellen, was der oder die Briefeschreiber damit bezwecken? Warum wollen die Sie hier weghaben?«

»Ich habe keine Ahnung, wirklich nicht.«

Esch dachte nach. »Haben Sie Ärger mit Ihrem Vermieter? Oder gibt es Konkurrenten, denen Sie im Wege sein könnten?«

»Wissen Sie, diese Fragen haben mein Mann und ich uns immer wieder gestellt. Nein, mit dem Vermieter hat es noch nie Ärger gegeben, das ist ein fast 80-jähriger Mann, dem der Kiosk früher selbst gehört hat. Wir haben die Verkaufsstelle vor fünf Jahren von ihm übernommen, warum sollte der dann heute ...? Und Konkurrenz? Sehen Sie sich doch um. Wir sind hier weit und breit die einzige Bude. Die nächste ist unten an der Hermann-Löns-Straße. Nein, das ist es nicht. Wir haben uns den Kopf zermartert, aber ...« Karin Schattler fing leise an zu weinen und Rainer war versucht, sie in den Arm zu nehmen und zu trösten, ließ es dann aber doch.

»Frau Schattler, glauben Sie, dass Ihr Mann ... ich meine ... dass sein Tod in irgendeinem Zusammenhang steht mit ...«

»Lesen Sie den letzten Brief.«

Esch blätterte weiter und las:

DU UND DEIN MANN IHR HABT NICHT AUF UNS GE-
HÖRT. WIR HABEN EUCH GEWARNT. WENN DU
NICHT BALD VERSCHWINDEST WIRD ES DIR EBEN-
SO ERGEHEN. UND LASS DIE POLIZEI AUS DEM
SPIEL.

»Wann ist der gekommen?«, wollte Rainer wissen.

»Gestern.«

»Und haben Sie der Polizei ...«

»...die Briefe gezeigt? Nein. Außerdem wusste der Kommissar schon davon. Heinz hat wohl einen im Auto liegen lassen.«

»Warum haben Sie nicht eher mit der Polizei gesprochen?«

Karin Schattler lachte verzweifelt auf. »Das fragen Sie noch? Sie haben doch gelesen, was die ... nein, ich habe Angst, zu viel Angst. Meinen Sie, ich möchte ...« Sie weinte wieder. »Ich werde verkaufen. Ich habe heute schon eine Anzeige in die *WAZ* gesetzt. Ich will hier weg, hier hält mich nichts mehr. Ich ...«

Sie schluchzte hemmungslos und bei Rainer setzte der männliche Beschützerinstinkt alle intellektuellen Vorbehalte außer Kraft: Er nahm sie in den Arm und strich ihr über das Haar.

Nach einigen Minuten hatte sie sich wieder unter Kontrolle und löste sich vorsichtig aus seinem Arm. »Damit endet auch Ihr Auftrag, Herr Esch. Vielen Dank für Ihre Bemühungen.«

Sie ging zu einer Geldkassette, holte drei Hundertmarkscheine heraus und reichte sie ihm. »Hier. Bitte.«

»Frau Schattler, ich weiß nicht ... also, das kann ich nicht ... es war doch nur ein Tag und wir hatten vereinbart ...«

»Nun nehmen Sie schon. Bitte. Es ist mir wichtig.«

»Hm. Na gut. Vielen Dank. Aber Frau Schattler, Sie sollten wirklich der Polizei ...«

»Keine Sorge, Herr Esch. Sobald der Kiosk verkauft und ich in Sicherheit bin, informiere ich die Polizei über alles. Schließlich möchte ich auch, dass der Mörder meines Mannes gefasst wird. Dann können Sie auch aussagen. Aber warten Sie noch ein paar Tage, ja? Bitte!«

»Sie können sich auf mich verlassen«, versicherte Esch. »Und lassen Sie mich wissen, ab wann Sie nicht mehr hier sein werden.«

Als Esch in seinen Wagen stieg, um zurück nach Recklinghausen zu fahren, dachte er einen Moment darüber nach, die Kripo über seinen Auftrag zu informieren, verwarf diesen Gedanken jedoch wieder. Zwar unterlagen Privatdetektive keiner Schweigepflicht und hatten vor allem kein Aussageverweigerungsrecht wie Ärzte, Anwälte oder Pfarrer, trotzdem fühlte sich Rainer an sein Versprechen gebunden.

15

Danisan Ködrünü war ein türkischer Bergmann, dessen Alter Brischinsky auf etwas über vierzig schätzte. Bedauerlicherweise waren seine Deutschkenntnisse recht dürftig, was die Konversation zwischen Polizeibeamten und Verhörtem nicht unerheblich erschwerte. Hätte nicht Ködrünüs in Deutschland geborener Sohn zeitweilig als Dolmetscher fungiert, wäre es eine einseitige Unterhaltung geworden.

Der Bergmann gab an, zusammen mit seinem Kollegen Debus bei Aufräumarbeiten schon vor Tagen die Wetterfolie entdeckt und in den Transportbehälter gelegt zu haben. Während der fraglichen Nachtschicht habe er seinen Arbeitsplatz in der Hauptförderstrecke auf der sechsten Sohle, wo er mit Durchsenkungsarbeiten beschäftigt war, nur einmal für einige Minuten verlassen, um ein verlegtes Werkzeug zu suchen. Das könnten seine Kollegen und sein vorgesetzter Steiger bezeugen. Heinz Schattler sei ihm völlig unbekannt. Es sei möglich, dass in seinem Revier ein Pickeisen benötigt würde, nur er habe nie eines gebraucht, da er den Pickhammer nicht benutze. Deshalb wisse er auch nicht, was mit dem alten Pickeisen geschehen sei. Ansonsten sei er mit Sicherheit völlig unschuldig, da er in Deutschland immer nur seiner Arbeit nachgegangen sei, pünktlich Steuern gezahlt und nie Alkohol getrunken habe und ein gläubiger Moslem sei. Das müssten ihm die Herren von der Polizei bitte glauben; einem Wunsch, dem die beiden Beamten gerne nachkamen.

Als Brischinsky und Baumann mit einer Einladung zum nächsten Bauchtanzabend im türkischen Kulturklub in Recklinghausen-Süd und nach dem Genuss von je drei Glas Apfeltee die Wohnung von Danisan Ködrünü verlassen hatten, sagte der Hauptkommissar: »Da waren's nur noch zwei. Da ich Herrn Ködrünü jedes Wort glaube, soweit ich es verstanden habe und der Junge richtig übersetzt hat, scheidet auch Martin Debus mit großer Wahrscheinlichkeit als Täter aus, wenn wir unterstellen, dass der Mörder die Folie über die Leiche gezogen und dabei keine Handschuhe getragen hat.«

»Bleiben also noch Cengiz Kaya und Wolfgang Schäfer. Wen zuerst?«

»Schäfer. Wo wohnt der?«

Baumann sah in seinem Notizbuch nach. »In Herne. Rottbruchstraße 42 b. Ich weiß, wo das ist. Da haben früher Freunde von mir gewohnt.«

»Wie schön. Also dann los.«

Wolfgang Schäfer öffnete ihnen in einem seidenen Bademantel und mit ungekämmten schwarzen Haaren die Wohnungstür.

»Polizei? Um was geht es denn?«, fragte er erstaunt.

»Dürfen wir vielleicht hereinkommen?«, antwortete Brischinsky.

»Oh, ja. Bitte entschuldigen Sie mein Aussehen, ich hatte Nachtschicht und bin gerade erst aufgestanden. Ich habe mir eben einen Kaffee gekocht, wenn Sie auch eine Tasse möchten ...«

Die Polizisten bejahten die Frage.

»Bitte gehen Sie doch schon nach vorne ins Wohnzimmer und machen es sich bequem, ich ziehe mir nur eben etwas über und komme dann sofort.« Der schlanke, braun gebrannte junge Mann verschwand durch eine Tür, hinter der Brischinsky das Schlafzimmer vermutete.

Das Wohnzimmer war lichtdurchflutet und spärlich, aber geschmackvoll eingerichtet. Baumann und Brischinsky setzten sich an einen großen, mit weißen Kacheln gefliesten Esstisch. Schweigend warteten sie auf den Wohnungsinhaber, der wenig später mit Jeans und Sweatshirt bekleidet und einem Tablett in den Händen zu ihnen kam.

Schäfer stellte die Kaffeekanne und die Tassen auf den Tisch: »Wenn jemand Milch möchte, muss ich leider passen. Und ich habe auch nur Süßstoff.« Er schenkte den Polizisten Kaffee ein und setzte sich dann. »Was kann ich für Sie tun?«

Brischinsky räusperte sich: »Herr Schäfer, wie Sie sicher wissen, wurde auf dem Bergwerk *Eiserner Kanzler* einer Ihrer Kollegen, Heinz Schattler, ermordet. Wir wollen den Mord aufklären und hoffen, dass Sie uns dabei helfen können.«

»Ja, natürlich gerne. Aber wie kann ich Ihnen ...?« Schäfer sah seine Gäste verunsichert an.

»Haben Sie Heinz Schattler gekannt?«, schaltete sich Baumann in die Befragung ein.

»Gekannt, was soll ich Ihnen dazu sagen? Ja, gekannt habe ich ihn schon, aber ...«

»Näher?«, warf Brischinsky dazwischen.

»Nein, näher nicht. Wir haben uns von Zeit zu Zeit unterhalten, so wie Arbeitskollegen bei der Ein- oder Ausfahrt oder in der Kaue eben miteinander sprechen. Über Fußball und so. Oder über die Unsicherheit, was den Arbeitsplatz angeht. Ansonsten ...« Er schüttelte den Kopf.

»Herr Schäfer«, bat der Hauptkommissar, »lassen Sie uns über die Nachtschicht von Sonntag auf Montag dieser Woche sprechen. Wo waren Sie in der Nacht eingesetzt?«

»Das kann ich Ihnen nicht so genau sagen.«

»Warum nicht?«

»Wissen Sie, ich bin EHB-Fahrer und da ...«

»EHB-Fahrer?«, unterbrach ihn Baumann.

»Ja, Fahrer einer Einschienenhängebahn, das sind die Bahnen unter Tage, mit denen ...«

»Ich weiß, was eine EHB ist«, bemerkte der Hauptkommissar.

»Dann wissen Sie ja sicherlich auch, dass die EHB normalerweise unter Tage ständig zwischen verschiedenen Betriebspunkten pendelt, um Material oder auch Bergleute zu transportieren.«

»Und wo war das?«, erkundigte sich Brischinsky und gab Baumann mit einer Handbewegung zu verstehen, dass sich sein Assistent Notizen machen sollte.

»Auf der siebten Sohle. Fast im ganzen Grubengebäude.«

»Dann waren Sie also ständig unterwegs?«

»Nein, nicht immer. Gegen drei Uhr morgens gab's 'ne Störung mit der Dieselkatze. Was mit der Elektrik. Da musste ich längere Zeit warten, bis jemand kam und mir bei der Reparatur geholfen hat.«

»Wie lange hat das gedauert?«

»Was? Die Reparatur?«

»Auch. Wie lange mussten Sie auf Ihren Kollegen warten?«

»Insgesamt so etwa neunzig Minuten.«

»Und während dieser Zeit waren Sie allein?«

»Ja, ich kann mich wenigstens nicht daran erinnern, dass ich dort einen Kollegen getroffen hätte.«

»Können Sie mir sagen, wo die Panne passiert ist?«

»Selbstverständlich. In der Nähe des Blindschachtes 2.«

»Wie weit ist es von da zum Querschlag West?«

»Mit der EHB können Sie da nicht direkt hin, da müssen Sie erst zur Hauptförderstrecke und dann ...«

»Nein, ich meine zu Fuß.«

»Zu Fuß? Fünfzehn Minuten, vielleicht etwas weniger.«

»Herr Schäfer, auf einer Wetterfolie, mit der die Leiche bedeckt war, haben wir Ihre Fingerabdrücke gefunden. Können Sie uns das erklären?«

»Ach, daher weht der Wind. Herr Kommissar, ich bin als EHB-Fahrer im Transportrevier. Wir transportieren alles, was auf einem Pütt unter Tage so benötigt wird. Auch Wetterfolie. Es ist möglich, dass ich die Folie ein- oder ausgeladen hab. Aber das ist Routine. Wissen Sie, wie viel Wetterfolie ich im Jahr anfasse? Das dürften ...«

»Danke, das reicht mir als Erklärung aus. Sagen Sie, benötigen Sie für Ihre Arbeit einen Pickhammer?«

»Nee, brauch ich nicht. Warum?«

»War nur 'ne Frage. Herr Schäfer, hat Schattler Ihnen gegenüber irgendwann erwähnt, dass er Feinde hatte?«

»Nein, aber so gut habe ich ihn, wie gesagt, ja nicht gekannt.«

»Richtig, das sagten Sie. Doch vielleicht haben Sie gehört, dass Schattler Streit mit Kollegen hatte? Oder Vorgesetzten?«

»Den hat doch jeder mal, oder?« Schäfer lachte etwas gekünstelt auf. »Nein, nicht dass ich wüsste ...« Er zögerte. »Warten Sie, jetzt, wo Sie das ansprechen ...«

»Ja?«

»Vor etwa zwei Wochen hat sich Schattler nach der Schicht auf dem Parkplatz fürchterlich aufgeregt, weil sich ein anderer angeblich an seine Frau rangemacht hatte.«

Brischinskys Interesse war geweckt. »Erzählen Sie uns das doch bitte genauer.«

»Da kann ich Ihnen nicht viel zu sagen. Ich bin ja erst später dazugekommen. Ich weiß nur, dass Schattler einen Türken beschimpft hat, er solle die Finger von seiner Frau lassen, sonst würde er es noch bereuen. Und dass ein Kollege den Schattler regelrecht festhalten musste, sonst hätte der dem Türken eins aufs Maul gegeben.«

»Und der Türke? Was hat der gemacht?«

»Nichts. Hat auch nichts gesagt. Ist in seinen Wagen gestiegen und abgehauen. War wahrscheinlich das Schlaueste. Mit Schattler war ja nicht mehr vernünftig zu reden, so hat der getobt.«

»Wissen Sie, wie der Türke heißt?«

»Nee, tut mir leid. Aber der war auf derselben Schicht wie ich. Ich kenne den vom Sehen, aber der Name ... Nee, keine Ahnung.«

»Wissen Sie denn jemand anderen, der auch Zeuge der Auseinandersetzung war?«

»Ja, klar. Paul Grottes. Der hat den Schattler festgehalten und zu beruhigen versucht.«

»Paul Grottes. Und der arbeitet auch auf *Eiserner Kanzler*?«

»Sicher. Der ist im Betriebsrat. Den kennt bei uns jeder.«

»Danke, Herr Schäfer.« Brischinsky erhob sich und auch Baumann stand auf. »Sie haben uns sehr geholfen. Wenn wir noch Fragen haben, kann es sein, dass wir Sie noch einmal belästigen müssen.«

»Klar, mach ich doch gerne. Glück auf.«

Als die beiden Beamten wieder in ihrem Wagen saßen, fragte Brischinsky: »Hast du alles mitgeschrieben?«

»'türlich. Was denkst du denn?«

»Manchmal ist es besser, wenn du das nicht weißt«, spottete sein Vorgesetzter. »Du machst jetzt Folgendes: Zuerst bringst du mich ins Präsidium zu meinem Wagen. Dann fährst du zum Bergwerk und prüfst die Aussage von dem Schäfer. Versuch in Erfahrung zu bringen, ob das mit der Panne stimmt. Und frag den Vorgesetzten nach dem Vorfall. Dann gehst du zu Humper und besorgst die Adresse von diesem Paul ... wie hieß der gleich?«

»Grottes.«

»Genau. Wir müssen das mit dem Streit abklären. Den Kaya besuchen wir morgen. Ich fahre zu Karin Schattler. Ich habe da noch ein paar Fragen ...«

Trotz mehrmaligen Schellens öffnete Karin Schattler nicht. Brischinsky wollte gerade wieder zu seinem Wagen gehen, als ihn eine Frauenstimme anrief: »Heh, Sie da, wollen Sie zu Schattler?«

Eine stämmige Frau lag breit im Erdgeschossfenster des Hauses gegenüber und schaute ihn mit unverhohlenem Interesse an. »Die is nich da.«

Der Hauptkommissar überquerte die Straße. »Das habe ich auch schon gemerkt. Wissen Sie, wann Frau Schattler wiederkommt?«

»Wat woll'n Se denn von der?«

»Das würde ich ihr gerne selber sagen.«

»Tja, wenn dat so is.« Die Nachbarin machte Anstalten, sich in das Innere des Zimmers zurückzuziehen und das Fenster zu schließen.

»Einen Moment. Bitte warten Sie.« Brischinsky griff zu seiner Dienstmarke.

»Wat gibbet denn noch?«, dokumentierte die Nachbarin ihr Interesse an einer Fortführung der begonnenen Unterhaltung und lehnte sich wieder aus dem Fenster.

Der Polizeibeamte hielt ihr seine Marke unter die Nase. »Kripo Recklinghausen. Also, wären Sie so freundlich, mir jetzt zu sagen ...«

»Die Kripo! Is dat, weil der Alte von der tot is? Ich dachte, dat wär'n Unfall. Auf'm Pütt. Un getz die Kripo. Is ja toll!«

Die Frau beugte sich so weit aus dem Fenster, dass Brischinsky befürchtete, sie könne jeden Moment das Gleichgewicht verlieren und übergewichtig in den Vorgarten plumpsen.

»Wat war denn mit dem?«, fragte sie vertraulich. »Mir können Se dat ruhig sagen, ich tu dat nich weitererzählen, ährlich.«

»Das glaube ich Ihnen aufs Wort. Also, wissen Sie, wo Frau Schattler ist?«

»Inne Bude.«

»In welcher Bude? Ist sie einkaufen?«

»In ihrer Bude natürlich.«

Brischinskys Gesichtsausdruck sprach Bände. Er hatte nicht die geringste Ahnung, wovon die Frau redete.

»Die hat 'ne Bude. Anner Mont-Cenis-Straße. Einen Kiosk«, sagte die Frau schließlich hochdeutsch und sehr langsam, als ob sie es mit jemandem zu tun hätte, der leicht begriffsstutzig wäre. »Da is die noch um die Zeit. Die macht da erst um sieben dicht.«

Jetzt verstand Brischinsky. »Können Sie mir sagen, wo genau der Kiosk ist?«

»Direkt am Hölkeskampring. Könn Se gar nich verfehlen.«

»Danke.«

Der Polizist wollte sich gerade verabschieden, als ihm noch etwas einfiel. »Sagen Sie, Frau ...?«

»Wischnewsky. Ruth Wischnewsky.«

»Frau Wischnewsky, Sie kennen doch die Familie Schattler ziemlich gut, oder?«

»Na ja, ich glaub, dat man dat so sagen kann. Sind ja schließlich Nachbarn, oder?«

»Prima. Was meinen Sie, führten die Schattlers eine glückliche Ehe? Sie können das doch sicher beurteilen ...«

Ruth Wischnewsky strich sich geschmeichelt und leicht kokett über ihr Haar. »Wenn Sie dat sagen, Herr Kommissar. Ich will ja getz hier nich ausse Schule plaudern, aber so richtig koscher war dat nich, wenn Se mich fragen.«

»Was meinen Sie damit?«

»Also ... ich mein ... man will ja nix Schlechtes über die Nachbarn erzählen und so eine bin ich nun auch nich, dat können Se mir glauben. Manchma, ich mein, nich öfter, eben nur manchma, da kamen da schon ma abends, wenn der Heinz auf Schicht war, sonne Kerls vorbei ...«

»Was für Kerls?«

»Na, sonne Kerls eben. Und die blieben dann auch wat länger. Nich die ganze Nacht, eben nur wat länger. Aber lang genug dafür.«

»Wofür?«

»Herr Kommissar ...« Ruth Wischnewsky lachte verlegen. »Eben dafür.«

»Ach so. Dafür...?«

»Ja, genau. Dafür.«

»Und das wissen Sie genau?«

»Getz hören Se ma. Ich war doch nich dabei«, empörte sich die Frau.

»Wobei waren Sie nicht?«

»Mann, sind Se schwer von kapee? Dabei.«

Jetzt verstand Brischinsky. »Und kam so etwas öfter vor?«

»Nee, eigentlich nich. So zwei-, dreimal im Monat.«

»Doch so oft?«

»Finden Se dat oft? Also bei mir ...«

Bevor ihn Ruth Wischnewsky in die Geheimnisse ihres Sexuallebens einweihen konnte, verabschiedete sich der Hauptkommissar. »Vielen Dank, Frau Wischnewsky. Sie haben mir sehr geholfen.«

Nachdem Brischinsky sich umgedreht hatte, um zu seinem Fahrzeug zu gehen, schaute ihm die Nachbarin noch einen Moment nach und schloss dann, enttäuscht darüber, nicht mehr erfahren zu haben, ihr Fenster.

Dank seines Ruhrgebietsplans fand der Recklinghäuser Kriminalbeamte den Kiosk ohne Mühe. Da er keinen Park-platz in der direkten Umgebung des Kiosks entdecken konnte, stellte er seinen Wagen im absoluten Halteverbot ab und hoffte, dass um kurz vor sechs keine Politessen mehr im Dienst des Herner Stadtkämmerers unterwegs waren.

Brischinsky begrüßte die Witwe, als sie den Kioskschalter öffnete.

»Wollen Sie etwas kaufen oder sind Sie dienstlich hier?«

»Beides. Zunächst geben Sie mir bitte eine Schachtel HB.« Er legte sechs Mark auf das Brett vor dem Schalter und steckte die Zigarettenschachtel und das Wechselgeld in seine Jackentasche. »Und dann würde ich Ihnen gerne noch einige Fragen stellen.«

»Da herum.« Karin Schattler zeigte auf den Hauseingang. »Moment, ich lass Sie rein.«

Hauptkommissar Brischinsky betrat den Hausflur. Karin Schattler erwartete ihn in der offenen Tür und reichte ihm die Hand.

»Bitte hier.« Sie gab den Weg frei in ihren Lagerraum. »Möchten Sie einen Kaffee? Oder etwas anderes?«

Brischinsky verneinte. »Frau Schattler, ich möchte Sie nicht lange aufhalten. Sagen Sie, war Ihr Mann eifersüchtig?«

Sie sah ihn überrascht an. »Rasend. Er hat mir immer wieder Szenen gemacht. Warum wollen Sie das wissen?«

»Frau Schattler, es tut mir leid, aber diese Frage muss ich stellen: Hatte Ihr Mann Grund für seine Eifersucht?«

Karin Schattler lachte kurz auf. »Nein, hatte er nicht.«

»Arbeitskollegen haben uns berichtet, dass Ihr Mann vor etwa zwei Wochen eine Auseinandersetzung mit einem türkischen Bergmann gehabt hat. Dabei soll Ihr Mann den Vorwurf erhoben haben, dieser Bergmann würde Ihnen ... sagen wir ... nachstellen.«

Die junge Frau lachte erneut. »Das sieht Heinz ähnlich. Überall hat er Konkurrenten gewittert. Auch hier im Laden. Er hat mir immer wieder vorgehalten, ich würde meinen Kunden schöne Augen machen. Dabei war ich nur freundlich. Nein, ich kenne keinen Türken, der mir ... wie sagten Sie eben ... nachstellt.«

»Sie wissen also nicht, mit wem Ihr Mann Strcit hatte? Und es gab für Ihren Mann wirklich keinen Grund ...«

»Nein, das sagte ich Ihnen doch bereits«, fiel sie ihm barsch ins Wort.

Brischinsky hatte den Eindruck, dass sein Gegenüber ihm etwas verschwieg. Er blickte prüfend auf Karin Schattler. »Frau Schattler, ich bin wirklich nicht hier, um über Ihr Privatleben zu urteilen. Ich muss einen Mord aufklären. Deshalb stelle ich solche Fragen.«

Sie musterte den Polizisten verärgert. »Herr Brischinsky, mein Mann ist noch nicht beerdigt und da fragen Sie mich, ob ich ihn betrogen haben. Ich finde, das geht zu weit«, beschwerte sie sich.

»Hm. Vielleicht haben Sie Recht. Also entschuldigen Sie bitte. Das wäre es für heute. Vielen Dank, dass Sie mir Ihre Zeit geopfert haben.«

Baumann erwartete ihn bereits in ihrem Büro. »Also, der vorgesetzte Fahrsteiger von Schäfer hat dessen Angaben im Wesentlichen bestätigt. Der hatte wirklich 'ne Panne. Ein Kontaktstecker der Batterie hatte sich gelöst. Eine Kleinigkeit. Das hätte Schäfer auch selbst reparieren können, aber die haben da so ihre Vorschriften. Da darf nur ein Elektriker ran. Wegen Schlagwetterschutz, du weißt schon … Den Betriebsrat, den Grottes, habe ich ebenfalls noch auf dem Bergwerk angetroffen. Der konnte sich gut an den Vorfall auf dem Parkplatz erinnern. Und jetzt rate, wie der türkische Bergmann heißt, mit dem Schattler den Streit vom Zaun gebrochen hat?«

»Keine Ahnung. Spuck's aus.«

»Cengiz Kaya«, sagte Heiner Baumann triumphierend, »der Letzte auf unserer Liste.«

»Ach nee!«

»Ach ja. Da staunst du, was?«

»Etwas. Hast du die Adresse von Kaya?«

»Klar. Der wohnt in Herne. Mont-Cenis-Straße 69.«

»Wo wohnt der? In der Mont-Cenis-Straße?«

»Genau. Warum verwundert dich das so?«

»Weil Karin Schattler in der Mont-Cenis-Straße in Herne einen Kiosk betreibt. Und weil sie heute sehr unwirsch auf meine Fragen über die Eifersucht ihres Mannes reagiert hat. Und weil eine Nachbarin sie in Verdacht hat, es mit der ehelichen Treue nicht so genau zu nehmen.«

»Ist ein Ding!«

»Dat isset. Da werden uns Herr Cengiz Kaya und Frau Karin Schattler aber noch so einiges zu erklären haben.«

16

»Kaya«, meldete sich der junge Bergmann schlaftrunken am Telefon, dessen penetrantes Klingeln ihn nach einer anstrengenden Nachtschicht drei Stunden zu früh aus dem Bett riss.

»Baumann. Kripo Recklinghausen. Ich hoffe, wir haben Sie nicht geweckt?«, erkundigte sich der Polizist.

»Doch, haben Sie. Um was geht es?«

»Herr Kaya, wir würden uns gerne etwas ausführlicher mit Ihnen unterhalten. Wäre es möglich, dass Sie in einer Stunde zu uns ins Polizeipräsidium Recklinghausen kommen?«

»Mit mir? In einer Stunde? Warum denn das?«

»Routineangelegenheit. Wegen des Todes eines Ihrer Kollegen vom Bergwerk *Eiserner Kanzler*.«

»Aber Sie haben doch schon meine Fingerabdrücke, warum muss ich denn dann ...?«

»Ich sagte ja schon, Routineangelegenheit. Wir haben nur ein paar Fragen. Dauert nicht lange. In einer Stunde, ja?« Baumann legte grußlos auf.

Cengiz hielt unschlüssig den Hörer in der Hand und wählte schließlich Rainers Nummer. Es meldete sich nur der Anrufbeantworter.

»Rainer, ich bin's, Cengiz. Die Kripo will mich sprechen. Im Recklinghäuser Präsidium. Es ist jetzt kurz nach elf. Wenn du in den nächsten zwanzig Minuten wieder zurück bist, ruf mich doch bitte an. Ich weiß nicht so genau, was ich machen soll. Danke.«

Eine halbe Stunde später saß der Bergmann in seinem Wagen und fuhr, ohne mit seinem Freund Rainer Esch gesprochen zu haben, zur Kripo Recklinghausen.

»Bitte nehmen Sie doch Platz, Herr Kaya.« Brischinsky schob Cengiz einen Stuhl zu. »Sie haben doch sicher nichts dagegen, wenn wir unsere Unterhaltung auf Band aufnehmen?«, fragte er.

»Nein, nichts. Aber warum ...«

»Es ist einfacher für uns«, antwortete Baumann.

Cengiz befriedigte diese Antwort nicht im Geringsten.

»Herr Kaya,« begann der Hauptkommissar das Verhör, »was sind Sie von Beruf?«

»Bergmechaniker.«

»Und welche Aufgaben haben Sie auf dem Bergwerk? Wo ist Ihr Einsatzort?«

»Ich bin Hauer im Revier 32. Das ist auf der siebten Sohle.«

»Ist das weit weg vom Querschlag West?«, platzte Baumann dazwischen, was ihm einen ärgerlichen Blick seines Vorgesetzten einbrachte.

»Nein, so etwa zwanzig Minuten ... aber ich verstehe nicht, was das alles ...«

»Bitte beantworten Sie nur unsere Fragen. In der Nacht zum Montag dieser Woche hatten Sie Nachtschicht, nicht?«

»Ja, stimmt. Aber das wissen Sie doch schon.«

Ohne auf seine Feststellung einzugehen, fuhr der Hauptkommissar fort: »Was haben Sie während der Nachtschicht gemacht?«

»Lassen Sie mich nachdenken ... Ja, ich habe am Streb-Strecken-Übergang gearbeitet. Stempel gesetzt, den Ausbau entfernt, Baustoff eingebracht.«

»Waren Sie die ganze Nachtschicht da tätig?«

»Ja, natürlich.«

»Und Ihre Kollegen könnten das bestätigen?«

»Sicher. Glaub schon.«

»Sie waren also immer mit anderen Bergleuten zusammen? Die ganze Nacht?«

»Ja, klar.« Cengiz machte eine Pause. »Nein, warten Sie. Ich bin einmal losgegangen, um nachzusehen, wie viele Anker wir noch haben.«

»Anker? Wofür brauchen Sie ...«

»Das sind natürlich keine Anker, an die Sie denken. Wir nennen sie nur so. Das sind quasi lange Dübel, mit denen wir die Strecken vor Steinfall und Ähnlichem sichern.«

»Aha. Und wie lange waren Sie weg?«

»Das kann ich Ihnen nicht genau sagen. So 'ne halbe Stunde vielleicht.«

»Können's auch vierzig Minuten gewesen sein?«

»Ja, ist auch möglich.«

»Vielleicht auch eine Stunde?«, fragte Brischinsky geduldig.

»Ja, vielleicht auch 'ne Stunde. Wir haben ja keine Uhren auf Schicht. Aber warum wollen Sie das alles wissen?«

»Bitte, nur die Fragen beantworten. Und hat Sie jemand während dieser Zeit gesehen?«

»Tja, das weiß ich nicht.«

»Das wissen Sie nicht?« Brischinskys Tonfall wurde fordernder.

»Nein, das weiß ich nicht.«

»Sicherlich wissen Sie aber, wie Ihre Fingerabdrücke auf die Wetterfolie kommen, mit der Ihr ermordeter Kollege zugedeckt war, oder?«, fragte der Beamte scharf.

Cengiz Kaya begann zu schwitzen. »Nein, ich habe keine Ahnung. Oder warten Sie, vielleicht war das, als wir ... nein, da nicht. Aber ich habe vor zwei Wochen eine Folie ... nee, das war auf der sechsten Sohle ... warten Sie ...«

»Was nun? Können Sie uns das erklären?«

»Nein, ich weiß nicht, ich glaube ...«

»Also nein.« Der Polizist fixierte den Türken genau.

»Woher soll ich heute noch wissen ... Nein, ich kann es nicht erklären.« Kaya rutschte unruhig auf seinem Stuhl hin und her. Seine Kehle war wie ausgetrocknet. »Könnte ich vielleicht einen Schluck Wasser ...«

»Später. Herr Kaya, wissen Sie, was ein Pickeisen ist?«

»Natürlich weiß ich das.«

»Wann haben Sie zuletzt ein Pickeisen in der Hand gehabt?«

»Letzte Nacht. Wir mussten damit ...«

Brischinsky unterbrach ihn. »Dann gehört ein Pickhammer also zu Ihrem Arbeitsgerät?«

»Ja, ich bin Hauer, da brauch ich häufig ...«

»Dann haben Sie also auch schon mal ein altes Pickeisen ausgetauscht?«

»Klar, wir müssen ja öfter ...«

»Was machen Sie mit den gebrauchten Pickeisen?«

»Wie bitte?«

»Sie haben mich schon verstanden. Was machen Sie mit den gebrauchten Pickeisen? Werfen Sie die weg oder was?«

»Wir sammeln die zum Anspitzen über Tage in einem speziellen Transportbehälter.«

»Und wo steht dieser Behälter?«

»Weiter hinten in der Strecke.«

»Da kann jeder dran?«

»Ja, jeder. Aber ich verstehe nicht ...«

»Dann hätten also Sie jederzeit ein gebrauchtes Pickeisen an sich nehmen können?«

»Ja, schon. Aber warum sollte ich das machen?«, fragte Cengiz ratlos und zutiefst verunsichert.

»Um Ihren Kollegen Schattler zu erschlagen!«

Cengiz bekam vor Verblüffung und Erschrecken den Mund nicht wieder zu und riss die Augen weit auf. »Ich soll ... aber warum denn? Ich kannte den doch kaum.

Das ist doch völliger Quatsch. Das können Sie doch nicht wirklich glauben.«

»Herr Kaya, wie gut kannten Sie Herrn Schattler?«

»Flüchtig. Wie man sich eben auf'm Pütt kennt.«

»Hatten Sie jemals Streit mit ihm?«

Das war der Satz, vor dem sich Cengiz gefürchtet hatte. Ihm fiel Rainers Warnung wieder ein. Sie hatten ihn doch ohnehin schon in Verdacht. Wenn er jetzt noch das mit dem Streit ... dann hatten sie ihn doch gleich vollständig am Wickel. Schweißtropfen standen auf seiner Stirn. Er geriet in Panik.

»Was ist, Herr Kaya? Wir warten. Ich frage Sie noch einmal: Hatten Sie jemals Streit mit Schattler?« Brischinsky ließ ihm keine Ruhe zu überlegen und bekräftigte: »Herr Kaya, wir warten auf Ihre Antwort. Hatten Sie mit Schattler Streit?«

»Los, Herr Kaya«, sekundierte Baumann.

»Was ist nun?«, bellte Brischinsky.

»Antworten Sie endlich, Mensch«, schrie ihn Baumann an und kroch dabei fast in sein rechtes Ohr.

»Nein«, rief Kaya völlig aufgelöst. »Nein.« Und atmete tief durch. Jetzt war es raus!

Brischinsky und Baumann sahen sich verstehend an.

»Sie hatten also noch nie Streit mit Herrn Schattler?«

»Nein, nie«, versicherte der völlig erschöpfte Türke.

»Wie«, triumphierte da Brischinsky, »erklären Sie es sich dann, dass Ihr Kollege Grottes ausgesagt hat, dass Schattler Sie vor etwa zwei Wochen auf das heftigste angegriffen hat, weil er glaubte, dass Sie ein Verhältnis mit seiner Frau haben?«

Cengiz zuckte zusammen. »Woher wissen Sie ... aber das war doch ...«, stammelte er.

»Dann hatten Sie also doch Streit?«

»Ja, aber das war doch ...« Der Beschuldigte versuchte fieberhaft, einen Weg zu finden, um seinen Kopf wieder aus der Schlinge zu ziehen: »... alles ganz anders.«

»Ach? Das war also ganz anders?«, spottete Brischinsky. »Dann seien Sie doch so gut und erklären uns, warum Sie uns das nicht sofort gesagt haben?«

»Ich hatte Angst.«

»Angst? Sie hatten Angst? Wovor denn?« Brischinsky brüllte unvermittelt los. »Vielleicht davor, dass wir erfahren, dass Sie ein Verhältnis mit Karin Schattler haben? Und dass der tote Heinz Schattler Ihnen dahintergekommen ist und Sie zur Rede gestellt hat? Und dass Sie Ihren Rivalen dann, heimtückisch und niederträchtig, mit einem Pickeisen erschlagen haben? Hatten Sie vielleicht davor Angst, Herr Kaya?«

Cengiz schüttelte den Kopf. »Nein, bestimmt nicht. Damit habe ich nichts zu tun.«

»Ach? Dann wissen Sie auch nichts von dem Drohbrief, den Heinz Schattler erhalten hat?«

»Doch, das hat ...«

»Sie bestätigen also, von dem Brief zu wissen?«, hakte Brischinsky sofort nach.

»Ja, aber ...«

»Das ist zumindest schon ein Anfang. Woher, Herr Kaya, wissen Sie denn von dem Brief?«

»Frau Schattler hat mir davon erzählt.«

»Frau Schattler? Warum sollte sie das tun? Hatten Sie vielleicht doch eine engere Beziehung zu Frau Schattler? Oder haben Sie etwa den Brief sogar selbst zusammengeklebt? Los, Kaya, geben Sie's schon zu! Ihr Leugnen hat doch keinen Zweck.«

Cengiz schüttelte heftig den Kopf. »Nein, nein, das stimmt doch alles nicht, das war doch ganz anders!«

»Anders? Dann erzählen Sie uns doch bitte, was anders war.«

»Ich habe Schattler nicht ermordet, ich bin ...«

»... unschuldig? Was meinen Sie, Herr Kaya, wie häufig ich das schon gehört habe. Nun machen Sie es sich doch nicht unnötig schwer. Kommen Sie, erzählen Sie uns alles. Hat Sie Schattler vielleicht provoziert? Sie beschimpft? Und Sie haben die Nerven verloren? Kommen Sie, Cengiz, erleichtern Sie Ihr Gewissen«, drängte Brischinsky.

»Ich hab Schattler nicht ermordet«, stöhnte Cengiz auf, beide Hände vor sein Gesicht schlagend. »Ich war's nicht, wirklich nicht. Das müssen Sie mir glauben, bitte.« Er wurde von einem heftigen Weinkrampf geschüttelt. »Ich weiß doch nichts. Ich war's nicht, bitte, ich war's ... ich wollte doch nur ...« Der Rest ging in einem unverständlichen Schluchzen unter.

»Der bleibt heute Nacht hier«, wies Brischinsky seinen Mitarbeiter an. »Aber passt auf, dass der sich nichts antut, hast du verstanden?«

Baumann nickte.

Und zu Cengiz Kaya gewandt, sagte der Hauptkommissar: »Herr Kaya, ich muss Sie leider vorläufig festnehmen. Wegen Mordverdachts an Heinz Schattler.«

Kaya schluchzte erneut heftig auf.

Leise setzte Brischinsky hinzu: »Tut mir leid, mein Junge.«

17

Mit schwerem Schädel kroch Rainer Esch aus seinem Bett und mixte sich zunächst einen Alka-Seltzer-Orangensaft-Cocktail. Dann schlurfte er in die Küche, um einen Kaffee aufzusetzen und seine Klamotten zusammenzusuchen. Als er seine Jeans aus der Badewanne fischte, fiel seine Geldbörse heraus. Er schnappte sich das Teil und unterzog den Inhalt einer kritischen Inspektion. Das Ergebnis der Untersuchung trug schlagartig zu seiner völligen Ernüchterung bei. Die Geldbörse war leer. Rainer kratzte sich hinter dem Ohr und versuchte, seine bruchstückhaften Erinnerungen zu sortieren. Um diesen Vorgang zu beschleunigen, zündete er sich zunächst eine Reval an. Der Brechreiz verschwand nach dem dritten Lungenzug.

Im *Drübbelken* war er nach dem einen oder anderen Veterano mit einem Typ an der Theke ins Gespräch gekommen und hatte sich zu einigen Runden Siebzehnundvier überreden lassen, mit dem Ergebnis, dass sein so mühevoll verdientes Honorar sich jetzt in den Taschen dieses ... dieses ..., ja dieses Verbrechers befand. Einen fast hilflosen Menschen so abzuzocken. Esch war empört. Darum sollte sich die Polizei mal kümmern, anstatt hinter Hecken und Büschen unbescholtenen Bürgern aufzulauern, die nur das eine oder andere Kilometerchen zu schnell gefahren waren.

Seufzend machte er sich daran, seine eiserne Geldreserve zu suchen, die sich wie immer in dem Karteikasten befand, in dem Rainer wichtige Telefonnummern aufbewahrte. Dabei fiel sein Blick auf den blickenden Anrufbeantworter und er hörte die eingegangenen Nachrichten ab.

Als er Cengiz Stimme erkannte, stutzte er und griff zum Telefonhörer. Sein Freund nahm nicht ab. Rainer schaute auf die Uhr. Halb eins. Er ließ den Ruf so lange durchläuten, bis das Besetztzeichen ertönte. Keine Resonanz, Rainer war etwas beunruhigt. Cengiz schlief normalerweise direkt neben dem Telefon. Und um diese Zeit war er, wenn er Nachtschicht hatte, eigentlich immer zu Hause. Kurz entschlossen schnappte Rainer sich das Telefonbuch, wählte die Nummer der Kriminalpolizei und ließ sich mit Hauptkommissar Brischinsky verbinden.

»Esch hier. Tach, Herr Brischinsky. Wissen Sie noch, wer ich bin?«

»Wer könnte Sie schon vergessen?! Sagen Sie, sind Sie erkältet?«

»Nein, wieso?«

»Ich dachte nur. Sie hören sich so an.«

»Nee, bin ich nicht. Nur etwas verkatert. Herr Brischinsky, heute Morgen war mein Freund Cengiz Kaya bei Ihnen im Präsidium.«

»Ja?«

»Nun, er ist nicht zu Hause und ich dachte, vielleicht ist ihm auf der Rückfahrt was passiert. Wissen Sie etwas darüber?«

»Jetzt hören Sie mir mal zu, Herr Esch! Hier ist die Mordkommission, nicht die Verkehrspolizei, klar?«

»Schon klar. Aber da wir uns doch so gut kennen, dachte ich, dass vielleicht Sie ... Ihnen wird man doch Auskunft erteilen, oder?«

Sein Gesprächspartner schwieg.

»Herr Brischinsky, sind Sie noch da?«

»Bin ich.« Der Hauptkommissar zögerte, gab sich dann aber einen Ruck. »Herr Esch, ich dürfte Ihnen das eigentlich nicht sagen, aber Herr Kaya ist bei uns in Gewahrsam. Er wird noch heute dem Haftrichter vorgeführt.«

»Was wird der?«

»Dem Haftrichter vorgeführt.«

»Wieso das denn?«, fragte Rainer entgeistert, obwohl er die Antwort ahnte.

»Das darf ich Ihnen nicht sagen, Herr Esch.«

Jetzt war es an Rainer, schweigend nachzudenken. Schließlich fragte er: »Herr Brischinsky, kann ich Cengiz besuchen?«

»Besuchen? Nein. Nur ein Anwalt.«

»Ich bin doch Jurist. Na ja, fast.«

»Wenn Sie als Anwalt zugelassen sind, dürfen Sie wiederkommen.«

»Aber das dauert Jahre. So lange kann Cengiz nicht warten.«

»Ist das meine Schuld?«

»Nee, meine.« Und in diesem Moment meinte Rainer das auch so, wie er es sagte, und war fest entschlossen wie nie zuvor, sein Studium wieder aufzunehmen. »Und sonst gibt es keine Ausnahmen?«

»Doch. Wenn Sie ein Angehöriger wären ...«

»Aber er hat doch keine Angehörigen in Deutschland. Er hat doch eigentlich nur mich. Ich bin quasi sein einziger Angehöriger. Herr Brischinsky«, flehte Esch verzweifelt, »bitte lassen Sie mich zu ihm. Er braucht mich. Wirklich.«

»Hm. Na gut. Dann aber, bevor er in U-Haft kommt. Noch ist er in der Haftzelle hier im Präsidium. Wenn Sie sich beeilen ...«

»Bin sofort da.«

Rainer hatte schon das Haus verlassen, als ihm noch etwas einfiel. Hastig stürmte er die Treppe wieder nach oben und schnappte sich einen Kugelschreiber und ein weißes Blatt Papier, das er gefaltet in seine Jackentasche steckte.

Im Spurt legte er die wenigen Meter von seiner Wohnung zum Polizeipräsidium zurück, wo ihn Hauptkommissar Brischinsky schon in seinem Büro erwartete.

»Zehn Minuten gebe ich Ihnen. Überzeugen Sie Ihren Freund davon, dass es besser für ihn ist, ein Geständnis abzulegen. Und besorgen Sie ihm einen guten Anwalt.«

»In Arbeit.« Esch klopfte mit der linken Hand auf seine rechte Jackentasche. »Aber was soll er denn gestehen?«, stellte er sich ahnungslos.

»Das wird er Ihnen schon selbst sagen. Los, kommen Sie.«

»Wann muss er denn vor den Haftrichter?«, fragte Rainer, als sie Brischinskys Büro verließen.

»Um drei.«

Der Polizeibeamte führte Rainer Esch die breite Treppe hinunter ins Erdgeschoss. Dort gingen sie an der Wache vorbei zu einem schweren Eichenportal, das zu einem angrenzenden Flur führte, an dessen Ende sich eine Stahltür befand. Rechts davor war ein kleines Büro, in dem ein Beamter Zeitung lesend auf Abwechslung wartete. Auf seinem Schreibtisch standen mehrere Monitore, die augenscheinlich Überwachungszwecken dienten.

»Das ist Rainer Esch«, teilte Brischinsky dem anderen Beamten mit. »Lassen Sie ihn bitte für etwa zehn Minuten zu Cengiz Kaya.« Und zu Rainer gewandt, sagte er: »Wenn noch etwas sein sollte, können Sie später noch mal zu mir kommen. Den Weg kennen Sie ja.«

Esch nickte und Brischinsky verließ den Raum. Der Schließer griff zu einem Schlüsselbund und bedeutete Rainer mit einer Kopfbewegung, ihm zu folgen. Er öffnete das Schloss der Stahltür und sie betraten einen weiteren Flur, von dem mehrere Türen, die mit Nummern versehen waren, abgingen. Esch bemerkte, dass an der Decke eine Videokamera hing.

Der Beamte ging mit Rainer in einen weiß getünchten Raum am Ende des Ganges, in dem sich außer einem Holztisch mit Metallbeinen und vier Stühlen keine Möblierung befand. Eine Neonleuchte tauchte den Raum in ein fahles Licht. Auch hier überwachte eine Kamera das Geschehen.

»Bitte warten Sie hier«, sagte der Beamte und verschwand.

Rainer hörte das Öffnen und Schließen einer Tür und kurz darauf wurde sein Freund in das Zimmer geführt.

Der Polizist wiederholte: »Zehn Minuten« und stellte sich wortlos neben die Tür.

Cengiz fiel Rainer in die Arme. »Gott sei Dank, dass du hier bist. Du musst mir helfen, Rainer. Die glauben, ich hätte den Schattler umgebracht«, sprudelte es aus ihm heraus. »Aber ich war's nicht, das musst du mir glauben. Ich hab den nicht umgebracht, bestimmt nicht. Die

Polizei meint, das wäre aus Eifersucht passiert; ich hätte was mit Karin Schattler ...«

»Sag ich ja«, unterbrach Esch den Redefluss und hob sofort entschuldigend beide Hände, als er das entsetzte Gesicht sah. »War nicht so gemeint, ehrlich nicht.«

»Damit macht man keine Witze«, sagte Cengiz und sah seinen Besuch flehend an. »Hol mich bitte hier raus. Bitte. Ich halte das nicht aus.«

»Das kann ich leider nicht, Cengiz. Und du wirst heute noch dem Haftrichter vorgeführt, der darüber entscheidet, ob du aus dem Knast kommst.«

»Noch länger in diesem Loch und ich bin erledigt«, stöhnte Cengiz.

»Hier brauchst du auf jeden Fall nicht zu bleiben.«

»Nein?« Cengiz schien erleichtert.

»Nein. Wenn der Richter dich nicht freilässt, kommst du in U-Haft. Das ist dann ein richtiger Knast. Mit anderen Kollegen und so. Nicht so 'ne Isolationshaft wie hier.«

»Puh. Tolle Aussichten.«

»Finde ich auch.« Rainer nestelte an seiner Jackentasche und zog das Papier und den Kuli heraus. »Hier. Das musst du unterschreiben.« Er legte das leere Blatt Papier vor Cengiz auf den Tisch.

»Einen Moment bitte«, schaltete sich der Schließer ein. »Was ist das?«

»Eine Vollmacht für seinen Anwalt«, erwiderte Esch. »Genau genommen nur eine Blankovollmacht zur Unterschrift. Dagegen ist doch wohl nichts einzuwenden, oder? Ich vertrete hier quasi meinen Kollegen, Rechtsanwalt Losper. Ich bin sein Referendar«, log er.

»Klar, ist schon gut«, brummte der Beamte.

»Unterschreibe hier, Cengiz.« Esch zeigte auf die Blattmitte und der Türke setzte seinen Namenszug an die angegebene Stelle.

»Wer ist Anwalt Losper?«, fragte er leise.

»Ein Bekannter von mir. Hat mit mir angefangen zu studieren und ist vor kurzem fertig geworden. Hat 'ne kleine Kanzlei in der Stadt, am Börster Weg.«

»Und? Hat der denn Erfahrung?«

»Erfahrung nicht, dafür aber keine Mandanten und jede Menge Zeit. Du dürftest sein erster Kunde sein. Deshalb kriegen wir den ja vermutlich problemlos kurzfristig. Von den frisch zugelassenen Rechtsanwälten kannst du eine Rundum-Betreuung erwarten, glaub mir. Da bist du als Kunde noch König. Nicht wie in den Anwaltsfabriken, da bist du nur 'ne Rechtsschutznummer. Wenn du überhaupt Rechtsschutz hast. Hast du eigentlich 'ne Rechtsschutzversicherung?«

»Nein.«

»Trotz Manfred Krug? Na, macht nichts. Wir müssen ohnehin mit Losper eine Honorarvereinbarung schließen. Bei Strafsachen zahlen Rechtsschutzversicherungen nicht. Da der darin auch keine Erfahrung hat, wird das nicht so teuer. Das kriegen wir schon hin. Schließlich bin ich ja auch noch da.«

Cengiz Kaya nickte ergeben. »Und der holt mich hier raus?«

»Hier raus kommst du auf jeden Fall«, grinste Rainer Esch. »Verspreche ich dir.«

»Die Zeit ist um, meine Herren«, meldete der wartende Polizist nach einem Blick auf seine Uhr und griff Cengiz am Arm. »Bitte kommen Sie mit«, sagte er mit kalter Routine und führte den Häftling hinaus.

Als Rainer den verzweifelten Blick seines Freundes sah, bereute er zum zweiten Mal an diesem Tag, sein Studium noch nicht beendet zu haben.

18

Brischinsky benötigte fast eine Stunde, um nach Herne zum Kiosk von Karin Schattler zu gelangen.

»Frau Schattler«, begann der Hauptkommissar, »ich will mich nicht lange mit höflichem Vorgeplänkel aufhalten. Hatten beziehungsweise haben Sie ein Verhältnis mit Cengiz Kaya?«

Die Witwe sah den Polizeibeamten entgeistert an. »Wie kommen Sie denn darauf? Ich habe Ihnen doch schon gesagt, dass ...«

»Das haben Sie. Aber ich glaube Ihnen nicht. Wir haben uns erkundigt. Eine Ihrer Nachbarinnen hat ausgesagt, dass Sie, wenn Ihr Mann gearbeitet hat, häufigen, wechselnden Männerbesuch hatten. Im Gegensatz dazu haben Sie behauptet, die Eifersucht Ihres Mannes sei völlig unbegründet gewesen. Was stimmt denn nun?«

Karin Schattler warf ihr Haar mit einer heftigen Kopfbewegung in ihren Nacken. »Nachbarschaftsgeschwätz«, sagte sie verächtlich. »Wenn Sie etwas darauf geben, bitte.«

»Mein Kollege Baumann befragt gerade – mit einem Foto von Cengiz Kaya in der Hand – erneut Ihre Nachbarn. Möglicherweise hat die eine oder der andere ihn gesehen und erkennt ihn wieder.« Brischinsky gewann den Eindruck, dass Karin Schattlers Selbstsicherheit nur gespielt war und die Fassade erste Risse bekam. »Herr Kaya hatte vor einigen Wochen eine heftige Auseinandersetzung mit Ihrem Mann. Wegen Ihnen«, fügte er hinzu. »Dafür gibt es Zeugen. Wenn Sie nun weiter die Beziehung abstreiten, wir sie Ihnen aber dann doch nachweisen können, machen Sie sich verdächtig.«

Karin Schattler stand auf und griff mit zitternden Händen zu einem Weinbrandfläschchen. »Wie meinen Sie das, was soll das heißen? Wollen Sie damit sagen, dass ...« Ihre Stimme zitterte vor Anspannung.

»Ich will damit nur sagen, dass Sie sich verdächtig machen, wenn Sie uns belügen.«

Die junge Frau hatte vor Aufregung schweißnasse Hände, so dass es ihr nicht gelang, den Weißmetallverschluss von der Flasche abzudrehen. Brischinsky sah keine Veranlassung, ihr zu helfen. Schließlich ging sie in den Lagerraum und kam mit einem Trockentuch zurück, das sie über den Flachmann legte. Sie öffnete den Verschluss, wobei sie etwas von dem Schnaps vergoss. Dann nahm sie einen tiefen Schluck direkt aus der Flasche, hustete und brach unvermittelt in Tränen aus.

»Gut. Ich sage Ihnen alles. Aber Sie müssen mir glauben, mit dem Mord an Heinz habe ich nichts zu tun, wirklich nicht.«

Es gibt immer nur Unschuldslämmer, dachte Brischinsky. »Dann erzählen Sie bitte.«

Durch Weinkrämpfe immer wieder unterbrochen, begann Karin Schattler ihre Beichte: »Angefangen hat alles vor drei, vier Monaten. Cengiz, ich meine, Herr Kaya, wohnt ja nicht weit von hier in derselben Straße. Er kam regelmäßig bei mir vorbei und hat immer eine Kleinigkeit gekauft. Wenn er Zeit hatte, unterhielten wir uns. Ich fand ihn nett und sehr zuvorkommend. Am Donnerstag, dem 14. Mai, wollte ich in der Innenstadt noch etwas besorgen. Ich weiß das deshalb so genau, weil Heinz am nächsten Tag Geburtstag hatte. Im Citycenter, das ist das Einkaufszentrum im oberen Teil der fußläufigen Bahnhofstraße, traf ich in der Eisdiele zufällig Cengiz. Er lud mich ein, mich zu ihm zu setzen, und da Heinz auf Nachtschicht war und ich selbst sonst nichts vorhatte, nahm ich Platz. Ich habe mir wirklich nichts dabei gedacht. Cengiz hat mich zu einem Cappuccino eingeladen und wir haben geplaudert. Nachher sind wir noch 'ne Pizza essen gegangen. Tja, und an dem Abend ist es dann passiert.«

»Seit diesem Zeitpunkt hatten Sie ein Verhältnis mit Herrn Kaya?«

»Ja. Wir haben uns getroffen, wann immer es ging. Meistens bei ihm, aber manchmal auch bei mir. Cengiz hat gedrängt, dass ich mich von Heinz trennen sollte. Aber ich war mir nicht sicher. Außerdem, ich wusste nicht genau, ob die Beziehung für Cengiz nicht doch nur eine kurze Affäre war. Er hat mir zwar immer versichert, dass er mich liebt, aber ... Verstehen Sie das richtig, Herr Brischinsky, bei einer Trennung von Heinz hätte ich auf alles verzichten müssen. Auch auf den Kiosk hier.«

Als Karin Schattler das erstaunte Gesicht des Beamten bemerkte, erläuterte sie: »Der Laden hier ist eine GmbH. Und Heinz gehörte die Hälfte. Wir hätten verkaufen müssen, um die Firma aufzuteilen. Was hätte ich dann gehabt? Ein paar tausend Mark, nicht mehr. Deshalb habe ich gezögert.«

»Und Herr Kaya?«

»Wollte das nicht verstehen. Er hat immer wieder gesagt, dann müssten wir eben nach anderen Wegen suchen.«

»Was hat er damit gemeint?«

»Ich weiß es nicht.« Sie schluchzte erneut. »Ich weiß es doch nicht. Ich kann einfach nicht glauben, dass ...«

»Was können Sie nicht glauben?«

Sie ging nicht auf die Frage des Polizeibeamten ein. »Er war immer so lieb und einfühlsam. Ich liebe ihn immer noch. Aber der Kiosk ist meine Existenz. Deshalb hatte Cengiz ja auch die Idee mit den Briefen.«

»Den Drohbriefen? Es gab mehrere?«

»Natürlich. Cengiz hat gesagt, dass wir dadurch Heinz Angst einjagen könnten und er vielleicht dann darauf drängen würde, den Kiosk zu verkaufen. Cengiz wollte über einen Strohmann als Käufer auftreten und mir später den Kiosk überlassen. So wäre meine Existenz

gesichert gewesen. Ich konnte doch nicht ahnen, dass
...«

»Frau Schattler, wo sind die Briefe?«

»Warten Sie, ich hole sie Ihnen.« Sie ging in den Lagerraum und kam mit dem roten Schnellhefter zurück.

Brischinsky warf einen flüchtigen Blick auf den Inhalt. »Und was war mit dem Streit?«

»Cengiz hat mir davon erzählt. Er sagte, noch einmal ließe er sich das nicht gefallen, dass Heinz ihn angreift. Dann würde was passieren.«

»Das hat er so gesagt? War das der genaue Wortlaut?«

»Nein, er hat gesagt: Wenn mich dein Mann noch mal so anbrüllt, wird der sein blaues Wunder erleben.«

Brischinsky schrieb mit.

»Und da sind Sie sich ganz sicher?«

»Das bin ich. Cengiz hat so wütend ausgesehen, er hat mir richtig Angst gemacht. In diesem Moment war das nicht der Mann, in den ich mich verliebt hatte. Aber trotzdem, Cengiz hat bestimmt nichts mit der Sache zu tun, ganz bestimmt nicht.«

Der Polizist stand auf. »Frau Schattler, Sie haben mir sehr geholfen, danke. Bitte kommen Sie morgen früh ins Präsidium. Wir müssen Ihre Aussage protokollieren.«

Karin Schattler sah den Kommissar aus verheulten Augen an. »Natürlich. Ich komme.« Sie machte eine Pause. »Und Cengiz«, schluchzte sie erneut, »was wird aus Cengiz?«

19

Die Anwaltskanzlei Uwe Lospers lag im ersten Stock einer Jugendstilvilla, in deren Erdgeschoss eine Zahnarztpraxis ihr Domizil gefunden hatte. Rainer hatte wohlweislich auf eine telefonische Anmeldung bei seinem früheren Studienfreund verzichtet, da er befürchtete, dass der frisch gebackene Jurist Uwe Losper jeden Kontakt mit ihm ablehnen würde.

Die Ursache dieser Abneigung lag in einer unschönen Auseinandersetzung vor einigen Jahren, in der es um die neue Freundin Lospers, zwei Ohrfeigen, eine Verbrennung zweiten Grades, hervorgerufen durch einen absichtlich verschütteten Becher heißen Kaffees, und das Zerreißen einer eminent wichtigen Hausarbeit Uwes ging. Rainer war als eindeutiger Sieger durch technisches K. o. aus diesem Streit hervorgegangen. Sein Studienkollege hatte danach keine Freundin mehr, einen Kaffeefleck auf seiner neuen Jeans und den Termin für die Abgabe der Hausarbeit verpasst. Seitdem hatte Uwe Losper kein Wort mehr mit Rainer gewechselt.

Esch hielt es daher für taktisch klüger, seinen ehemaligen Kumpel einfach zu überraschen und ihm die freudige Nachricht, dass er einen des Mordes Verdächtigen verteidigen dürfe, persönlich zu überbringen. Die Aussicht, ein zweiter Bossi zu werden, und die – zugegeben wahrscheinlich unberechtigte – Aussicht, dafür auch noch Geld zu erhalten, müssten eigentlich die unbegründeten Ressentiments Rainer gegenüber aufwiegen. Außerdem hatte sich Rainer von der Ex-Freundin Uwes nach nur einer Nacht wieder getrennt und die Frau hatte Uwe dann später doch noch geheiratet. Das, so meinte Rainer, waren eigentlich die besten Voraussetzungen, um der Freundschaft zwischen ihm und dem Junganwalt eine neue Chance zu geben.

»Was willst du denn hier?«, schrie Uwe Losper wütend, als er ihn nach dem Öffnen der Tür vor sich stehen sah. »Hab ich dir damals nicht unmissverständlich erklärt, dass du dich zukünftig von mir fern halten sollst, und zwar sehr fern? Verschwinde!«

Mit einem Krachen fiel die Tür ins Schloss.

Esch, der Uwes Reaktion leicht überzogen fand, unternahm einen zweiten Versuch. Als Losper tatsächlich erneut öffnete, steckte Rainer seinen Fuß in den Spalt, was Uwe nicht darin hinderte, trotzdem zu versuchen, die Tür mit Wucht zuzuschlagen. »Hau ab, du Arsch.«

Mit leicht schmerzverzerrtem Gesicht drückte Rainer den Zugang gegen den Widerstand Lospers auf und verschaffte sich endlich Einlass zu der Anwaltspraxis. Esch packte den Kragen des zwei Köpfe kleineren und körperlich deutlich unterlegenen Anwalts, schüttelte ihn freundschaftlich kräftig und sagte mit der ihm angeborenen Liebenswürdigkeit: »Jetzt halt die Luft an, du Winkeladvokat, sonst sind es nicht wie damals nur zwei Ohrfeigen, die du mir danach vorwerfen kannst. Klar?«

Als Uwe sich nicht rührte, knuffte ihn Rainer sanft in den Magen. »Jetzt klar?«

Der Anwalt schnappte mit offenem Mund nach Luft und japste wie ein Fisch auf dem Trockenen.

»Klar?«

Eingeschüchtert nickte Losper.

»Ich wusste doch gleich, dass wir alten Freunde uns verstehen.«

»Hast du Freunde gesagt?«, keuchte Uwe.

»Hab ich. Jetzt hör zu.« Esch ließ den Kragen des Juristen los, griff dafür nach dessen Krawatte und zog den Kopf des Überfallenen auf die Höhe seines Brustkorbes. Von oben sah er auf ihn herab. »Ich hab Arbeit für dich. Und wenn ich die Sache hier richtig sehe, hast du keine. Richtig?« Er hielt den hilflosen Gesichtsausdruck von Losper für Zustimmung. »Richtig! Und deshalb hab ich dir die Chance deines Lebens mitgebracht. Du kannst einen Mordverdächtigen raushauen. Was hältst du davon?«

Losper, der viel mehr davon gehalten hätte, wieder frei atmen zu können, nickte.

»Dann lass ich dich jetzt los. Aber kein Theater mehr, okay?«

Uwe Losper nickte erneut.

»Gut.« Esch ließ sein Gegenüber los und marschierte durch die Büroräume.

»Schön hast du's hier. Vielleicht etwas spartanisch für einen Anwalt, aber trotzdem schön.« Er sah sich um. »Nein, das ist ja nicht wahr, du besitzt ja immer noch diese drittklassige Grafik. 'ne Sekretärin gibt's auch noch nicht oder sehe ich das falsch? Aber ansonsten nicht schlecht.« Er drehte sich um. »Wann hab ich die Anzeige in der Zeitung gelesen, dass du die Praxis eröffnet hast? Dienstag? Ja, Dienstag. Und, schon Mandanten?«

Losper schwieg.

»Dachte ich es mir. Also keine Mandanten. Na, jetzt hast du einen.« Er holte das Papier mit der Unterschrift aus der Tasche und reichte es seinem früheren Kollegen. »Hier, die Vollmacht.«

Losper nahm das Papier in Empfang. »Aber da steht ja nur eine Unterschrift drauf?«

»Da steht nur eine Unterschrift drauf, nur eine Unterschrift drauf«, äffte Esch den Anwalt nach. »Klar, steht da nur eine Unterschrift drauf. Was meinst denn du, wo ich heute Morgen im Bullenknast so schnell 'ne Schreibmaschine herbekommen sollte, was? Setz den Rest oben drüber und fertig ist die Vollmacht. Das wirst du doch wohl können?«

»Wer ist denn der Beschuldigte?«

»Kannst du nicht lesen? Cengiz Kaya.«

»Ein Türke? Ich weiß nicht ...«

Rainer Esch kam Uwe Losper gefährlich nahe. »Bis jetzt sind wir beide doch prima miteinander ausgekommen, oder? Wenn du möchtest, dass dieser für dich überaus angenehme Zustand noch etwas anhält, machst du, wenn ich es mitbekommen kann, keine Bemerkungen mehr, aus denen ich auch nur den Ansatz von Ausländerfeindlichkeit heraushören kann, verstanden?« Er machte eine Pause. »Außerdem ist Kaya Deutscher, deutscher als die meisten hier in diesem unserem Lande.«

»Wen soll er denn ermordet haben?«

Esch schaute auf die Uhr. »Erzähl ich dir auf dem Weg ins Gericht.«

»Ins Gericht? Was soll ich denn da?«

»Mein Gott, passiert das allen Juristen, die ein zweites Staatsexamen erfolgreich hinter sich gebracht haben? Was sollst du Kopfnuss wohl bei Gericht? Ich erklär's dir, sogar ganz langsam. Einen Mandanten vertreten. Das sollst du bei Gericht. Und deshalb hängt da unten an der Hauswand ja wohl auch dein Praxisschild, hab ich Recht? Vorwärts, wir haben nicht mehr viel Zeit.«

»Soll das heißen, der Prozess findet heute ...?«

»Natürlich nicht. Ich bin doch nicht blöd und würde in der letzten Minute zu dir kommen.«

Losper atmete erleichtert tief aus. »Puh, und ich dachte schon ...«

»Heute ist nur die erste richterliche Vernehmung«, erklärte Rainer beruhigend. »Und morgen ist Samstag. Wenn Cengiz heute keinen Anwalt mehr zur Seite hat, fährt der ein. Und das wirst du verhindern.«

Losper wurde aschfahl im Gesicht. »Aber ich brauche doch Akteneinsicht, ich muss mich doch vorbereiten. Das geht doch nicht so ...«

»Hast du schon eine Robe?«, fragte Esch im Gegenzug.

»Natürlich. Ich ...«

»Die Robe und die Vollmacht. Mehr brauchst du nicht. Den Rest erzähl ich dir.«

»Ob das ausreicht?«, zweifelte Losper.

»Wir haben uns doch eben darauf verständigt, unsere neu erarbeitete Freundschaft nicht unnötig zu gefährden, oder? Und jetzt setz dich an deine Schreibmaschine oder den Computer da vorne und tippe die Vollmacht. Du hast noch zehn Minuten.«

»Zehn Minuten? Sag, dass das nicht wahr ist, bitte. Das ist mein erstes Mandat. Eigentlich habe ich gehofft, dass das ein schöner, einfacher Verkehrsunfall mit hohem Streitwert sein würde.«

»Red keinen Quatsch, du Heulsuse. Freu dich lieber, dass ich aus alter Verbundenheit an dich gedacht habe. Und jetzt los.«

»Was ist mit meinem Honorar?«

»Krämerseele. Ich denke, du bist ein Organ der Rechtspflege und stellst deine Dienste auch unentgeltlich für die Verteidigung Unschuldiger und zur Unterstützung der Entrechteten und Erniedrigten zur Verfügung. Zumindest hast du früher in der Roten Zelle Jura so argumentiert. Kapitalistenknecht«, schnaubte Rainer.

Rechtsanwalt Uwe Losper schwieg betreten und machte sich daran, den mehrfach gefalteten und leicht zerknitterten Zettel in eine halbwegs passable anwaltliche Vollmacht zu verwandeln.

Auf der Fahrt ins Gericht erklärte Rainer dem Anwalt die Hintergründe der richterlichen Überprüfung. Lospers Gesichtsfarbe wechselte erneut und wurde noch bleicher.

»Das klappt nie, das sag ich dir. Das kann nicht klappen.«

»Sei nicht so defätistisch. Notfalls machst du das über die Strafprozessordnung. Darin warst du doch immer absolute Sahne. Mach dir nicht ins Hemd. Übrigens, so rein gewichtsmäßig hast du aber so einiges zugelegt in den letzten Jahren, oder?«

Das gab Losper den Rest. Die verbleibende Fahrtstrecke zermarterte er sich das Hirn mit der Frage, wie er ohne Gefährdung seiner körperlichen und geistigen Integrität dieser schon fast biblischen Heimsuchung in Gestalt seines früheren Freundes Rainer Esch entfliehen konnte. Leider fiel ihm nichts ein.

Und so hielt Eschs roter Mazda vor dem Gerichtsgebäude und spuckte einen völlig aufgelösten Junganwalt und einen nur wenig zuversichtlicheren Rainer Esch aus. Von den beiden trat zumindest einer mit dem Ziel an, Cengiz Kaya aus den Fängen der geballten Staatsmacht zu befreien.

Die Vernehmung fand im Dienstzimmer des Richters statt und war nicht öffentlich.

»Du bleibst draußen«, sagte Uwe Losper zu Rainer Esch, der ihm in das Zimmer folgen wollte.

»Was heißt das, ich bleibe draußen? Kommt gar nicht in Frage.«

»Solche Verhandlungen sind immer nicht öffentlich. Du wirst doch wohl noch nicht vergessen haben, was das heißt.«

»Nee, hab ich in der Tat nicht. Aber du kannst mich doch als deinen Referendar ausgeben ...?«

»Und dann meine Zulassung gleich wieder beim Landgericht abgeben? Nein, diesmal geht's nicht so, wie du willst, finde dich damit ab und warte. Ich weiß zwar nicht, warum ich das hier überhaupt tue, aber ich mach's. Nur damit wir uns klar verstehen: Das tue ich nicht für dich, kapiert?«

»Schon gut. Und jetzt hol meinen Freund da raus.«

Losper verschwand hinter der hohen, schweren Eichentür und Rainer nahm frustriert auf einer der Bänke im Flur Platz.

Als die Richterin Losper sah, meinte sie: »Die Vernehmung ist nicht öffentlich. Bitte warten Sie draußen.«

»Ich weiß«, antwortete der Anwalt. »Mein Name ist Losper. Ich bin seit dem 15. als Anwalt im Bereich des Landgerichtes Bochum zugelassen. Ich vertrete Herrn Cengiz Kaya. Hier ist meine Vollmacht.« Er ging nach vorne und reichte der Richterin den Zettel.

»Na gut. Aber gewöhnen Sie sich daran, dass bei mir Termine einzuhalten sind. Also kein akademisches Viertelstündchen mehr, wie Sie es vielleicht noch von der Uni gewohnt sind.«

»Selbstverständlich, Frau Vorsitzende, ich hatte nur ...«

»Ersparen Sie uns Ihre Erklärungen. Ich darf dann noch einmal beginnen ...«

Cengiz hatte den kurzen Wortwechsel erstaunt verfolgt. Als sich Losper neben ihn setzte und sich leise vorstellte, fragte Kaya: »Wo ist Rainer?«

»Draußen«, erwiderte sein Anwalt knapp.

»... vertreten durch Herrn Rechtsanwalt ... Uwe Losper, Börster Weg 3 in Recklinghausen, ausgewiesen durch anwaltliche Vollmacht vom ...« Die Richterin schaute auf den Zettel. »Etwas unorthodox, Herr Anwalt. Normalerweise werden für so etwas Vordrucke benutzt. Denken Sie bitte daran.«

Losper nickte.

»... und für die Anklagevertretung Herr Staatsanwalt Karl Müller. Bitte, Herr Müller ...«

Der Angesprochene räusperte sich und setzte seine zwei Zentner gewichtig in Szene. »Gegen Herrn Kaya besteht dringender Tatverdacht, Heinz Schattler in der Nacht vom 29. Juni zum 30. Juni mit einer Eisenstange im untertägigen Grubenbetrieb des Bergwerkes *Eiserner Kanzler* in Recklinghausen erschlagen zu haben. Herr Kayas Fingerabdrücke waren auf einer Folie, mit der die Leiche zugedeckt war ...«

»Entschuldigen Sie, dass ich Sie unterbreche, Herr Staatsanwalt. Waren nur die Fingerabdrücke von Herrn Kaya auf der Folie?«, erkundigte sich die Richterin.

»Nein.«

»Vielleicht sind Sie so freundlich und erzählen uns, von wie vielen anderen Personen Sie noch Fingerabdrücke gefunden haben?«

»Von weiteren sechs.«

»Und? Konnten Sie alle identifizieren?«

»Ja.«

»Konnte Herr Kaya erklären, wie seine Fingerabdrücke auf die Folie gekommen sind?«

»Nein.«

»Hm. Sie sagten, das Opfer wurde mit einer Eisenstange erschlagen. Haben Sie das Tatwerkzeug gefunden?«

»Ja, haben wir.«

»Und waren darauf Fingerabdrücke?«

»Nein, leider nicht. Entweder hat der Täter Handschuhe getragen, oder die Abdrücke sind durch das lange Liegen der Stange im Wasser vernichtet geworden.«

»Aha. Bitte fahren Sie fort.«

»Herr Kaya war in der Lage, von seinem Arbeitsplatz den Tatort in vertretbarer Zeit zu erreichen. Außerdem hat er selbst zugegeben, seinen Arbeitsplatz verlassen zu haben.«

»Ja, aber ich war doch nur ...«, rief Cengiz dazwischen.

»Bitte, Herr Kaya, reden Sie nur, wenn Sie gefragt werden. Sie bekommen später noch Gelegenheit, Ihre Sicht der Dinge darzustellen. Herr Anwalt, bitte ...«

Losper nickte und sprach leise auf Kaya ein.

»Was meinen Sie mit vertretbarer Zeit, Herr Staatsanwalt?«, fuhr die Richterin fort.

»Die ermittelnden Beamten haben unterstellt, dass ein Täter maximal vier Stunden benötigte, um von seinem Arbeitsplatz zum Tatort zu gelangen, den Mord auszuführen, die Leiche zu verstecken und wieder zurück an seinen Arbeitsplatz zu kommen.«

»Warum haben die Polizisten nur vier Stunden unterstellt? Eine Schicht unter Tage dauert doch üblicherweise acht Stunden, oder?«

»Ja. Aber bei einer längeren Abwesenheit wäre das Fehlen eines Bergmannes doch sicher bemerkt worden.«

»Kommen wir noch einmal auf die Abwesenheitsdauer zurück. Gibt es denn nur Arbeitsplätze, die mit mehreren Beschäftigten besetzt sind? So dass ein Fehlen immer auffällt?«

»Nein, aber ...«

»Also nein. Das heißt, dass jemand, der allein an einem Arbeitsplatz war, auch länger als vier Stunden diesen hätte unbemerkt verlassen können?«

»Ja, theoretisch ...«

»Also ja.« Sie nickte der Gerichtsprotokollantin zu. »Halten Sie das bitte fest. Noch eine Frage, Herr Staatsanwalt. Wie viele Bergleute hätten denn in der unterstellten Zeit zum Tatort gelangen können?«

»Etwa zweihundert«, antwortete der Staatsanwalt leise.

»Entschuldigen Sie, ich habe Sie nicht verstanden. Wie viele?«

»Zweihundert.« Sehr deutlich war der Vertreter der Anklage immer noch nicht zu verstehen.

»Eine ganze Menge, finden Sie nicht auch?«

»Ja sicher, aber das Pickeisen ...«

»Was bitte?«

»Ein bergmännischer Ausdruck für den Meißel eines Abbauhammers. Neue Pickeisen wurden in den letzten Monaten nur einer bestimmten Anzahl von Revieren zugeteilt. Die dort Beschäftigten wurden mit den zweihundert verglichen, die in der Vier-Stunden-Frist die Tat hätten ausführen können. Es wurde quasi die Schnittmenge gebildet.«

»Die Schnittmenge. Verstehe. Wie viele Bergleute hatten denn Zugang zu einem ... äh ... neuen Pickeisen?«

»Etwa einhundertfünfzig.«

»Einhundertfünfzig? Auch nicht gerade wenig, oder? Sagen Sie, Herr Staatsanwalt, seit wann besteht das Bergwerk *Eiserner Kanzler*?«

Der Staatsanwalt blickte verwundert auf. »Ich verstehe nicht ganz ... Das kann ich Ihnen auch nicht genau sagen, Frau Vorsitzende, vielleicht ...«

»Seit 1886«, warf Losper ein.

»Danke. Seit über hundert Jahren also. Was meinen Sie, Herr Staatsanwalt, wie viele Pickeisen wurden in diesen hundert Jahren ausgegeben?«

»Woher soll ich denn das wissen?«

»Eben. Und wie lange dauert es, bis eine solche Eisenstange so verrostet ist, dass sie nicht mehr als Tatwaffe in Frage kommt? Sicher wohl einige Jahre, oder?«

»Mag sein«, antwortete der Staatsanwalt mürrisch. »Aber da bleibt immer noch, dass der Verdächtige in der Vernehmung geleugnet hat, mit Schattler einen Streit gehabt zu haben.«

»Ich habe das Vernehmungsprotokoll gelesen, Herr Staatsanwalt. Darauf kommen wir gleich zurück. Sind Sie sich sicher, dass keine ältere Eisenstange, die der Täter vielleicht irgendwo gefunden hat, zur Tat benutzt wurde?«

»Nein, natürlich nicht.«

»Bitte protokollieren Sie das. Jetzt zum Verhör des Verdächtigen durch die ermittelnden Beamten. Unterstellen wir einmal, Herr Kaya hätte tatsächlich ein Verhältnis mit Frau Schattler. Meinen Sie nicht, dass es verständlich ist, dass er dies in den Vernehmungen nicht sofort hat zugeben wollen, um seine Geliebte nicht zu kompromittieren? Vergessen Sie nicht, Herr Kaya ist Türke.«

»Nein, Deutscher«, warf der Staatsanwalt ein.

»Ja, seit kurzer Zeit. Dennoch türkisch erzogen. Und der Streit, den er zuerst geleugnet hat ...? Ich habe anhand der Lektüre des Vernehmungsprotokolls den Eindruck gewonnen, dass die verhörenden Polizeibeamten nicht gerade zimperlich mit dem Verdächtigen umgegangen sind. Das ist aber etwas sehr dürftig, Herr Staatsanwalt. Und ziemlich konstruiert. Es ist zwar erfreulich, dass unsere Beamten etwas von Mengenlehre verstehen, aber ob das ausreicht? Ihre Beweisführung ähnelt mehr einer leeren Menge, um gleichermaßen mathematisch zu argumentieren. Ich kann Ihnen und Hauptkommissar Brischinsky nur raten, gründlicher zu ermitteln. Fluchtgefahr vermag ich nicht zu erkennen. Herr Kaya hat einen festen Wohnsitz und einen Arbeitsplatz. Er ist nicht vorbestraft. Verdunklungsgefahr besteht wohl auch nicht, oder?«

Der Staatsanwalt schüttelte wortlos den Kopf.

»Gut. Der Antrag der Staatsanwaltschaft, Cengiz Kaya in Untersuchungshaft zu nehmen, wird deshalb abgelehnt. Herrn Kaya wird aber zur Auflage gemacht, sich einmal wöchentlich bei der nächsten Polizeidienststelle an seinem Wohnort zu melden. Herr Rechtsanwalt, möchten Sie noch etwas ...«

Losper schüttelte den Kopf.

»Gut. Die Vernehmung ist beendet.«

Die Richterin stand auf. Der Staatsanwalt und Losper erhoben sich ebenfalls.

»Was ist denn nun?«, flüsterte Cengiz verunsichert.

»Sie werden zunächst freigelassen. Die Richterin hat eine weitere Inhaftierung abgelehnt.«

»Das heißt ...«

»Sie sind frei. Zumindest bis auf weiteres.«

Auf dem Flur des Gerichtsgebäudes fielen sich Cengiz und Rainer in die Arme. Rainer wandte sich an Losper: »Hör mal, Alter. Gute Arbeit. Echt gute Arbeit.« Er klopfte anerkennend auf die Schulter seines ehemaligen Studienkollegen.

»Rainer, das war nicht mein ...«, versuchte Losper das Lob abzuwehren, aber Rainer ließ ihn nicht zu Wort kommen. »Hätte ich dir echt nicht zugetraut. Sauber. Wirklich sauber.«

»Ich habe doch gar nichts ...«

»Als Anwalt kann man doch so einiges bewirken«, sinnierte Esch. »Das muss ich schon sagen, wirklich. Also Uwe, wegen damals, das war nicht in Ordnung. Ich entschuldige mich in aller Form dafür. In Ordnung?«

»In Ordnung«, antwortete Losper.

»Danke«, sagte Rainer und klopfte Uwe erneut auf die Schulter. »Aus dir wird bestimmt ein I a-Strafverteidiger. Danke.«

»Schließe mich an«, strahlte Cengiz.

Junganwalt Uwe Losper resignierte und bemerkte nur trocken: »Meine Rechnung erlaube ich mir, Ihnen in den nächsten Tagen zur Begleichung zuzustellen. Vielen Dank für Ihr Vertrauen.«

20

»Rüdiger, schlechte Nachrichten«, begrüßte Heiner Baumann seinen Vorgesetzten, als der in ihr Büro zurückkehrte. »Reg dich bitte nicht auf. Der Haftprüfungstermin ist nicht so gelaufen, wie wir uns das vorgestellt haben.«

»Was heißt das?«

»Die Richterin hat Kaya laufen lassen. Zwar mit der Auflage, sich regelmäßig zu melden. Aber er ist frei.«

Brischinskys Mienenspiel sprach Bände. Er holte tief Luft und Baumann erwartete schon einen der cholerischen Anfälle seines Chefs, aber er hörte nur ein leises »Pfff«. Nur das.

Brischinsky sagte keinen Ton. Er hatte sich vorgenommen, sich nicht mehr aufzuregen. Obwohl es schwer fiel. Er zündete sich eine Zigarette an. Langsam beruhigte er sich etwas. »Gut. Dann eben nicht. Mit mir nicht, nicht mit mir. Den kriege ich, so wahr ich Brischinsky heiße.«

»Wenn er's denn war«, warf Baumann mutig ein.

»Wieso? Glaubst du nicht mehr daran?«

»Was heißt schon glauben. Einen wirklich handfesten Beweis haben wir in der Tat nicht. Begründete Verdachtsmomente schon, aber einen Beweis?« Baumann zuckte mit den Schultern.

»Was hat denn das Klinkenputzen mit dem Foto von Kaya gebracht?«, erkundigte sich der Hauptkommissar.

»Wenig. Einer der Nachbarn glaubt, dass er den Kaya früher schon bei Karin Schattler gesehen hat, ist sich aber nicht sicher. Und bei dir?«

»Schattler hat ausgesagt, dass sie ein Verhältnis mit Kaya hatte. Ihr Verblichener war rasend eifersüchtig und hat den Türken zur Rede gestellt. Der Streit, von dem uns Schäfer berichtet hat. Kaya hat seiner Geliebten versichert, dass er sich so etwas nicht noch einmal gefallen lassen würde. Karin Schattler hat gezögert, ihren Mann zu verlassen. Sie befürchtete, mit dem Kiosk auch ihre Existenz zu verlieren. Deshalb ist Kaya auf die Idee mit den Drohbriefen gekommen. Er hoffte, dass Heinz Schattler den Kiosk verkaufen würde, den Kaya dann über einen Strohmann zurückkaufen wollte.«

»Mann!«

»Eben. Wenn wir das nur ein paar Stunden früher gewusst hätten ...«

»Was willst du jetzt machen?«

»Kaya wieder einbuchten, was sonst? Die Richterin hat einen Fehler gemacht. Wir brauchen jetzt dringend einen Staatsanwalt, der uns vorm Wochenende noch einen Haftbefehl ausstellt.«

»Scheiße.«

»Sag ich ja.«

»Das meine ich nicht. Müller ist schon weg. Und der war der letzte Staatsanwalt, der noch im Dienst war.«

»Woher weißt du das?«

»Ich hab dir doch von Claudia erzählt, oder?«

»Flüchtig. Deine neue Flamme, wenn ich mich recht erinnere, nicht?«

»Genau. Die hat mich eben angerufen. Sie macht jetzt Feierabend. Ihr Chef ist auch nicht mehr da.«

»Wie schön für sie.«

»Findet sie auch. Nur ... sie ist Müllers Sekretärin.«

»Scheiße«, sagte Brischinsky.

»Sag ich ja«, bekräftigte Baumann.

21

Gegen halb sieben, Uwe Losper wollte gerade sein Büro verlassen, klingelte das Telefon.

»Anwaltspraxis Losper«, meldete er sich.

»Rainer hier.«

Losper erschrak. Die Heimsuchung kam erneut über ihn. »Was gibt's?«, fragte er vorsichtig.

»'ne Einladung. Zum Essen. Von mir. Cengiz kommt auch. Wir wollen seine Entlassung feiern. Und ich dachte, du hättest vielleicht Lust ... Kannst auch deine Frau mitbringen«, ergänzte Rainer gönnerhaft.

Uwe Losper dachte einen Moment nach. »Okay. Ich komme. Aber mit Sigrid ... das kannst du ja nicht wissen. Wir haben uns vor drei Monaten getrennt. Das war wie damals bei dir. Ein anderer hat ihr besser gefallen. Was mich, ehrlich gesagt, bei meiner Figur auch nicht wundert, du hast's ja selbst gesagt.«

»Tut mir leid. Aber es gibt ja noch die inneren Werte.«

»Ja, Würmer. Wo treffen wir uns? Und wann?«

»Im *Neokyma* um acht. In Herne. Weißt du, wo das ist?«

»Nicht genau.«

»Prima. Dann hol mich doch bitte gegen halb acht ab, ja? Ich zeige dir dann den Weg. Gleich am Anfang. Ich steh unten vor meiner Wohnung in der Westerholter Straße. Bis dann.«

Das *Neokyma* war wie so häufig bis auf den letzten Platz besetzt, als Rainer und Uwe kurz nach acht Uhr eintrafen. Glücklicherweise hatte Cengiz an einem der Mitteltische noch Plätze freihalten können.

»Was ich euch noch sagen wollte«, begann Uwe, nachdem sie ihre Bestellung aufgegeben hatten, »eigentlich habe ich nicht sehr viel dafür getan, dass Cengiz auf freien Fuß gesetzt wurde. Wenn man's genau nimmt, sogar gar nichts. Ich habe da nur gesessen und mit heißen Ohren zugehört. Das war mein erster Haftprüfungstermin, müsst ihr wissen.«

»Wissen wir«, grinste Rainer und zeigte auf Cengiz. »War auch sein erster. Also Premiere für beide.« Er hob sein Glas weißen Demestica und prostete den beiden anderen zu. »Auf Cengiz' Freiheit. Toll, wie sich das anhört. Erinnert mich an 1983, als wir auf die Freiheit der Unidat Popular in Chile anstießen.«

»Angeber«, unterbrach ihn Cengiz. »Der Militärputsch gegen die Volksfront in Chile war 1973. Da warst du gerade zehn Jahre alt.«

»Dann eben nicht. Ist doch egal«, maulte sein Freund. »Hältst mir hier Vorträge. Du warst da ja noch jünger.«

»Ich hab auch nicht auf die Volksfront angestoßen«, konterte Cengiz.

»Kein Wunder. Erstens wusstest du damals in Anatolien noch nicht, dass es außer Schafen noch was anderes gibt, und zweitens dürfen Moslems keinen Alkohol …«

Die eintreffenden Grillteller beendeten ihren scherzhaft geführten Disput, dem Uwe Losper verwundert gefolgt war. »Ihr beide scheint euch ja wirklich sehr zu mögen«, stellte er fest, »wenn man dem Sprichwort über das Lieben und Necken glauben darf.«

»Darf man«, konstatierte Cengiz.

»Stimmt«, bekräftigte Rainer und nagte an einem Lammkotelett. »Uwe, du hast doch erst kürzlich das zweite Staatsexamen gemacht. Ist das immer noch so eine Tortur?«

»Wie man's nimmt. Warum willst du das wissen?«

»Ach, nur so«, antwortete Esch und widmete sich ausgiebig den Schweinesteaks.

»Eigentlich wird in dem Examen neben Wissen vor allem Belastbarkeit geprüft. Also Nervenstärke. Du sitzt da im Justizministerium in einem Saal vor den Prüfern wie vor der Richterin. Alle Prüflinge nebeneinander. Und gefragt wird der Reihe nach. Ganz schlimm sind die Vorträge, die von jedem gehalten werden müssen. Du hörst dir die anderen an, weil es ja sein kann, dass du eine Frage aus dem Bereich gestellt bekommst, und versuchst gleichzeitig, deinen eigenen Vortrag nicht zu vergessen. Wir waren zu viert und ich kam als Letzter dran. Ein echtes Wunder, dass ich bestanden habe. Allerdings nur mit befriedigend.«

»Das ist doch was«, warf Cengiz ein.

»Stimmt. In der Diktion der juristischen Prüfungskommission ist das schon eine tolle Leistung.«

»Eigenartig. Die spinnen, die Juristen«, spottete Cengiz.

»Mein Reden seit anno dunnemals«, sekundierte Rainer.

»Mit Staatsdienst war bei der Zensur nichts drin. Blieb nur die Selbstständigkeit. Aber angesichts der Zahl der Zulassungen von Rechtsanwälten ... Der Kuchen wird ja nicht wesentlich größer und alle wollen ein Stück davon abhaben.«

»Trotzdem«, begeisterte sich Rainer. »Du kannst noch etwas bewegen. Wie du da Cengiz heute ...«

»Ich sagte doch eben, dass ich nichts zu seiner Freilassung beigetragen habe.«

»Aber du warst bei ihm«, beharrte Rainer auf seinem Standpunkt. »Ich habe währenddessen draußen wie ein dummer Junge auf dem Flur gewartet und konnte nichts tun.«

»Bist du eigentlich noch eingeschrieben?«, wollte Uwe wissen.

»Logo. Ich ...«

»Aber nur wegen der Krankenversicherung«, unterbrach ihn Cengiz. »Ansonsten beschäftigt er sich mit den Stones, Schalke 04, Riesling und Taxifahren. Genau in dieser Reihenfolge.«

»Cengiz, du weißt, dass das nicht stimmt. Ich denke immer häufiger darüber nach, mein Studium wieder aufzunehmen.«

»Nachdenken ist richtig. Vor allem nach einem Liter Wein. Nur kommt dabei nicht viel heraus. Außer alkoholgeschwängertem Selbstmitleid.«

»Arsch.«

»Selber.«

Der Kellner räumte ihre Teller ab und Rainer orderte noch drei Wein und drei Metaxa. »Aber bitte nur den mit den drei Sternen. Die anderen sind so süß«, bat er den Ober. »Und noch drei Mokka. Glykos. Das ist Griechisch und heißt süß«, erklärte er oberlehrerhaft seinen spöttisch blickenden Freunden.

»Für mich bitte nicht.« Der Anwalt hob abwehrend die Hände. »Ich muss noch fahren.«

»Gott sei Dank. Dann kannst du Rainer mitnehmen und dieses Monstrum übernachtet nicht bei mir. So bleibt meine Bude halbwegs intakt«, bemerkte Cengiz. »Wenn der eine Nacht bei dir war, musst du renovieren.«

»Red nicht so 'n Scheiß. Nachher glaubt Uwe das noch.«

»Tue ich.«

»Siehste.«

»Hört mal«, setzte Uwe ihre Unterhaltung in einem ernsteren Tonfall fort. »Ich glaube übrigens nicht, dass die Kripo die Freilassung von Cengiz so einfach hinnimmt.«

»Wie meinst du das?«, wollte der junge Türke wissen.

»Die halten dich doch für den Täter, oder?«

»Kann sein. Aber die Richterin nicht.«

»Woher weißt du das?«

»Sie hat mich doch freigelassen.«

»Unter Auflagen, ja. Aber nur deshalb, weil die Beweise, die die Staatsanwaltschaft und die Kripo vorgelegt haben, nach ihrer Auffassung nicht für eine Fortdauer des Haftbefehls und der U-Haft ausreichen. Von Unschuld hat sie nichts gesagt.«

»Ich dachte, die Sache sei damit erledigt?«

»Leider nein. Sie fängt erst richtig an.«

Cengiz schwieg betreten. Plötzlich platzte es aus ihm heraus: »Ich gehe nicht in den Knast. Mit absoluter Sicherheit nicht. Eher haue ich ab.«

»Cengiz«, versuchte ihn Rainer zu beruhigen, »wenn du dich nicht regelmäßig bei der Polizei meldest, halten die dich erst recht für den Täter.«

Cengiz' Erregung wuchs. »Das tun sie doch ohnehin. Du hast doch gehört, was Uwe gesagt hat. In den Knast gehe ich nicht, glaubt mir das.«

»Und was ist mit deinem Job? Du kannst doch nicht einfach da wegbleiben. Die schmeißen dich raus.«

»Dann nehme ich Urlaub. Oder werde krank. Ist mir egal. Ich will nicht mehr in den Knast, nie mehr.« Kaya schrie die letzten Worte fast. Mehrere Gäste im Lokal drehten sich verblüfft zu dem Tisch um, an dem die drei saßen.

»Cengiz, bitte. Nicht so laut. Die halbe Kneipe hört dir zu.«

»Na und? Ist mir auch egal. Scheißstaat. Deshalb bin ich nicht Deutscher geworden, um mich hier einbuchten zu lassen.«

»Wär dir auch als Türke passiert«, versuchte Rainer einen seiner Scherze. »Und in Anatolien ...«

»Schnauze«, fauchte Cengiz.

Rainer hielt den Mund.

»Ich werde jedenfalls Montag Akteneinsicht beantragen. Dann wissen wir genau, worauf sich die Vorwürfe stützen. Nur abhauen darfst du nicht, Cengiz. Dann wird alles nur noch schlimmer. Wenn sie dich dann kriegen, und glaube mir, sie kriegen dich, wanderst du mit absoluter Sicherheit in den Knast«, unterstützte Uwe Rainer. »Also geh normal zur Arbeit und melde dich bei der Polizei. Ich werde dir helfen, so gut ich kann.«

Cengiz blieb stumm.

Rainer sah seinen Freund lange traurig an und sagte dann zu Uwe: »Danke. Bist doch 'n echter Kumpel.«

22

»Das darf doch wohl alles nicht wahr sein!« Rüdiger Brischinsky knallte die Schublade seines Schreibtisches zu. »Da kommt diese Karin Schattler erst heute, um ihre Aussage vom Freitag protokollieren zu lassen, und sagt uns mit einem Lächeln, als ob sie kein Wässerchen trüben könnte, dass sie am Wochenende – sicher haben Sie dafür Verständnis – nicht konnte, weil sie sich bei ihrer Schwester von dem Stress erholen musste. Vom Stress erholen musste, stell dir das vor! Was meint die eigentlich, was wir an den Wochenenden am liebsten machen? Im Büro auf Zeugen warten, die dann nicht kommen?«

Der Hauptkommissar holte tief Luft und musterte seinen Assistenten, der den Ausführungen seines Chefs mit vorsichtigem Interesse zuhörte und zurückhaltend Zustimmung signalisierte. Baumann wusste aus leidvoller Erfahrung, dass Brischinsky, wenn er sich nicht anders abreagieren konnte, ohne zu zögern ihn zum Sündenbock machen würde. Umso überraschter war

Baumann, dass sein Vorgesetzter ihn nicht als Zielscheibe missbrauchte.

»Und dann dieser Müller. So was nennt sich Staatsanwalt. Nachdem die Schattler uns versetzt hat, habe ich geschlagene zwei Stunden versucht, den ans Telefon zu bekommen. Und weißt du, wo ich den Herrn Staatsanwalt Dr. Müller erreicht habe? Nein? Kannst du auch nicht wissen. In seinem Golfklub. Der Kerl hat Bereitschaftsdienst für Notfälle und spielt Golf. Kannst du dir die Mitgliedschaft in einem Tennisklub leisten? Siehste. Und der ist im Golfklub. Weiß du, was der mir gesagt hat? Na, was meinst du?«

»Ähm ...«, versuchte Baumann erfolglos, eine Bemerkung anzubringen.

»›Herr Brischinsky‹, hat der zu mir gesagt, ›was erwarten Sie von mir? Dass ich einen Haftbefehl ausstelle nur auf Ihre mündliche Versicherung hin, Frau Schattler habe ihren türkischen Geliebten belastet? Das ist doch wohl nicht Ihr Ernst!‹ Das wäre nicht mein Ernst, stell dir das vor. ›Bringen Sie mir die schriftliche, unterschriebene Aussage und Sie kriegen Ihren Haftbefehl.‹ Schriftliche Aussage, ha. Drei Stunden habe ich auf die Schattler gewartet. Drei Stunden!«

»Ich auch, Chef«, warf Baumann zaghaft ein.

»Na und? Du bist aber dann ins Wochenende gegangen. Und ich habe mich allein mit diesem Müller herumgeärgert. Dann sagt dieser Staatsanwalt noch zu mir: ›Herr Brischinsky, mir klingeln jetzt noch die Ohren, wenn ich an meinen Auftritt beim Haftprüfungstermin denke. Meinen Sie wirklich, ich lasse meine Argumentation von der Richterin noch einmal derart auseinandernehmen? Nee, mein Lieber.‹ Mein Lieber, hat der gesagt. Und was dann? Na, sag's mir!«

»Ja, Chef, also ...«

»Genau. Jetzt habe ich die unterschriebene Zeugenaussage, zerre den Müller heute Mittag aus dem Gerichtssaal, um mir einen Haftbefehl ausstellen zu lassen, und da sagt der Kerl mit einem süffisanten Grinsen: ›Tja, Herr Brischinsky, warum denn nicht gleich so? Warum nicht gleich so!‹ Ich könnte den ...«

Bevor Rüdiger Brischinsky damit beginnen konnte, alle Mordvarianten aufzuzählen, die ihm einfielen, sagte Baumann schnell: »Sollen wir denn Kaya nun zur Fahndung ausschreiben?«

Brischinsky schlug sich mit der flachen Hand vor die Stirn. »Natürlich fahnden wir nach Cengiz Kaya, was sonst? Meinst du, ich bin vorhin mit dem Haftbefehl nach Herne gerast, um mit unserem türkischen Mitbürger eine Partie Tabla zu spielen?«

»Tabla, was ist ...«

»Backgammon, du kriminalistisches Genie. Tabla ist eine Backgammonvariante. Und, wo wir schon einmal dabei sind: Warum habe ich dich aus Herne wohl angerufen, dass du versuchen sollst, den Kaya auf *Eiserner Kanzler* zu verhaften, was? Und habe ich Recht? Habe ich Recht? Weg ist der Kerl. Verduftet. Ausgeflogen. Und warum das alles? Warum sitzt der jetzt nicht ordnungsgemäß in einer kleinen, gemütlichen Zelle und zählt Gitterstäbe, na? Weil seine Geliebte Schattler nicht wie verabredet zur Zeugenaussage gekommen ist. Wenn das nicht abgesprochen war, heiß ich ... Ach, was weiß ich. Zeit hat die geschunden. Zeit für die Flucht ihres Lovers. Und wir haben hier dumm herumgesessen und gewartet, bis es einem Herrn Staatsanwalt Dr. Müller opportun erschien, den Haftbefehl auszustellen. Ich könnte aus der Haut fahren ...« Erschöpft ließ sich Brischinsky auf seinen Stuhl fallen.

»Tust du doch schon die ganze Zeit«, wagte Baumann zu bemerken.

»Was? Ach so. Hast ja Recht. Natürlich, lass nach Kaya fahnden.« Brischinsky fingerte eine Zigarette aus der Packung, die vor ihm auf dem Schreibtisch lag, steckte sie sich in den Mund und zündete sie an. Er sog den Rauch heftig ein und sagte entschuldigend: »Baumann, war nicht so gemeint. Du kennst mich ja. Irgendwie muss ich Dampf ablassen. Nimm's mir nicht übel, du weißt ja, dass ...«

»Schon gut, Chef. Ich kenne dich. Leider«, setzte er grinsend hinzu.

Der Hauptkommissar zog gedankenverloren an seiner Zigarette. »Heiner, wir müssen Esch beschatten.«

»Esch?«

»Er ist Kayas bester Freund. Ich verwette meinen Arsch darauf, dass der mit Kaya in Kontakt steht.«

»Warum laden wir ihn nicht einfach vor und verhören ihn?«

»Esch ist von der Unschuld seines Kumpels überzeugt. Würdest du, und so muss es für Esch aussehen, deinen besten Freund verraten?«

»Wahrscheinlich nicht.«

»Eben. Ich auch nicht. Deshalb können wir uns ein Verhör schenken. Besser ist eine verdeckte Beschattung. Rund um die Uhr. Und besorg eine richterliche Genehmigung, dass wir sein Telefon abhören können.«

»Schon erledigt.«

»Gut.«

Baumann hatte bereits die Türklinke in der Hand, als Brischinsky meinte: »Noch etwas, Heiner.«

»Ja?«

»Aus dir wird mit Sicherheit noch ein ganz passabler Polizist.«

23

Rainer Esch saß nach einer langen Nacht im Taxi am Frühstückstisch, studierte die *WAZ* und wollte sich gerade seine dritte Reval anzünden und den vierten Kaffee einschütten, als sein Handy klingelte.

»Cengiz hier. Hör mal, Rainer ...«

»Wieso bist du denn nicht auf Schicht?«, erkundigte sich sein Freund überrascht.

»Bin krank.«

»Krank? Was hast du denn?«

»Nichts. Ich haue ab.«

»Was machst du?«, fragte Esch entgeistert, obwohl er gut verstanden hatte.

»Ich verdufte.«

»Jetzt bist du völlig bekloppt. Was meinst du, was die Bullen denken, wenn du die Fliege machst? Das ist wie ein unterschriebenes Geständnis. Du musst ...«

»Rainer«, unterbrach ihn Cengiz. »Es hat keinen Zweck. Du kannst mich nicht überzeugen. Ich gehe nicht wieder in den Knast. Ich ...«

Das stationäre Telefon in Eschs Wohnung schellte. »Bleib dran, ich hör nur eben, wer das ist«, sagte Rainer und ging mit dem Handy in der linken Hand in den Flur, um den Hörer mit der rechten abzunehmen.

»Ja?«

»Losper. Rainer, mich hat eben das Gericht davon verständigt, dass der Haftbefehl gegen Cengiz wieder in Kraft gesetzt wurde. Er muss sich ...«

»Scheiße, warte.« Esch hielt sich das Handy an sein linkes Ohr.

»Cengiz, das ist Uwe. Der Haftbefehl ist wieder in Kraft. Du musst dich ...«

»Ist Cengiz bei dir?«, erkundigte sich Losper rechts.

»Kann man da was machen?«, wollte Cengiz links wissen.

»Nein«, antwortete Rainer.

»Wieso nein?«, fragte Uwe auf der rechten Seite. »Du redest doch mit ihm. Also ist er doch ...«

Gleichzeitig rief Cengiz in sein linkes Ohr: »Hab ich dir ja gesagt, hab ich dir gesagt, oder?«

»Ja«, meinte Rainer. »Aber ...«

»Ich geh nicht in den Knast«, hörte er links.

»Was ist denn nun? Wenn Cengiz da ist, gib ihn mir.« Das war wieder rechts.

»Nie mehr, das sag ich dir. Ich haue ab, sofort.« Links.

»Cengiz? Bist du das? Cengiz?« Rechts.

Rainer Esch wurde schlagartig klar, dass er nie in seinem Leben eine Stelle in einem Call-Center annehmen würde. Er nahm beide Telefone von seinen Ohrmuscheln und hielt sie nebeneinander vor seinen Mund. Dann schrie er: »Schnauze. Alle beide.«

Als er die Geräte wieder an seine Ohren presste, war es still.

Befriedigt sagte er: »Uwe, Cengiz hat mich auf dem Handy angerufen.« Er fuhr fort: »Nicht durcheinander reden. Einer nach dem anderen. Also, Uwe, was ist los?«

Der Anwalt informierte Rainer darüber, dass auf Grund neuer Beweise der Haftbefehl gegen Cengiz wieder in Kraft gesetzt worden sei und die Polizei vergeblich versucht habe, ihn festzunehmen. Da sich Cengiz auf seiner Arbeitsstelle krankgemeldet habe und auch nicht zu Hause gewesen sei, möge Losper, so das Gericht, als bevollmächtigter Rechtsvertreter, doch auf seinen Mandanten einwirken, sich der Polizei zu stellen, bevor er zur Fahndung ausgeschrieben werden müsse. Dieses, so Uwe, sei als ein Entgegenkommen des Gerichtes zu werten und Cengiz solle sich unverzüglich in seine Kanzlei bewegen, um mit ihm gemeinsam zum Polizeipräsidium zu fahren.

»Was soll ich? Wieder in den Knast? Rainer, da gehe ich kaputt. Nein, mein Entschluss steht fest. Wenn du mein Freund bist, hilfst du mir. Kann ich mich auf dich verlassen?«

»Du kannst dich auf mich verlassen«, seufzte Rainer.
»Aber du machst einen Fehler.« Und ich auch, dachte er.

»Womit macht er einen Fehler?«, wollte Uwe wissen.
»Und worauf kann er sich verlassen?«

»Cengiz wird nicht kommen. Er will nicht in den Knast.«

»Kann ich verstehen, aber müssen wir die Diskussion von Freitag heute wiederholen?«

»Cengiz, Uwe meint, du sollst dir das noch mal überlegen.«

»Das habe ich so nicht gesagt«, maulte der Rechtsanwalt dazwischen. »Da gibt es nichts zu überlegen.«

»Da gibt es für mich nichts mehr zu überlegen«, antwortete Cengiz.

»Da gibt es für ihn nichts zu überlegen«, dolmetschte Rainer.

»Sag ich ja«, meinte Uwe.

»So ist es«, bestätigte Cengiz.

»Aus!«, brüllte Rainer. »Uwe, ich melde mich bei dir.« Grußlos legte er auf.

»Also, Cengiz, was hast du vor?«

»Ich habe mir heute Morgen 'nen Krankenschein besorgt. Vielleicht behalte ich ja so meinen Job. Übrigens, ich bin schon am Flughafen. In zwei Stunden geht mein Flieger.«

Esch war platt. »Wo bist du? In Düsseldorf? Und wohin willst du?«

»Welcher Flughafen spielt keine Rolle. Vielleicht ist dein Handy ja schon angezapft.«

»Cengiz, hast du zu viele Krimis gelesen? Wer soll denn mein Handy abhören?«

»Die Bullen natürlich. Nach mir wird gefahndet, wir sind befreundet, da liegt es doch nahe ...«

»Jetzt hat dir endgültig jemand was in den Kaffee getan. Aber gut. Lassen wir das. Wo willst du hin?«

»Erinnerst du dich noch an den Urlaubsort, den du für das nächste Jahr ins Auge gefasst hattest?«

»Ach, du meinst ...«

»Klappe. Keine Namen. Da werde ich mich für eine Woche entspannen. Ich melde mich bei dir. Und du sorgst bitte gemeinsam mit Uwe dafür, dass ich nach der Woche wieder zurückkommen kann, ohne für Jahre im Kerker zu laden, ja?«, flehte Cengiz.

»Ich bin doch kein Polizist«, beschwerte sich Rainer. »Ich weiß nicht, ob ...«

»Aber Privatdetektiv. Und mein Freund.«

»Letzteres stimmt leider. Und deshalb rate ich dir: Lass das bleiben, Cengiz. Komm zurück. Sofort.«

»Zwecklos, Rainer. Ich ruf dich an, okay?«

»Du elender anatolischer Eselknecht. Okay.«

Ein Knacken ließ Rainer wissen, dass die Verbindung unterbrochen war.

Er versuchte, die wenigen Fakten, die er kannte, zu sortieren. Dabei musste er feststellen, dass es nichts zu sortieren gab. Er wusste einfach zu wenig. Rainer hielt es für ausgeschlossen, dass Cengiz der Mörder war. Allerdings hatte ihn die Polizei in Verdacht. Und Karin Schattler ging von einem Zusammenhang zwischen der Ermordung ihres Mannes, den Drohbriefen und der Erpressung aus. Wenn ihre Vermutung richtig war, müsste es eine Beziehung zwischen den Kirchner-Söhnen und dem Mörder geben. Die Frage war nur, welche. Außerdem: Was für eine Rolle spielte der junge Mann, dem Dennis auf der Bahnhofstraße die Beutezigaretten gegeben hatte. War er das fehlende Bindeglied? Esch beschloss, das herauszufinden und die Aufkündigung seines Mandates als Privatdetektiv durch Karin Schattler zu ignorieren. Er würde seine Recherche auf eigene Faust und vor allem eigene Rechnung weiterführen. Letzteres fand er im Hinblick auf seine finanzielle Situation und Cengiz' bekannten und vor allem unbekannten Kapitalbesitz ausgesprochen generös.

Eine Stunde später klingelte Rainer in dem einzigen Anzug, den er sein Eigen nannte, an der Wohnungstür der Familie Kirchner.

Eine junge Frau öffnete die Tür.

»Guten Tag, mein Name ist Esch. Jugendamt Stadt Herne«, log Rainer und hielt der Frau für einen Moment seinen Studentenausweis unter die Nase, wobei er mit dem Zeigefinger den Schriftzug der Ruhr-Universität abdeckte. »Sind Sie Frau Kirchner?«, fragte er sofort und verstaute den Ausweis schnell wieder in seiner Tasche.

»Ja, ich bin Monika Kirchner, warum?«

»Es geht um Ihren Sohn Dennis, Frau Kirchner.« Für einen Moment hielt Esch den Atem an. Wenn sein Gegenüber nicht die Mutter des Jungen war, den er bis zu dieser Wohnung verfolgt hatte, oder noch einmal seinen Ausweis sehen wollte, war er geliefert.

»Ja, was ist mit ihm?«

Rainer entspannte sich. Frechheit siegt, dachte er. »Frau Kirchner, Ihr Sohn ist da in etwas verwickelt ...«

Die junge Frau wurde bleich. »Kommen Sie herein.« Sie gab den Eingang zur Wohnung frei. »Nach rechts.«

Esch betrat das Wohnzimmer und blieb wartend in der Mitte des Raumes stehen.

»Bitte«, sagte Dennis Mutter und zeigte auf die Polstersessel. Esch setzte sich. Die junge Frau sah ihn fragend an.

»Also, es ist so.« Rainer berichtete von den Erpressungsversuchen der Kids, ohne zu erwähnen, dass er gesehen hatte, wie Dennis in Gegenwart eines anderen Jungen einem jungen Mann Zigaretten aus dem Kiosk übergeben hatte.

Frau Kirchner schaute Esch zunächst ungläubig, dann mit immer größer werdendem Erschrecken an. Als

Esch geendet hatte, griff sie mit zitternden Händen zu einer Zigarettenschachtel, die vor ihr auf dem Tisch lag.

Rainer fragte: »Haben Sie etwas dagegen, wenn ich auch ...«

Sie schüttelte den Kopf. Esch holte eine Reval aus der Packung, steckte sie sich in seinen Mund und gab der Frau Feuer. Dann zündete er seinen eigenen Glimmstängel an.

»Können Sie sich erklären, Frau Kirchner, warum Ihr Sohn ...«

»Seit mein Mann, ich meine, mein Exmann, vor zwei Jahren bei uns ausgezogen ist, hat sich Dennis verändert. Er wollte immer öfter allein sein und hat sich in sein Zimmer zurückgezogen. Nur seinem Bruder gegenüber hat er sich noch geöffnet.«

»Sein Bruder? Polle?«

»Ja, das ist sein Spitzname. Eigentlich heißt er Jörg. Er hat eine Allergie gegen Birkenpollen, daher der Spitzname. Aber woher kennen Sie ...?«

»Jörg scheint auch an den Erpressungsversuchen beteiligt zu sein. Ich habe leider den Eindruck, dass er die Kinder sogar dazu angestiftet hat.«

»Angestiftet? Jörg hat Dennis ...? Oh Gott, natürlich. Deshalb sind Sie hier! Sie wollen mir die Kinder wegnehmen. Das dürfen Sie nicht! Bitte. Lassen Sie mich erklären ... Mein Ex zahlt nur sehr unregelmäßig Unterhalt und ich muss arbeiten, um uns durchzubringen. Ich bin im Schichtdienst. Bei McDonalds. Deshalb habe ich auch nicht die Zeit für die Kinder, die ich eigentlich haben müsste. Und jetzt kommen auch noch Sie.« Die junge Frau wischte sich eine Träne aus dem Augenwinkel.

Esch kam sich in diesem Moment ziemlich schäbig vor. »Nein, deshalb bin ich nicht hier. Es könnte doch sein, dass diese kleinen Erpressungen nicht die Idee Ihrer Kinder waren, sondern andere ...«

Monika Kirchner griff begierig nach dem Ausweg, den Rainer ihr anbot. »Ja, das muss es sein. Natürlich, nur so ...«

»Können Sie mir sagen, mit wem Ihre Kinder Umgang haben? Freunde, Spielgefährten? Vielleicht auch ältere Jugendliche oder Erwachsene?«

»Erwachsene? Nein, aber warten Sie, Dennis ist in seinem Zimmer. Ich werde ihn holen.«

Ehe Esch protestieren konnte, verschwand Monika Kirchner. Kurze Zeit später kehrte sie mit Dennis zurück. Der musterte Rainer aufmerksam, sagte aber kein Wort.

»Dennis, das ist Herr Esch«, redete seine Mutter auf ihn ein. »Er hat mir erzählt, dass Jörg und du den Kiosk oben an der Mont-Cenis-Straße erpressen würdet. Stimmt das?«

Dennis presste die Lippen trotzig aufeinander und blieb still.

Monika Kirchners Ton wurde schärfer: »Dennis, du musst mir die Wahrheit sagen. Was habt ihr da angestellt?«

Keine Antwort.

Die Mutter packte ihren Sohn an den Schultern und schüttelte ihn heftig. »Wenn du mir nicht sofort die Wahrheit sagst, passiert etwas.«

Das Kind riss sich los und lief weinend aus dem Zimmer.

Monika Kirchner sah Rainer fragend an und folgte dann ihrem Sohn. Esch hörte sie an einer Zimmertür rütteln und rufen: »Dennis, mach die Tür auf. Mach sofort die Tür auf. Bitte, mach auf.«

Nach einigen Minuten kam sie zu Rainer ins Wohnzimmer zurück. »Er hat sich eingeschlossen und öffnet nicht.«

»Lassen Sie ihn. Sagen Sie, Frau Kirchner, wo ist Ihr anderer Sohn?«

»Jörg? Der hat um diese Zeit Fußballtraining.« Sie sah auf ihre Armbanduhr. »Er muss aber gleich kommen.« Sie zögerte. »Herr Esch, es tut mir leid, aber ich muss bald zur Arbeit. Wenn Sie morgen etwas früher ...«

»Frau Kirchner, ich glaube, das wird nicht nötig sein. Machen Sie sich keine Sorgen. Wenn Sie etwas besser auf Ihre Kinder aufpassen, wird mein Amt auch nichts unternehmen.«

»Das wäre schön. Vielen Dank. Ja, ich werde mit den beiden reden und ordentlich ins Gericht gehen. Nur, bitte lassen Sie die Kinder bei mir.«

»Bestimmt.«

Sofern nicht das Jugendamt wirklich hinter die Erpressung kommt, sagte Rainer im Stillen zu sich.

Im Fahrstuhl nach unten dachte Rainer nach. Sein Auftritt war eine echte Glanzleistung des verdeckten Ermittelns gewesen. Das einzige greifbare Ergebnis war, dass er nun definitiv wusste, dass Polle Dennis' Bruder war. Da er aber keine Ahnung hatte, wie Polle aussah, brachte ihn das auch nicht viel weiter. Dafür wusste nun aber Dennis, wie Rainer selbst aussah. Außerdem hatte er das Gefühl, dass der Kleine ihn sowieso wiedererkannt hatte. Eine erneute Verfolgung des Jungen würde sehr schwierig.

Er ging zu seinem Wagen, von dessen Standort er den Eingang des Hochhauses beobachten konnte, und begann auf etwas zu warten, von dem er nicht genau wusste, was es sein würde.

Nicht besser erging es zwei Kripobeamten, die drei Fahrzeuge weiter in einem unauffälligen weißen Golf hockten und Esch nicht aus den Augen ließen.

Zehn Minuten später verließ Monika Kirchner das Hochhaus und lief direkt auf den roten Mazda zu. Rainer rutschte auf dem Sitz nach unten und machte sich so klein, wie er nur konnte. Glücklicherweise nahm die Frau keine Notiz von den geparkten Fahrzeugen. Sie ging eilig weiter Richtung Kreuzkirche und verschwand nach kurzer Zeit aus Eschs Blickfeld. Er schaltete das Radio ein, lehnte sich im Sitz zurück, zündete sich eine Reval an und wartete.

Nach knapp zwei Stunden ging Esch das Rumsitzen ziemlich auf die Nerven. Zahlreiche Personen hatten das Hochhaus zwischenzeitlich betreten und verlassen, darunter auch einige Jugendliche und Kinder mit Taschen oder Rucksäcken. Keiner von ihnen war Dennis. Und ob Polle darunter gewesen war, vermochte Rainer nicht zu beurteilen. Einer der Jugendlichen, der das Gebäude betrat, kam ihm zwar bekannt vor; so sehr er sich aber das Gehirn zermarterte, es fiel ihm beim besten Willen nicht ein, wo er den Jungen schon einmal gesehen hatte.

Rainer wollte gerade seinen Beobachtungsposten verlassen und zurück nach Recklinghausen fahren, als Dennis und der Jugendliche, den Rainer zu kennen glaubte, gemeinsam das Haus verließen. Sie schlugen die Richtung zur Fußgängerzone ein.

Esch wartete einen Moment, bis die beiden etwa hundert Meter Vorsprung hatten, verließ dann seinen Flitzer und lief ihnen nach. Er war so sehr damit beschäftigt, nicht entdeckt zu werden, dass ihm die folgenden Zivilpolizisten nicht auffielen.

Es war nicht schwer, sich unter den zahlreichen Passanten auf der um diese Zeit noch belebten Einkaufsstraße zu verstecken.

Dennis und sein Begleiter gingen die Bahnhofstraße herunter bis zum Robert-Brauner-Platz, durchquerten die kleine Einkaufspassage zwischen Drogeriemarkt und Fotogeschäft und erreichten die Von-der-Heydt-Straße, an der sie erst mehrere Busse passieren lassen mussten, bevor sie die Straße kreuzen konnten.

Rainer studierte interessiert die Schaufensterauslagen in der Passage und erfuhr so die spannende Tatsache, dass die Entwicklung eines 9 x 13 Zentimeter großen Farbabzugs nur zwölf Pfennige kostete. Aus den Augenwinkeln beobachtete er die zwei Jungen. Plötzlich wusste er, wo er Dennis' Begleiter schon gesehen hatte: bei der Übergabe der erpressten Zigaretten.

Auf der gegenüberliegenden Straßenseite verschwand der ältere der beiden Brüder in einer Kneipe namens *Karlseck*, während Dennis neben dem *Coop*-Markt wartete. Nach etwa fünf Minuten traten der Jugendliche und ein jüngerer Mann aus der Pinte, den Esch sofort erkannte. Der Kerl hatte die Zigaretten in Empfang genommen.

Der Schwarzhaarige redete kurz, aber gestikulierend auf Dennis ein, der lange und bestimmt mit dem Kopf schüttelte.

Ehe Rainer wusste, was geschah, lief Dennis zwischen zwei Bussen über die Straße auf die Passage und Rainers Standort zu, entdeckte Esch und blieb wie versteinert einen Meter vor ihm stehen. Dann wirbelte er herum und machte Anstalten, Fersengeld zu geben.

Esch erwischte Dennis gerade noch am Hemdkragen und zog das sich heftig wehrende Kind zu sich heran.

»Lass mich los«, schrie Dennis und versuchte, sich zu befreien. »Lass mich los, du tust mir weh.«

Rainer, der nicht im Geringsten daran dachte, seinen Griff zu lockern, beobachtete, wie der Mann und der andere Junge, ohne auf ihn und Dennis aufmerksam geworden zu sein, hinter einem Bus der Linie 311 verschwanden. Dennis setzte seine Befreiungsversuche fort.

»Lass mich los oder ich schreie!«

»Schrei doch.« Im selben Moment bereute Rainer, nicht versucht zu haben, Dennis dieses Vorhaben auszureden. Ein gellender Schrei in einer Tonlage, bei dem Glas zu zerspringen droht, hallte durch die Passage.

Esch dachte an die Haltbarkeit seiner Trommelfelle und brüllte dem Schreihals ins Ohr: »Wenn du nicht augenblicklich damit aufhörst, kannst du noch deinen Kindern von den Prügeln erzählen, die du gleich erhalten wirst!« Und zu den erstaunt zu ihnen herüberschauenden Passanten sagte er entschuldigend: »Mein Enkel.« Was anderes fiel ihm auf die Schnelle nicht ein. »Ist wieder einmal weggelaufen.«

Zu seiner Verblüffung hielt Dennis die Klappe und wehrte sich nicht mehr. Der Kleine sah ihn mit großen, dunklen Augen an und fragte: »Bist du von der Polizei?«

Esch schüttelte den Kopf.

»Schule?«

»Auch nicht.«

»Stadt?«

»Nee.«

»Was dann?«

»Privatdetektiv.«

»Ehrlich?«

»Ehrlich.«

»Mann, is ja irre.« Bewundernd blickte Dennis zu Rainer auf, der ihn immer noch am Hemdkragen festhielt.

»Ich mache dir einen Vorschlag, Dennis. Ich lasse dich los und du läufst nicht weg. Dann gehen wir beide ins Citycenter ein Eis essen. Und du erzählst mir, was du weißt. Ich verspreche dir, davon nichts deiner Mutter zu sagen. Einverstanden?«

Dennis zögerte einen Moment und nickte dann schweigend.

»Kann ich mich darauf verlassen?«, setzte Rainer nach.

»Das wirst du wohl müssen«, antwortete Dennis altklug.

Wie wahr, dachte Rainer und ließ Dennis los. Der schoss wie ein Blitz zurück Richtung Von-der-Heydt-Straße, schaute suchend nach links, drehte sich um und kam mit einem enttäuschten Gesichtsausdruck zu dem völlig überraschten Rainer zurück. Die ganze Aktion dauerte weniger als eine Minute.

»Sie sind weg«, stellte Dennis resigniert fest.

»Wer ist weg?«

»Polle und Icke.«

»Dann war das also dein Bruder?«, fragte Rainer.

»Wer sonst?«, fragte Dennis zurück.

»Und wer ist Icke?«

»Icke? 'türlich Icke.«

»Natürlich. Ist ja völlig klar. Icke ist Icke.«

»Eben. Warum fragst du dann?«

Logo, dachte Rainer. Auf dumme Fragen ...

»Was ist jetzt mit dem Eis?«, forderte Dennis.

»Das wartet auf uns. Komm.«

»Dann erzähle«, forderte Rainer, nachdem Dennis einen Becher Fruchteis mit Sahne und vier Kugeln Schokoladeneis verputzt hatte.

»Krieg ich noch 'ne Cola?«, wollte der Junge im Gegenzug wissen.

»Okay, auch noch eine Cola.« Rainer überschlug, was ihn die Auskunft kosten würde. Das Ergebnis gefiel ihm nicht besonders.

»Du darfst aber nichts meiner Mutter sagen.«

»Nein, versprochen.«

»Schwörst du?«

»Mein Gott, ich habe dir doch gerade gesagt ...«

»Schwörst du?«, unterbrach ihn Dennis.

Rainer seufzte. »Gut, ich schwöre.«

»Bei was?«

»Wie, bei was?«

»Bei was schwörst du?«

Langsam fing Dennis an, ihm auf die Nerven zu gehen, und zwar gründlich. »Bei was soll ich denn schwören?«

»Was dir am wichtigsten ist. Deine Freundin zum Beispiel. Oder deine Eltern.«

Als Dennis das Wort ›Freundin‹ in den Mund nahm, überfiel Rainer ein kurzes Gefühl tiefer Traurigkeit. Er dachte kurz an Stefanie und die Zeit, die sie gemeinsam verbracht hatten. Dann schüttelte er diesen Gedanken ab und sagte: »Gut. Ich schwöre bei dem Leben meiner Mutter, dass ich deiner Mutter nichts sagen werden.«

Was für eine Groteske, dachte Rainer. Ich sitze hier mit einem Jungen, der höchstens elf ... »Wie alt bist du eigentlich?«, fragte er Dennis.

»Ich werde im Dezember zwölf«, antwortete der stolz.

... der höchstens zwölf Jahre alt ist, bezahle eine Menge Geld für Eis und Cola und schwöre beim Leben meiner Mutter, die schon Jahre tot ist, damit mir das Kind etwas erzählt, was ich wahrscheinlich ohnehin schon weiß.

»Also los jetzt«, forderte Esch energisch, nachdem die Kellnerin Dennis eine Cola und ihm den dritten Espresso gebracht hatte. »Wie seid ihr auf die Idee gekommen, die Kioskinhaberin zu erpressen?«

»Das war Polles Einfall.«

»Polles?«

»Na ja, eigentlich eher Ickes. Der hat das dann Polle gesagt. Und Polle hat das mir gesagt.«

»Aber warum habt ihr das gemacht?«

Dennis sah ihn nur aus seinen großen Augen schweigend an.

»Nun komm schon. Wir beide haben eine Abmachung.«

»Aber du darfst nichts davon erzählen.«

Nicht schon wieder, dachte Esch und sagte: »Kannst dich darauf verlassen.«

»Icke hat Polle gesagt, wenn wir nicht mitmachen, tut er unserer Mutter was. Und dass wir mit keinem darüber reden dürfen. Sonst würde etwas passieren. Und jetzt hab ich ...« Dennis begann zu weinen.

»Für mich gilt das nicht. Ich habe ja schließlich geschworen. Ehrenwort«, bekräftigte Rainer ihren Pakt.

»Meinst du?« Auf Dennis' Gesicht zeichnete sich ein Hoffnungsschimmer ab.

»Klar.«

»Wenn du meinst. Icke hat gesagt, dass das doch sowieso die Versicherung bezahlen würde und mir könnte ja auch nichts passieren, weil ich noch zu klein bin. Außerdem hätten die doch so viele Zigaretten im Laden, da würde es kaum auffallen, wenn da ein paar Schachteln weg sind. Und ich hab selbst gesehen, wie Paul und Dieter da Bonbons geklaut haben, wenn die Frau weggeguckt hat. Die haben das auch gemacht. Und da haben wir uns gedacht, wenn der Icke dafür nichts unserer Mutter tut und die anderen das auch machen, dann kann das doch nicht so schlimm sein, oder?« Dennis sah ihn, um Absolution bittend, an.

»Nein, wohl nicht«, beruhigte Rainer den Kleinen. »Weißt du irgendwas über Briefe, die Frau Schattler bekommen hat?«

»Frau Schattler? Kenn ich nicht.«

»Die Kioskbesitzerin.«

»Die heißt so? Nee, weiß ich nicht. Da müsstest du den Postboten ...«

»War nur so eine Idee. Wer ist Icke denn nun?«

»Ein Freund von Polle. Der spricht so ulkig. Wenn der ›ich‹ sagen will, sagt der immer ›icke‹. Deshalb heißt der auch Icke. Mit Spitznamen.«

»Weißt du seinen richtigen Namen?«

Dennis nahm einen tiefen Schluck Cola. »Nö. Wir sagen alle nur Icke.«

»Weißt du denn, wo der wohnt?«

»Nö. Irgendwo da vorne.« Dennis zeigte in Richtung Norden. »Da runter, is, glaube ich, nich weit.«

»Woher wusstet ihr denn, dass Icke im *Karlseck* war?«

»Wussten wir nicht. Haben wir uns gedacht. Weil der ist da immer drin. Oder oft«, schränkte Dennis ein.

»Und Polle? Warum ist der mit Icke mitgegangen? Und warum bist du weggelaufen?«

»Weiß nicht.«

»Dennis, nun erzähl schon.«

»Weiß nicht.«

»Dennis, das ist nicht fair.«

Der Junge zögerte. Dann platzte es aus ihm heraus: »Icke wollte, dass wir das auch bei *Karstadt* machen.«

»Was solltet ihr bei *Karstadt* machen?«

»Sachen klauen. Radios und so. Aber ich wollte nicht. Deshalb bin ich weg.«

»Und Polle?«

»Weiß nicht.«

»Dennis ...«

»Icke hat gesagt, wenn Polle und ich nicht mitmachen, tut er meiner Mutter was und Polle muss dann ins Gefängnis und ich ins Heim. Aber ich wollte trotzdem nicht. Er hat Polle gezwungen, mit ihm mitzukommen. Ich weiß nicht, wohin.« Dennis fing wieder an zu weinen. »Polle wird bestimmt sauer auf mich sein, weil ich dir das erzählt habe.«

»Du musst es ihm ja nicht sagen«, versuchte Rainer den Jungen zu beruhigen.

»Polle weiß das sofort. Der weiß immer alles, was ich denke. Immer. Das war schon früher so. Polle ist nämlich ziemlich schlau.«

»Kann ich mir vorstellen.«

Dennis versank in seinem Colaglas und schwieg.

Rainer machte noch einen Anlauf: »Und mehr weißt du nicht?«

»Nee, mehr nicht.«

157

»Hm.« Rainer rief die Kellnerin und bezahlte. »Komm, ich bringe dich nach Hause.«

Sie hatten gerade die Eisdiele verlassen, als Rainer vor den Schaufenstern des Kaufhauses gegenüber auf eine Frau aufmerksam wurde, die ihn mächtig an Karin Schattler erinnerte. Er suchte Deckung in der Menge und musterte die Frau verstohlen: Kein Zweifel, das war Karin Schattler. Sie wurde von einem großen, schlanken Mann mit dunklen Haaren begleitet, den Esch nicht kannte.

»Da vorne steht Frau Schattler, siehst du sie?«, fragte er Dennis.

»Hm«, gab der zur Antwort.

Rainer wertete das als Bestätigung. »Kennst du den Mann neben ihr?«

»Nö. Aber der war öfter am Kiosk.«

»Bist du dir sicher?«

Dennis sagte nichts mehr. Für ihn schien das Gespräch beendet zu sein.

Schweigend gingen sie die wenigen Meter vom Citycenter zu dem Hochhaus.

Dort gab Rainer Dennis einen freundschaftlichen Klaps auf die Schulter. »Mach's gut.«

Dennis trottete mit gesenktem Kopf zum Hauseingang und Rainer steuerte auf sein Fahrzeug zu. Er überlegte, ob er dem Jungen nicht doch hätte gründlich ins Gewissen reden müssen, gewann dann aber die Überzeugung, dass er, statt einem knapp Zwölfjährigen eine Rede über Anstand und Moral zu halten, sich genauso gut mit seiner Zimmerwand unterhalten konnte.

Wäre Esch nicht so in Gedanken vertieft gewesen, wären ihm vielleicht jetzt die beiden Männer aufgefallen, die ihm immer noch in einiger Entfernung folgten. Und möglicherweise hätte er sogar Polle gesehen, der, versteckt im Eingang des Restaurants *Elsässer Stuben*,

Dennis und ihn schon seit einigen Minuten aufmerksam beobachtet hatte.

24

»Es gibt mehrere klassische Mordmotive«, dozierte Brischinsky. »Erstens: Vertuschung eines anderen Verbrechens. Das scheidet ja in unserem Fall vermutlich aus. Zweitens: Rache. Auch unwahrscheinlich.« Er streckte Baumann drei Finger seiner Rechten entgegen. »Drittens: Eifersucht oder Liebe. Da hätten wir unser erstes denkbares Motiv.« Der Ringfinger gesellte sich zu den anderen dreien. »Viertens: Neid und Habsucht. Hast du die Angaben der Schattler bezüglich des Kiosks überprüft?«

»Natürlich.« Baumann schob seinem Chef die Fotokopie eines Handelsregistereintrags hinüber. »Hier. Schatler GmbH. Gesellschafter sind zu gleichen Teilen Heinz und Karin Schattler. Der Kiosk ist gemietet. Die Mietzahlungen, sagt der Hausbesitzer, sind regelmäßig eingegangen. Auch sonst gab es mit den Schattlers keinen Ärger, hat er mir erzählt.«

Der Hauptkommissar nippte an einer Colaflasche. »Sonstiges Vermögen? Grundstücke, Immobilien, Aktien?«

»Von der Personalverwaltung des Bergwerkes habe ich die Bankverbindung Heinz Schattlers erhalten. Ein Konto bei der *Deutschen Bank*. Auch die Mietzahlungen für die Bude werden von da überwiesen. Wir haben die Kontonummer, benötigen aber zur Einsichtnahme in die Geldbewegungen einen richterlichen Beschluss. Ohne den hüllt sich die Bank in Schweigen. Bankgeheimnis.«

»Verstehe. Wie lange kann das dauern?«

»Wenn Staatsanwalt Müller die entsprechenden Formulare ausgestellt hat ... vier, fünf Tage.«

»Fünf Tage? So lange? Hat Müller die Antragsformulare schon fertig?«

Baumann schüttelte nur den Kopf.

Brischinsky stöhnte. »Der Kerl bringt mich noch ins Grab. Was ist mit Grundstücken, Häusern?«

»Einer unserer Kollegen sitzt seit Stunden im Herner Grundbuchamt und wälzt Akten. Er ruft an, wenn er fündig wird. Aber wenn du mich fragst ...«

»Ja?«

»Ich glaube nicht, dass die Schattlers über Vermögen verfügen. Warum sollte der Mann unter Tage malochen und die Frau in einer Bude Bömskes verkaufen, wenn Geld in der Hinterhand wäre?«

»Was weiß ich!«

»Und was ist, wenn die 'ne Finca auf Mallorca besitzen? Oder ein Schloss in einer anderen Stadt? Da kann der Kollege in Herne lange suchen.«

»Wahrscheinlich hast du Recht. Prüf es aber trotzdem nach.«

»Natürlich.«

Brischinsky drapierte seine Füße mit den neuen italienischen Designerschuhen dekorativ auf der Schreibtischkante und lehnte sich in seinem Stuhl zurück. »Wann bekommen wir die Genehmigung, Eschs Telefon abzuhören?«

Sein Mitarbeiter zuckte mit den Schultern.

»Läuft die Fahndung nach Kaya?«

»Selbstverständlich. Aber nach so kurzer Zeit ...«

»Schon klar. Können wir außer warten im Moment eigentlich irgendetwas Sinnvolles tun?«

»Ich befürchte, nein.«

Brischinsky nickte und schloss die Augen. Genau die Antwort hatte er erwartet.

25

Auf dem Weg zurück nach Recklinghausen bog Rainer, einer plötzlichen Eingebung folgend, links ab, um über die Autobahn zur Teutoburgia-Siedlung, dem Wohnsitz Karin Schattlers, zu fahren.

Esch blickte auf die Uhr. Kurz vor vier. Er hoffte, dass seine frühere Auftraggeberin nicht nach Hause kommen würde. Die Vorstellung, Karin Schattler überraschend über den Weg zu laufen, war ihm unangenehm. Schließlich hatte sie ihm das Mandat entzogen.

Er parkte seinen Mazda am Anfang der Schreberstraße und machte sich zu Fuß auf den Weg. Als Rainer das Haus mit der Nummer 62 erreichte, blieb er stehen und sah sich neugierig um. Er versuchte, auf Zehenspitzen über die Hecke zu linsen, die den Garten vor allzu neugierigen Blicken abschirmte, als ihn eine weibliche Stimme rief.

»Hallo, Sie, suchen Se wat Bestimmtes?«

Esch drehte sich um und versuchte zu ergründen, woher die Frage kam.

»Ja, Sie mein ich. Hier drüben bin ich.«

Rainer wandte sich in die Richtung, in der er die Ruferin vermutete, und erkannte auf der gegenüberliegenden Straßenseite eine dicke Frau, die massig im offenen Fenster lehnte. Funktionierende soziale Kontrolle, dachte er. Hatte aber auch etwas Gutes. Er hätte ja auch ein Einbrecher sein können.

»Ich wollte zu Frau Schattler«, log er.

»Is nich da. Wat wollen Se denn von der?«

Esch dachte fieberhaft nach. »Ich komme von der Versicherung.« Etwas Besseres fiel ihm nicht ein. »Wegen des Todes ihres Mannes.«

»Lebensversicherung?«

»Ja. Lebensversicherung.«

»Halt ich überhaupt nix von. Brauchen Se mir erst gar nich mit kommen. Dat hab ich doch erst kürzlich inne Zeitung gelesen, dat mit die versteckten Gelders. Milliarden habt ihr euch da inne Tasche gesteckt. Und dat trotz die hohen Beiträge. Is nich in Ordnung, so wat.«

Esch, der der Frau im Innern vollkommen Recht gab, sagte: »Geht mich ja eigentlich nichts an, aber sagen Sie, Frau ...?«

»Wischnewsky. Ruth Wischnewsky. Und wer sind Sie?«

»Kaiser. Frau Wischnewsky, kennen Sie Frau Schattler gut?«

»Wofür wollen Sie dat denn wissen?«

»Ich meine, hat die 'nen Hund? Ein Auto? Fährt die oft in Urlaub? Ist sie häufiger krank? Man kann doch für alles eine Versicherung verkaufen, verstehen Sie? Wenn ich etwas mehr über Ihre Nachbarin weiß, kann ich Frau Schattler auf sie zugeschnittene Pakete anbieten. Natürlich würde ich mich dann ...«, Rainer senkte vertraulich seine Stimme und näherte sich seiner Gesprächspartnerin, »... bei der Aufteilung der Provision erkenntlich zeigen.«

Ruth Wischnewsky beugte sich weit aus dem Fenster. »Sie meinen, dat ich ... ährlich?«

»Frau Wischnewsky, sehe ich so aus, als ob ich Sie belügen würde?«

»Nee, dat eigentlich nich.«

»Sehen Sie. Also, kommen wir ins Geschäft?«

»Klar. Dat lass ich mir doch nich zweimal sagen. Wenn Se dann bei mir reinkommen möchten ...?«

Sechzig Minuten und drei Tassen Kaffee später kannte Rainer nicht nur die Familiengeschichte der Wischnewskys, sondern auch die aller anderen Nachbarn im Umkreis von einhundertfünfzig Metern.

Er wusste, mit wem der Jürgen zwei Häuser weiter oben ein Verhältnis hatte, erfuhr, dass Mechthild von schräg gegenüber heimlich ihrer Vorliebe für Hochprozentiges frönte – »Herr Kaiser, dat müssen Se sich vorstellen, sogar im Keller hat die dat Zeug verbunkert« –, nahm teil am Streit der Müllers von Nummer 35 mit den Schmidts von 37 – »Dat is wegen dem Teich im Garten bei Müllers, da sind ma die Blagen von den Schmidts rein« –, erfreute sich an der Geburt der kleinen Jasmin im Nachbarhaus, empörte sich darüber, dass sogar Gewerkschaftsmitglieder Autos mit über 100 Pferdestärken fahren – »Der is im Betriebsrat und dann 'nen Mercedes, oller Angeber« – und kam dahinter, dass Heinz Schattler Stammgast in einer Kneipe namens *Teuto-Treff* gewesen war und seine Frau häufiger, wenn ihr Mann auf Schicht war, Herrenbesuch erhalten hatte.

»Dat, Herr Kaiser, is bestimmt, weil ihr Mann ja nie da war. Entweder auf Schicht oder inne Kneipe. 'ne normale Frau kann dat doch nich mitmachen, oder?«

Rainer beschloss, die Frage zu ignorieren, da er darauf ohnehin keine Antwort wusste. »*Teuto-Treff*, wo ist das denn?«, fragte er stattdessen neugierig.

»Am Knie.«

»Wo?«

»Am Knie. Die Straße heißt so. Gar nich weit weg von hier. Wenn Se hier die Schreberstraße hochgehen, müssen Se nur rechts abbiegen und dann laufen Se direkt drauf zu.«

»Und was war mit dem Herrenbesuch?«

»Also, dat hat mich ja die Polizei auch schon gefracht. Man weiß ja nix Genaues, aber der sah schon 'n bisschen wie 'n Ausländer aus.«

Rainer zuckte erschrocken zusammen.

Ruth Wischnewsky deutet die Reaktion Eschs falsch. »Ich mein, ich hab nix gegen die Ausländer. Wohnen ja auch viele hier inne Siedlung. Und die Männer sind ja fast alle ordentlich. Sind ja auch auf'm Pütt. Wie mein Mann früher, als der noch lebte. Aber die Leber, wissen Se. Bei de Frauen, na ja. Also, dat mit dem Kopftuch …

Auch inne größten Hitze. Aber geht mich ja nix an, oder? Bei denen zu Hause inne Türkei is et ja auch warm. Stimmt doch, oder? Ich hab wirklich nix gegen die. Ich geh auch immer beim Türken oben anne Castroper einkaufen. Der hat nämlich echt frische Ware, müssen Se wissen. Un dann immer so freundlich. Sonst geh ich ja mehr zu Kowalsky. Dat is da anne Schadeburg. Aber ... na ja.«

»Frau Wischnewsky, vielen Dank für den Kaffee. Ich muss jetzt ...«

»Wat? Wollen Se schon gehen?« Ruth Wischnewsky rückte auf der Küchenbank noch etwas näher an Rainer heran. »Wird doch gerade erst gemütlich ...«

»Ich muss wirklich.« Esch schraubte sich hastig hinter dem Tisch hervor und reichte seiner Gastgeberin die Hand. »Vielen Dank für den Kaffee. Und Ihre Auskünfte. Wenn es zu einem Abschluss kommt, dann ...«

»Denken Se an mich, oder?«

»Selbstverständlich. Danke«, setzte er hinzu, als er registrierte, dass ihn die Siedlungschronistin für Klatsch und Tratsch zur Tür begleiten wollte, »ich finde schon selbst hinaus.«

In seinem Wagen musste Rainer Esch seine neu gewonnenen Informationen erst einmal verdauen. Ob ihm Cengiz vielleicht doch nicht die Wahrheit gesagt hatte? Möglicherweise war er ja tatsächlich der Herrenbesuch gewesen, von dem Ruth Wischnewsky gesprochen hatte? Der leichte Zweifel an der Aufrichtigkeit seines Freundes verflog rasch wieder. Cengiz würde ihn nicht belügen, da war sich Rainer sicher.

Außerdem glaubte er zu wissen, dass sich Cengiz in einer unerfüllten Liebe zu Rainers Exfreundin verzehrte. Aber war das ein Grund, auf ein Verhältnis mit einer anderen Frau zu verzichten? Und der wieder eingesetzte Haftbefehl? Die Polizei musste schon über handfeste Verdachtsmomente verfügen, wenn sie das Gericht davon hatte überzeugen können, einen bereits Freigelassenen erneut festzunehmen. Würde sich Brischinsky so irren? Da war er wieder, der nagende Zweifel.

Esch beschloss, dass seine Freundschaft zu Cengiz höher zu bewerten war als seine Bedenken, und fuhr los, um Heinz Schattlers Stammkneipe einen Besuch abzustatten.

Der *Teuto-Treff* entpuppte sich als Kiosk mit angegliederter Stehbierhalle. Esch parkte seinen Wagen um die Ecke in der Schadeburgstraße und ging die letzten Meter zu Fuß. Schon von weitem konnte er vor der Bude einige mehr oder weniger alkoholisierte Männer in grauen Ripp-unterhemden, mit tätowierten Oberarmen und einer Flasche Bier in der Hand stehen sehen.

Als er näher kam, hörte Rainer, dass sie sich lautstark über das letzte Heimspiel von Schalke 04 unterhielten; ein Thema, bei dem er üblicherweise sofort eingestiegen wäre, wenn nicht die Gestalten einen etwas Furcht einflößenden Eindruck gemacht hätten.

Trotzdem ging er an der Bude vorbei zum Eingang der Stehbierhalle. Dabei wurde er von den Fußballexperten neugierig gemustert. Die Gespräche verstummten.

Esch betrat den halbdunklen Verkaufsraum, der höchstens fünfzehn Quadratmeter groß war. Eine Wolke aus Zigarettenqualm, Bier- und Schnapsausdünstungen schlug ihm entgegen. Für einen Moment hielt er den Atem an, bis ihm einfiel, dass jemandem, dem es einfallen sollte, nachts um halb drei nüchtern seine Recklinghäuser Stammkneipe zu betreten, die Luft genauso schlecht vorkommen musste.

Allerdings war es nicht halb drei nachts, sondern spätnachmittags gegen halb sechs. Und das Publikum im *Drübbelken* unterschied sich etwas von den hier versammelten Zechern. Außerdem war das Interieur des *Teuto-Treff* einfacher strukturiert: Vor vier dreibeinigen

Stehtischen standen einige hölzerne Barhocker. Sonst gab es keine Sitzgelegenheit.

Auch die Theke war deutlich kleiner als in anderen Gaststätten. Der Wirt hinter dem Tresen fixierte seinen neuen Gast schweigend von oben bis unten. Die Fußballfans drängten nach Rainer in den Raum und gesellten sich zu zwei weiteren Gästen, die an einem der Tische vor zwei vollen, vielen leeren Bier- und Schnapsgläsern, überquellenden Aschenbechern, einem Stapel Bierdeckeln und zwei Würfelbechern standen.

»Guten Tag«, sagte Rainer. »Ich hätte gerne ein Mineralwasser.«

»Glück auf«, antwortete der Wirt und sah ihn an, als ob er von einem anderen Stern käme. »Sie wollen Wasser?«

»Ja, bitte.«

Der Wirt beugte sich grinsend nach unten zum Kühlfach. Esch hörte einige der anderen Gäste leise lachen.

»Wasser«, wiederholte der Wirt kopfschüttelnd, als er wieder auftauchte, »Wasser.«

Er goss aus einer Mineralwasserflasche ein Glas voll, das er, wie Esch zu seiner Beruhigung bemerkte, vorher im Becken ausgespült hatte. Der Wirt stellte das Getränk vor Esch auf den Tresen und sagte: »Noch wat?«

»Nein, danke.« Rainer setzte sich auf einen freien Barhocker und zündet sich eine Reval an. Das Mineralwasser war eiskalt. Nach einigen Minuten verloren die anderen Gäste ihr Interesse an dem unbekannten Besucher, gingen wieder hinaus und setzten lautstark ihr Gespräch fort.

Im Raum blieben neben dem Wirt nur die zwei Männer an dem Stehtisch zurück, die knallend ihre Würfelbecher auf den Tisch hauten.

Esch sah ihnen einige Minuten zu und fragte dann: »Was spielen Sie da?«

»Schocken«, kam die knappe Antwort.

»Was dagegen, wenn ich mitspiele?«, wollte Esch wissen.

»Nee, komm rüber.«

Esch nahm sein Glas und kam der Aufforderung nach.

»Wir spielen um zwei Hälften. Dann ums Ganze. Geht um 'n Bier und 'n Korn.«

Esch nickte verstehend. Er hatte schon Hunderte von Runden bei diesem Spiel gewonnen – und verloren. »Ich bleib bei Wasser«, warf er entgegen seinen sonstigen Gewohnheiten ein.

»Deine Sache. Zahlen musst du aber die ganze Rutsche.«

»Schon klar.«

Der Wirt reichte ihm einen Würfelbecher mit drei Würfeln.

»Hoch legt vor«, meinte der links von Rainer stehende Gast und schüttelte seinen Becher.

Eine Stunde später – Rainer kannte mittlerweile die Vornamen seiner Mitspieler und hatte sich zur deren Freude so unklug angestellt, dass er sechs Runden in Folge verlor – wagte er es, die Sprache auf Heinz Schattler zu bringen. »Kennt einer von euch den Schattler?«

»Klar. Kenn ich. Kannte jeder hier. Scheißgeschichte. Schock zwei im Dritten«, sagte Siegfried, ein etwa dreißigjähriges, stiernackiges Muskelpaket. »Den Wurf müsst ihr erst töten.«

»Null Problemo. Hier, pass auf.« Peter machte aus zwei Sechsen eine Eins. »Und jetzt den hier.« Er knallte den Becher auf den Tisch. »Scheiße. Aber dann jetzt.« Er drehte den letzten Wurf um und verdeckte mit dem Becher das Ergebnis seiner Bemühungen.

Esch, der seine Straße im ersten Wurf wider besseren Wissens vollständig zurück in den Becher packte, fragte: »War der oft hier?«

Peter stierte ihn mit alkoholvernebelten, kleinen roten Augen an. »Heinz Schattler? Ob der oft hier war? War der oft hier, Siegfried?«

Siegfried fing an zu lachen. »Wat heißt schon oft? Dat war hier sein zweites Zuhause.«

»Und sein erstes war bei seiner Frau?«, erkundigte sich Rainer.

Jetzt lachten beide. »Bei seiner Frau?« Peter prustete los. »Nee, dat erste war auf der Trabrennbahn in Gelsenkirchen. Da war der bekannt wie 'n bunter Hund. Bei seiner Frau, ich lach mich tot. Die wusste doch gar nicht mehr, wie der Heinz aussah.«

»Mann, wenn die nich in ihrer Bude in der Stadt gewesen is, hat die mit jedem rumgevögelt, der ihr vor die Augen kam«, ergänzte Siegfried, »nur nich mit ihrem Alten. Dafür hat der seine Knete entweder versoffen oder verzockt. Oder beides.«

»Eher beides«, bekräftigte Peter. »Un dat nich zu knapp. Der hat doch 'n Vermögen im *Karlseck* und auffe Rennbahn gelassen.«

»Im *Karlseck*?«, wunderte sich Rainer.

»Dat is inne Innenstadt. Bei *Karstadt*. Un jetzt mach fertig hier«, forderte Siegfried von Rainer. »Ich muss gleich weg. Und vorher brauch ich noch was Wegzehrung.« Er zeigte auf die leeren Gläser vor sich.

Rainer würfelte zur allgemeinen Überraschung in seinem zweiten Wurf einen Schockaus, gewann die Runde, zahlte und verabschiedete sich. Dann machte er sich auf den Weg zu seinem Fahrzeug, um sich Richtung Heimat zu bewegen.

In der Höhe des Recklinghäuser Kreuzes schreckte ihn das Klingeln des Handys aus seinen Gedanken. Er meldete sich.

»Rainer, ich bin's.«

Esch erkannte die Stimme sofort. »Cengiz. Wo steckst du?«

»Ich bin jetzt eben angekommen. Fahre gerade ins Hotel. Gibt's etwas Neues?«

»Weiß nicht, ich habe noch nicht mit Uwe gesprochen, aber ...«

»Ich melde mich in den nächsten Tagen bei dir. Bis dann.«

»Cengiz, warte ...« Sein Einwurf war vergeblich. Ein Blick auf das Handydisplay zeigte ihm, dass Cengiz das Gespräch beendet hatte.

Und ein weiterer Blick auf seine Uhr machte ihm klar, dass er sich auf direktem Weg zu seinem Arbeitgeber, dem Taxiunternehmen Krawiecke, zu begeben hatte, damit er noch pünktlich die Nachtschicht beginnen konnte.

26

Karin Schattler hatte es sich gerade auf ihrer Couch vor dem Fernsehgerät mit einem Glas roten Burgunder aus Romanée-Conti bequem gemacht, als ihr Telefon schellte. Genervt griff sie zum Hörer.

»Schattler«, sagte sie ungehalten. Dann veränderte sich ihr Ton und wurde weicher und wärmer. »Ach du bist es. Schön, dass du anrufst. Ich habe mir schon Sorgen gemacht. – Nein, nichts Besonderes. Ich liege hier vor dem Fernseher und wollte mir eigentlich gleich ›Pretty Woman‹ ansehen. – Meinst du wirklich? – Müssen wir das jetzt besprechen? – Natürlich musste ich meine Aussage von Freitag zu Protokoll geben. – Deshalb habe ich doch bis Montag gewartet, du Schäfchen. – Misstrauisch? Vielleicht. Aber ich habe den Polizisten eine glaubhafte Erklärung gegeben. – Ja, wie abgesprochen. Bei meiner Schwester, natürlich. – Klar war ich bei ihr. Halt mich doch bitte nicht für bescheuert. – Entschuldigung akzeptiert. Meinen Besuch bei Claudia können die Polizisten nachprüfen. Ich habe, kurz nachdem der Hauptkommissar bei mir war, den Kiosk abgeschlossen und bin zu ihr nach Arnsberg gefahren. Von dort habe ich niemanden angerufen, und da du dich wie besprochen ja auch nicht gemeldet hast, kann eigentlich nichts passieren. – Sonntagabend gegen zehn. – Mit Sicherheit. Du weißt doch, die Wischnewsky sieht alles, hört alles, weiß alles. – Bist du verrückt? Meine Schwester weiß überhaupt nichts. Sie würde das auch nicht verstehen. – Wann können wir uns endlich wieder sehen? – Einige Tage? Bis dahin bin ich vor Sehnsucht zerflossen ... – Der Esch? Hat alles brav geschluckt. – Sicher habe ich ihm die Briefe gezeigt. Der ist eigentlich ganz nett. Nur schade, dass er ein bisschen sehr naiv ist. – Ja, das war eine gute Idee. – Der hat das Geld genommen und mir jedes Wort geglaubt. – Sicher wird er in einigen Tagen zur Polizei gehen. Aber wenn dein Plan funktioniert ... – Glaub ich auch. Dann sind die Formalitäten erledigt und wir weit weg. – Ja, habe ich. – Die Anzeige ist Samstag erschienen. Hat sich aber noch niemand gemeldet. – Sofort. Aber erst muss ein Kaufinteressent da sein. Sonst stimmt die Geschichte nicht. – Ist doch klar. Ich komme natürlich sofort zu dir. – Nein, so viel ist die Bude nun auch nicht wert. Außerdem ist mir der Laden völlig egal, das weißt du doch. – Ach was, doch nicht ich. Heinz wollte sich damit ein zweites Standbein schaffen. Kannst du dir vorstellen, dass ich in zehn Jahren noch Gummibärchen an nörgelnde Schulkinder verkaufe? – Siehst du! – Wir können ja Polle einen Tipp geben. Vielleicht fackelt der dann doch den Laden ab.« Sie lachte auf. »Vielleicht zahlt ja in dem Fall die Feuerversicherung auch noch? – Weiß ich nicht. In den nächsten Tagen. Aber die Wischnewsky hat mir erzählt, dass heute schon ein Vertreter der Versicherung da war. Der wird wohl bald wiederkommen. – Natürlich rufe ich nicht an, Schäfchen. So hoch ist die Versicherungssumme nun auch wieder nicht. – Ich glaube, 50.000. – Den Erbschein habe ich schon beantragt. Das dauert aber einige Tage, meinte die Frau vom Gericht. – Du kannst dich auf mich verlassen. – Sobald der Erbschein da ist, natürlich. – Mein Reisepass? Vor zwei Wochen verlängert. Mach dir keine Sorgen. – Ja, ich habe die Tickets bestellt. Ich kann sie in den nächsten Tagen abholen. – Hm ... schön. – Ich dich auch. Schlaf gut, mein Schäfchen. Ich vermisse dich. – Ebenso. Bis dann.«

Lächelnd legte Karin Schattler das Funktelefon auf den Tisch und nippte entspannt und sehr zufrieden an ihrem Rotwein.

27

Rainer Esch hatte die Schnauze voll, gestrichen voll. In der letzten Nacht hatte er überwiegend Volltrunkene und notorische Nörgler transportiert.

Zweimal war es ihm gelungen, rechtzeitig anzuhalten, als einem der Sturztrunkenen in seinem Wagen schlecht wurde. Der dritte Besoffene, dem übel wurde, saß hinten und war so weggetreten, dass er, statt Rainer beim Öffnen der Tür zu helfen, den Verriegelungsknopf innen genau in dem Moment nach unten drückte, als Esch draußen an der Tür riss. Daraufhin nahm das Verhängnis im wahrsten Sinne seinen Lauf.

Esch knöpfte dem Kerl zwar einen Zwanziger zusätzlich für die Reinigung ab und setzte ihn unverzüglich an die frische Luft, die Überbleibsel des Erbrochenen im Wagen blieben aber zurück, und den Rest der Nacht musste sich Rainer mit Fragen wie: »Riecht das hier nicht etwas streng?« oder »Wann wurde der Wagen eigentlich das letzte Mal gereinigt?« auseinander setzen. Dabei war der Gestank an sich noch nicht einmal das eigentliche Problem. Die Bereitschaft der Fahrgäste, für eine solche Fahrt auch noch ein Trinkgeld zu geben, sank proportional zur Geruchsintensität.

Ganz besonders schätzte Rainer die Kunden, die ihn leicht angetrunken morgens um halb vier belehrten, dass man durch eine Einbahnstraße nicht in der falschen Richtung fahren dürfe und eine Geschwindigkeit von einhundert Stundenkilometer in der verkehrsberuhigten Innenstadtzone doch wirklich etwas zu schnell sei.

Als ob er das nicht selbst wüsste.

Rainer Esch horchte in sich hinein. Er musste sein Leben ändern, und das schnell. Er war jetzt dreiunddreißig Jahre alt, im 19. Semester Student der Rechtswissenschaften an der Ruhr-Universität Bochum und im Besitz der meisten Scheine, die für die Zulassung zum ersten Staatsexamen erforderlich waren. Leider nur der meisten, nicht aller.

Da gab es noch den großen Strafrechtsschein, an dem er schon mehrmals gescheitert war. Schon bei dem Gedanken an diese Aufgabe wurde ihm flau im Magen. Allerdings, so musste er sich selbstkritisch eingestehen, lag sein letzter Versuch, sich diesem Problem mannhaft zu stellen, schon gute drei Jahre zurück. Seitdem führte er ein im Großen und Ganzen recht zufriedenes, allerdings etwas unstetes Leben als Dauerstudent, nebenberuflicher Taxifahrer und – von einer Ausnahme vielleicht abgesehen – nicht sonderlich erfolgreicher Privatdetektiv.

Esch gab sich einen Ruck. Zumindest das Letzte würde sich grundlegend ändern. Er würde Cengiz aus der Geschichte heraushauen.

Rainer richtete sich in seinem Bett auf und sah auf die Uhr. Zwei Uhr. Nachmittags!

Er schlurfte, völlig erschöpft von diesem gedanklichen Kraftakt, zu seinem Telefon und wählte die Nummer seines Arbeitgebers.

»Renate, mein Schatz«, begrüßte er die nette Brünette in der Telefonzentrale des Taxiunternehmers. »Hast du eigentlich nie Feierabend?«

»Das schon, Rainer. Aber ich fange im Gegensatz zu dir früh an. Deshalb darf ich dann auch etwas später gehen.«

Das kannte Rainer. So stellte sich der Firmeninhaber einsatzbereite Mitarbeiter vor. »Du Arme. Ist unser geliebter Chef Hans Krawiecke für eine der Stützen seiner maroden Firma zu sprechen?«

»Das weiß ich nicht. Aber von mir wirst du immer zu ihm durchgestellt.«

»Dafür liebe ich dich, Renate.«

»Elender Lügner. Aber trotzdem nett.«

Rainer hörte die *Kleine Nachtmusik*, während sich Renate bemühte, die Verbindung herzustellen.

»Krawiecke«, meldete sich der geizige und cholerische Inhaber des gleichnamigen Taxiunternehmens.

»Esch.«

»Rainer«, antwortete Hans Krawiecke. Nur: »Rainer«. Mehr nicht.

»Hans. Ich nehme heute Nacht frei.«

»Was machst du?«

»Frei nehmen. Ich hab was Unaufschiebbares vor.«

»Weiß ich. Um acht heute Abend hier zu sein und in den Wagen zu steigen.«

»Nee, is wirklich nicht drin, Hans. Ein Notfall.«

Krawiecke brüllte los. »Deinen Notfall kannst du dir irgendwohin stecken. Wenn du heute Abend nicht hier bist, brauchst du überhaupt nie mehr zu erscheinen, hast du verstanden?«

173

»Habe ich. Wenn du dich beeilst, findest du noch 'n Ersatzkutscher. Wann ist die nächste Schicht? Morgen? Ich melde mich dann. Tschüs.«

Bevor ihn weitere Schimpftiraden seines Brötchengebers erreichten, legte Rainer auf. Das Wüten kannte er seit langem. Und es stank ihm immer mehr.

Er beschloss, sein Frühstück um eine Stunde oder auch mehr zu verschieben und sich noch etwas auszuruhen. Heute Abend würde er dem *Karlseck* in Herne einen Besuch abstatten und probieren, ob er außer Doppelkopf auch die anderen Kartenspiele, mit denen er in seiner Jugend die Löcher in seinem damaligen Finanzhaushalt gestopft hatte, noch beherrschte.

Ausgestattet mit etwas über tausend Mark, die das gesamte ihm derzeit zur Verfügung stehende flüssige Kapital bedeuteten, betrat Rainer gegen zwanzig Uhr das *Karlseck*. Die Gaststätte war fast leer. Nur an der Theke standen zwei Männer und unterhielten sich leise.

Esch, der seinen Wagen vor seinem Büro in Recklinghausen-Süd geparkt hatte und dort auch die Nacht zu verbringen gedachte, orderte ein Bier.

»Ein Bier. Kommt sofort«, nickte der Wirt und stellte Rainer kurz darauf das frisch Gezapfte hin.

»Sagen Sie,« fragte Rainer, »kommt Icke heute noch?«

Der Wirt betrachtete ihn misstrauisch. »Ich glaube schon. Der ist fast jeden Tag hier. Kennen Sie Icke? Ich kann mich nicht erinnern, Sie schon einmal bei mir gesehen zu haben.«

»Nicht näher. Ich habe nur von ihm gehört.«

»Ach so.«

Esch trank einen Schluck Bier und der Wirt beschäftigte sich wieder damit, Gläser zu spülen. Rainer zündete sich eine Zigarette an und sah sich in der Kneipe um. Die sechs vorhandenen Tische standen in Nischen, die mit Holzgittern, an denen künstlicher Efeu rankte, voneinander getrennt waren. Rechts neben dem Eingang wartete ein Flipper und daneben eine Musikbox.

Esch kramte zwei Markstücke aus seinem Portmonee, bestellte noch ein Pils und ging zur Musikbox, um das Repertoire einer Überprüfung zu unterziehen. Da keine Platte der Stones enthalten war, wich Rainer notgedrungen auf BAP und Pur aus, um sich und den anderen Gästen schlimmere deutsche Schlagersternchen zu ersparen.

Er warf die andere Mark in den Flipper und begann, zu den Klängen von *Abenteuerland*, die weiße Silberkugel durch das Gerät zu treiben. Seine in jungen Jahren erworbenen Fertigkeiten und Reflexe funktionierten immer noch ganz zufrieden stellend, so dass er zwar nicht die Perfektion eines von The Who besungenen *Pinball Wizards* erreichte, aber trotzdem ein Freispiel erkämpfte.

Zwanzig Minuten später, Rainer hatte sein drittes Pils vernichtet, öffnete sich die Tür. Icke und ein weiterer Mann betraten die Kneipe.

»'n Abend«, grüßte Icke und ließ sich an den Tisch direkt neben der Musikbox fallen. »Walter, für mich wie üblich«, sagte er zu dem Wirt. »Und du?«, fragte er seinen Begleiter.

»Bier und 'n Korn«, kam die Antwort.

Rainer hatte gerade mit einem schon fast genial zu nennenden Doppelschlag die Kugel vor dem sicheren Abgleiten ins Aus bewahrt, als ihn Icke ansprach.

»Bock, einen auszuspielen?«

»Warum nicht?«

»Um 'n Bier und das neue Spiel?«

»In Ordnung.«

Rainer ließ sich vom Wirt ein Markstück geben, dessen Weitergabe dieser auf Eschs Bierdeckel vermerkte, und auch Icke steuerte seinen Obolus bei. Dann begannen sie den Wettkampf um Punkte und Pils.

Mit Glück und Können gewann Rainer alle sechs Spiele und den Einsatz zurück.

»Nicht schlecht«, lobte Icke seinen Mitspieler. »Spielste auch noch was anderes?«

»Was meinst du denn?«

»Kleine Runde Poker vielleicht. Mit uns?« Icke beobachtete Rainer mit einem Aasgeierblick.

»Um Geld?«

»Meinste um Peanuts?«

»Gut. Dann trinke ich aber die gewonnenen letzten drei Pils nicht mehr, sonst kann ich nicht mehr klar denken.«

»Wenn du meinst«, antwortete Icke lakonisch, »dann bestell dir eben was anderes. Icke bleib bei Pils.«

Rainer setzte sich zu den beiden an den Tisch und orderte eine Cola. Icke ließ sich vom Wirt ein Kartenspiel geben.

»Das ist Manni«, stellte Icke seinen Begleiter vor, »und icke bin Icke.«

»Rainer.«

»Okay, Rainer«, sagte Icke und begann, die Karten zu mischen. »Französisch. Ohne Limit, ohne Schieben. Mindesteinsatz ein Heiermann. Cash. Keine Schuldscheine. Wer nicht mithalten kann, ist draußen. 'n Vierer ist vorm Flash, Straße vor zwei Paaren. Aussteigen jederzeit. Alles klar?«

»Alles klar.«

»Ihr wollt doch wohl jetzt nicht um Geld spielen?«, meldete sich der Wirt besorgt.

»Lass ma, Walter. Wenn die Bullen kommen, verschwindet die Knete blitzartig unterm Tisch.«

Nicht sehr beruhigt sagte Walter: »Ich wollt's ja bloß gesagt haben. Auf eure Verantwortung.«

Die ersten Spiele plätscherten so dahin. Rainer, der davon überzeugt war, dass Icke und Manni zusammenspielten, um ihn zu betrügen, versuchte die Tricks seiner Gegner zu durchschauen. Nach einem guten Dutzend Spiele, bei denen Esch auf Grund seiner zurückhaltenden Spielweise lediglich einige Mark verloren hatte, meinte er das Prinzip der Abzockerei kapiert zu haben: Immer, wenn Icke oder Manni eine gute Karte hatte, signalisierte dieser das dem Partner dadurch, dass er seine Karten nicht mehr in der Hand hielt, sondern sie verdeckt vor sich auf den Tisch legte. Der andere versuchte dann, ein zu frühes Ende des Spiels durch zurückhaltendes Setzen zu verhindern, um so den Einsatz langsam, aber kontinuierlich nach oben zu treiben.

Esch grinste still in sich hinein. Wer wie er in einer Gegend aufgewachsen war, wo man erst Kartenspielen lernte, bevor man vollständige Sätze sprechen konnte, war mit solchen Uralttricks nicht hinters Licht zu führen. Zum Schein ließ er sich von Zeit zu Zeit auf diese Spielchen ein, um seine Partner nicht zu frustrieren, und nahm sich vor, geduldig auf seine Chance zu warten.

Rainer hatte gerade einen Pott von insgesamt fünfundzwanzig Mark abgeräumt, als die Tür aufging und zu seiner Überraschung Polle die Gaststätte betrat. Der Jugendliche orientierte sich kurz und kam dann zielstrebig an ihren Tisch. Polle sah Rainer kurz an, beugte sich dann zu Icke herunter und flüsterte etwas in sein Ohr.

»Einen Moment«, unterbrach Icke ihr Spiel. »Icke bin gleich wieder da.«

Aus den Augenwinkeln beobachtete Rainer, dass die beiden sich an der Tür, die zu den Toiletten führte, intensiv unterhielten. Dabei schaute zuerst Polle, später auch Icke mehrmals zu dem Tisch, an dem Rainer und Manni saßen, herüber. Nach wenigen Minuten verließ Polle die Kneipe wieder und Icke kehrte an den Tisch zurück.

»Du pokerst aber nicht zum ersten Mal«, bemerkte Icke, als er sich wieder setzte.

»Natürlich nicht«, antwortete Rainer. »Ich hatte einen guten Lehrmeister.«

Manni mischte die Karten und Esch hob ab.

»Wen denn?«, wollte Icke wissen.

»Heinz Schattler. Kennst du den?«, fragte Rainer zurück.

Icke sah seinen Mitspieler gespannt an. »Klar. Der war früher häufiger hier.«

»Ich habe Heinz schon lange nicht mehr gesehen«, bluffte Rainer. »Wie geht es ihm denn?«

Ickes Augen wurden schmal. »Weiß nicht. War schon lange nicht mehr hier.«

»Seine Frau soll in Herne einen Kiosk haben?«

»Keine Ahnung.«

»Kennst du sie?«

»Wen soll icke kennen?«

»Schattlers Frau.«

»Nee.«

Ein echter Fortschritt in seinen Ermittlungen bahnte sich an, verspottete Rainer sich in Gedanken selbst.

»Wollt ihr Karten spielen oder euch unterhalten?«, fragte Manni dazwischen. »Geht ihr mit?«

Rainer und Icke sahen in ihre Karten. Rainer hatte drei Asse, eine Karosieben und eine Herzacht. Er legte seinen Einsatz zu dem Fünfer von Manni und sagte: »Gehe mit.«

»Icke auch.« Icke warf sein Fünfmarkstück in den Pott, legte zwei Karten auf den Tisch und sagte: »Zwei neue.«

»Für mich dasselbe.« Rainer behielt seine Asse und legte die beiden anderen Karten ab.

»Ich nehme eine«, meinte Manni und teilte die gewünschte Anzahl Karten aus.

Rainer beobachtete die anderen beim Aufnehmen. Manni schien enttäuscht, Icke verzog keine Miene. Dann nahm er selbst seine zwei Karten auf, schob sie zu den verbliebenen drei und fächerte die fünf Karten langsam mit Daumen und Zeigefinger seiner rechten Hand auseinander. Herzass, Karoass, Pikass, Herzzehn und ... Kreuzass. Für einen Moment setzte sein Herzschlag aus. Er hatte die zweithöchste Karte auf der Hand, die es beim Pokern gab.

Er dachte nach. Manni hatte eine Karte gekauft. Zwei Paar oder vier gleiche, vermutete er. Dann hätte er bestenfalls ein Full-House oder einen Flash. Einen Royal-Flash, den höchsten denkbaren Wert, schloss Rainer aus. Einfach zu unwahrscheinlich.

Icke hatte wie er drei Karten behalten. Also auch einen Drilling. Selbst wenn Icke die passende vierte Karte dazu gefunden hatte, war Rainer mit seinen vier Assen besser. Er hatte also nach menschlichem Ermessen das beste Blatt.

»Du fängst an«, sagte Manni zu Icke, der seine Karten vor sich auf den Tisch legte. Das vereinbarte Zeichen.

Full-House oder Vierling, dachte Rainer.

»Fangen wir langsam an. Zwanzig von mir.« Icke warf einen Geldschein in den Pott.

»Deine zwanzig und dreißig«, konterte Rainer und legte fünfzig Mark dazu.

»Eure fünfzig und fünfzig«, erhöhte Manni.

Icke tat so, als müsse er nachdenken. Was für ein schlechter Schauspieler, dachte Rainer.

Icke fixierte sein Gegenüber, als könne er so ergründen, über welche Karten Rainer verfügte. »Eure achtzig und hundert.«

Icke blätterte die Scheine auf den Tisch.

Rainer überlegte. Einhundertfünfzig musste er einsetzen, um im Spiel zu bleiben und glatt zu setzen. Sollte er weiter erhöhen? Er entschied sich dafür, alles auf eine Karte zu setzen. »Eure hundertfünfzig und zweihundert.«

Obwohl er sich seiner Sache recht sicher war, perlten angesichts der Summen, um die es ging, kleine Schweißtropfen auf seiner Stirn.

»Dreihundert zum Sehen«, meinte Manni, zählte drei Blaue hin und erntete einen wütenden Blick Ickes.

»Ich nicht. Zweihundert zum Glattmachen und ...«, Icke sah Rainer triumphierend an, »... noch eintausend.«

Rainer schwitzte. Er ging noch einmal alle denkbaren Möglichkeiten durch. Dann wurde er wieder ruhig, griff in seine Tasche und zückte seine Geldbörse.

»Deine tausend zum Sehen.«

Manni rutschte unruhig auf seinem Stuhl hin und her.

»Passe«, sagte er und schmiss seine Karten auf den Tisch.

Kein Flash, dachte Rainer. Schon gar kein Royal-Flash.

Icke sah Rainer lange an und drehte dann einen Karokönig um.

Rainer deckte seine Herzzehn auf.

Ickes nächste Karte war ein Karobube, Rainer zeigte sein Karoass.

Ein Royal-Flash ist immer noch möglich, schoss es ihm durch den Kopf. Bis Karokönig geht's noch.

Ganz langsam legte Icke einen Herzbuben auf den Tisch.

Rainer atmete tief durch. Höchstens vier Buben. Er hatte gewonnen. Gelassen warf er seine restlichen Karten offen hin und griff mit den Worten: »Das müssen wir ja jetzt nicht noch lange so fortsetzen« zu den dreitausendzweihundert Mark, die auf dem Tisch lagen.

Icke wurde blass, als er Rainers vier Asse sah. Dann schmiss er seine Karten wütend auf den Boden. »Schei-

ße.« Er sah Rainer mit blitzenden Augen an und sagte:
»Revanche?«

»Jetzt nicht mehr. Man soll aufhören, wenn es am
schönsten ist.«

»Ein anderes Mal?«

»Schaun mer mal.«

Rainer bezahlte und machte sich auf den Weg zu seinem Büro. Zwar war er der Lösung der Frage, ob Icke
Karin Schattler kannte, kein Stück nähergekommen,
andererseits aber um zweitausend Mark reicher geworden. Und das, so fand er, war ja auch schon was. Etwas
verunsichert war er nur über das überraschende Auf-
tauchen von Polle im *Karlseck*.

Sein Hochgefühl über seinen spielerischen Erfolg
konnte das aber nicht mindern. Rainer blieb vor dem
Haus Bahnhofstraße 216 stehen, um sich eine Zigarette
anzuzünden. Da fiel sein Blick auf ein Fenster, in dem
weiße, beleuchtete Tulpen standen. Er grinste. Womit
manche Menschen so auf sich aufmerksam machen
wollen, dachte er amüsiert. Er zückte sein Handy und
bestellte ein Taxi mit zwei Fahrern, um sich und sein
Auto nach Recklinghausen kutschieren zu lassen.

28

»Jetzt ist der Kerl schon seit Montag verschwunden und
heute ist Mittwoch. Der Fahndungsapparat läuft auf
Hochtouren und immer noch keine Ergebnisse. Wo
steckt der Kaya?« Hauptkommissar Brischinsky lief wie
ein Tiger im Käfig in ihrem nicht sehr geräumigen Büro
auf und ab und bemühte sich, nirgends anzustoßen.

»Wir tun, was wir können, Chef, aber ...«

»Anscheinend ist das zu wenig oder ihr könnt nicht
genug. Entschuldige, Heiner«, sagte Brischinsky sofort.

»Aber ich kann mich einfach nicht mit der Warterei abfinden. Seine Wohnung habt ihr durchsucht?«

»Selbstverständlich.«

»Und?«

»Nichts. Das heißt, nichts, was uns weiterbringen würde.«

»Habt ihr etwas gefunden, das darauf schließen lässt, dass Kaya der Drohbriefschreiber ist?«

»Na ja, da lag Klebstoff in einer Schublade, eine Schere ist ebenfalls vorhanden und Schreibmaschinenpapier gibt es auch. Diese Dinge kommen aber in fast jedem Haushalt vor.«

»Trotzdem. Ab ins Labor mit dem Zeug, damit ...«

»Schon passiert, Rüdiger, schon passiert.«

»Und? Ergebnisse?« Brischinsky sah Baumann gespannt an.

»Ja.«

»Nun mach schon. Lass dir doch nicht jeden Wurm einzeln aus der Nase ziehen.«

»Der Klebstoff ist von seiner chemischen Zusammensetzung her identisch mit dem, der für die Drohbriefe benutzt wurde.«

»Das ist doch schon was!«

»Leider nein. Es handelt sich um UHU. Wir haben in der Produktionsfirma nachgefragt. Die Mixtur ist seit zwei Jahren nicht mehr verändert worden. Alle in den letzten zwei Jahren in der Bundesrepublik verkauften UHU-Kleber weisen eine identische chemische Zusammensetzung auf.«

»Scheiße. Was ist mit dem Papier und der Schere?«

»Das Papier ist nicht identisch.« Baumann machte eine Pause.

»Und die Schere? Mensch, Baumann, wenn du so langsam denkst, wie du redest, wird das mit dem Hauptkommissar nie mehr etwas.«

»Nach den ersten Laborergebnissen ist das nicht die Schere, mit der die Buchstaben ausgeschnitten wurden. Aber unsere Experten wollen noch einige Untersuchungen durchführen, die so kompliziert sind, dass ich mir noch nicht einmal den Namen habe merken können. Sieht aber nicht so gut aus, Chef.«

Brischinsky zog hastig an seiner Filterzigarette. »Was ist mit der Überprüfung der Flughäfen? Als Türke wäre es doch nahe liegend, wenn er in seine Heimat ...«

»Chef, Kaya ist Deutscher und auch hier geboren. Trotzdem haben wir zunächst die umliegenden Flughäfen in Köln, Düsseldorf und Münster abgefragt. Nichts. Auf jeden Fall ist er von diesen Flughäfen nicht als Cengiz Kaya ausgereist.«

»Und die anderen?«

»Wir sind dabei. Aber es ist Haupturlaubszeit. Da fliegen täglich Zehntausende ab. Die Überprüfung dauert ihre Zeit.«

»Ich weiß ja, ich weiß. Und wenn er nun mit dem Auto ...?«

»Sein Wagen steht vor seiner Wohnung.«

»Was ist mit einem Mietwagen?«

»Haben wir bei den großen Vermieterfirmen abgefragt. Da die mittlerweile alles über Zentralcomputer abwickeln, geht das sehr schnell. Fehlanzeige.« Baumann zuckte mit den Schultern.

»Und mit der Bahn?«

»Unmöglich nachzuprüfen.«

»Stimmt. Und Flughäfen im Ausland? Amsterdam zum Beispiel?«

»Geht nur über Interpol. Dazu brauchen wir einen internationalen Haftbefehl.«

»Dann besorg den!«

»Hat der Staatsanwalt schon beantragt. Aber das dauert ...«

»Ich hör immer nur: Das dauert, das dauert. So kriegen wir Kaya nie! Nur Bürokraten und Kleinkrämer. Verdammte Scheiße! Was ist mit dem Esch?«

Baumann schnappte sich einen Aktenordner und blätterte. »Am Montagnachmittag war er in Herne. Er hat dort ein Hochhaus betreten und ist etwa eine Stunde geblieben. Dann ist er in die Fußgängerzone gegangen. Unsere Leute sind der Meinung, dass er sich bemüht hat, nicht gesehen zu werden.«

»Hat der etwa Wind von der Beschattung bekommen?«

»Nein, er wollte sich nicht vor unseren Männern verstecken. Eher vor anderen.«

»Vor anderen? Wissen wir, vor wem?«

»Leider nein. Später hat er einen kleinen Jungen am Kragen festgehalten, um dann mit ihm Eis zu essen.«

»Hört sich nicht gerade sehr aufregend an.«

»Leider nicht. Unsere Kollegen vermuten, dass es sich bei dem Jungen um einen Verwandten oder das Kind von Bekannten handelt. Sollen wir da weiter ...«

»Nein, nein. Vergiss es. Was sollte ein kleiner Junge schon mit einem flüchtigen türkischen Mordverdächtigen zu tun haben? Aber vor wem wollte sich der Esch verstecken? Sind sich unsere Kollegen wirklich sicher?«

»Nee. Sie hatten den Eindruck, dass er nicht gesehen werden wollte, mehr nicht.«

»Nicht gerade berauschend. Und weiter?«

»Montagnacht ist Esch Taxi gefahren. Dienstagabend war er in einer Kneipe namens *Karlseck* in Herne. Er hat dort gepokert. Ziemlich hoch sogar. Und gewonnen.«

»Pokern in einer Kneipe um hohe Einsätze? Sag den Kollegen vom Glücksspiel in Bochum Bescheid, die sollen einen Blick in den Laden werfen. Mit wem hat Esch gespielt?«

»Wissen wir nicht. Unsere Kollegen konnten ja schlecht in die Kneipe gehen und nach den Ausweisen fragen.«

»Wie wahr. Und dann?«

»Dann hat sich unser Freund nebst Auto nach Recklinghausen fahren lassen.«

»Was macht er jetzt?«

»Vermutlich ausschlafen. Zumindest ist er heute noch nicht wieder aufgetaucht.«

Baumann blätterte erneut in dem Schnellhefter. »Chef, was meinst du, sollen wir nicht auch Karin Schattler überwachen?«

»Warum?«

»Schließlich hatte sie ein Verhältnis mit Kaya.«

»Stimmt. Aber, so wie es aussieht, hat sie nichts mit dem Tod ihres Mannes zu tun, wenn wir davon absehen, dass sie zumindest stillschweigend die Sache mit den Drohbriefen toleriert hat. Glaubst du ernsthaft, dass sie nach der Ermordung ihres Mannes weiter Kontakt zu dem wahrscheinlichen Mörder hält? Nachdem sie uns gegenüber ausgepackt hat? Ich kann mir das nicht vorstellen. Sie muss doch damit rechnen, dass Kaya, wenn er der Mörder ist, wofür ja nun einiges spricht, nicht gerade begeistert darüber sein wird, dass sie uns alles erzählt hat. Sollte sie aber trotzdem Kontakt aufnehmen wollen, müsste sie außerdem damit rechnen, von uns überwacht zu werden. Nein, ich glaube, das ist unnötig. Was anderes. Habt ihr schon Ergebnisse der Telefonüberwachung von Esch?«

»Ja. Ebenfalls Fehlanzeige. In den letzten drei Tagen hat er nur mit dem Taxiunternehmen, bei dem er beschäftigt ist, gesprochen und sich für sein gestriges Fehlen entschuldigt. Sein Chef war zwar nicht gerade erbaut darüber, Esch ist aber trotzdem nicht zur Arbeit gegangen.«

»Was ist mit seinem Handy?«

»Was für ein Handy?«

»Baumann, sag jetzt bloß nicht, du hast ... Das ist nicht wahr. Sag, dass das nicht wahr ist!«

»Chef, ich wusste nicht, dass Esch ein Handy ...«

»Heute hat jedes Kind ein Handy«, brüllte Brischinsky los und lief im Gesicht leicht rot an. »Die Leute verschulden sich sogar dafür. Und erst recht Taxifahrer. Und Dauerstudenten. Und verhinderte Privatdetektive. Das weiß jeder! Jeder, verstehst du! Nur du nicht! Es ist zum Aus-der-Haut-Fahren.«

Baumann fiel zerknirscht in sich zusammen.

Brischinsky schüttelte nur noch den Kopf. »Bring das in Ordnung, aber schnell. Sonst bestellt er über das Ding noch für seinen Freund Cengiz Kaya 'ne Pizza und wir erfahren nichts davon.«

29

Rainer hielt den Telefonhörer etwa zwanzig Zentimeter von seinem Ohr entfernt und verstand trotzdem jedes Wort.

»Ich sage dir, treib es nicht zu weit, hörst du. Ich bin ein geduldiger und sanftmütiger, ausgesprochen friedfertiger Mensch«, schrie Hans Krawiecke durch die Leitung. »Aber wenn du heute auch wieder nicht zur Nachtschicht erscheinst, sind wir geschiedene Leute, kapierst du, geschiedene Leute!«

»Hans«, versuchte Rainer das Gebrüll des Taxiunternehmers zu unterbrechen, »du musst das verstehen, ich ...«

»Das Einzige, was ich verstehe, ist, dass du mich in dieser Woche schon zum zweiten Mal versetzt. Weißt du eigentlich, was ich den Aushilfsfahrern auf die Kralle geben muss, damit die innerhalb weniger Stunden auf der Matte stehen? Weißt du das eigentlich, du ... du ... du Sozialschmarotzer, du!«

»Krawiecke, ganz vorsichtig, jetzt sei ganz vorsichtig mit dem, was du sagst. Beschäftigst du Leute schwarz

186

oder ich, hä? Und wer frisiert ständig die Bücher? Noch ein Wort und ich vergesse unsere lange, für beide Seiten recht einträgliche Geschäftsbeziehung. Du nennst mich nicht Sozialschmarotzer, du nicht«, schrie jetzt auch Rainer. »Und wenn du meinst, du könntest mich unter Druck setzen, dann hat du dich geschnitten. Geschnitten!«, brüllte er noch lauter. »Dann setze ich nämlich dich unter Druck. Hast du kapiert, Hans? Hans?«

Das monotone Tuten des Apparates machte ihm klar, dass Hans Krawiecke aufgelegt hatte.

»Dann leck mich doch!« Esch knallte den Hörer auf die Gabel.

Den Rest des Nachmittags beobachtete Rainer den Kiosk von Karin Schattler aus sicherer Entfernung. Er musste einfach wissen, ob es eine Beziehung zwischen seiner ehemaligen Auftraggeberin und Icke gab.

Als die Kioskbesitzerin gegen acht Uhr abends ihre Bude verließ und zu ihrem Wagen ging, erwog Esch einen Moment, ihr nachzufahren, entschied sich aber dann dafür, sein Glück mit Icke im *Karlseck* zu versuchen.

Rainer parkte seinen Wagen in der Nähe der Hauptpost, näherte sich vorsichtig der Kneipe und riskierte einen Blick durch die Fenster aus eingefärbtem Glas. Icke saß allein an der Theke und unterhielt sich mit dem Wirt. Esch hoffte, dass sich sein Beobachtungsobjekt nicht zu lange in der Kneipe aufhalten würde, und lehnte sich an die Ecke eines Verkaufspavillions, um auf Icke zu warten.

Ein leichter Nieselregen setzte ein. Esch fluchte leise und sah auf die Uhr. Halb zwölf. Jetzt stand er sich schon seit über drei Stunden vor der Kneipe die Beine in den Bauch. Er suchte in seiner Jackentasche nach der Zigarettenschachtel. Leer. Frustriert knüllte er die

Packung zusammen und warf sie in den Rinnstein. Suchend blickte er sich um und entdeckte einige Meter weiter einen Zigarettenautomaten. Er zog sein Portmonee aus der Gesäßtasche und suchte nach Kleingeld. Fehlanzeige. Esch schlug den Kragen seiner Lederjacke höher und drückte sich noch enger an die Hauswand, um nicht völlig durchnässt zu werden.

Nach weiteren zwanzig Minuten verließ Icke endlich die Kneipe. Er überquerte die Von-der-Heydt-Straße und ging durch die Passage zum Robert-Brauner-Platz. Rainer wartete einen Moment und folgte ihm dann mit Abstand. Als Rainer den Platz betrat, verschwand sein Beobachtungsobjekt gerade gegenüber in der U-Bahn-Station.

Rainer spurtete über den Platz und lief die Treppe hinunter zur U-Bahn. Doch auf dem Bahnsteig konnte er Icke nirgends entdecken. Vorsichtig näherte sich Esch der Bahnsteigkante, um einen besseren Überblick zu bekommen.

Plötzlich tauchte Icke hinter einer Stützsäule auf und kam langsam auf Rainer zu. Dabei schlug er mit der rechten Faust in die linke flache Hand und grinste hämisch. Ein Lichtreflex, der von Ickes Faust ausging, irritierte Rainer. Als ihm Icke gegenüberstand, erkannte er, was den Lichtreflex auslöste. Icke trug einen Schlagring.

Da Esch wusste, dass er sowieso kaum Chancen in einem Zweikampf gehabt hätte, und er außerdem körperliche Gewalt, vor allem wenn sie sich gegen seine Person richtete, verabscheute, entschloss er sich zu einem schnellen Rückzug über die Treppe. Er wirbelte herum.

Vor ihm stiegen langsam zwei Männer in Lederbekleidung die Treppe hinunter, denen Esch schon bei Tageslicht aus dem Weg gehen würde. Hier aber, in einer menschenleeren U-Bahn-Station um zwölf Uhr nachts, legte er erst recht keinen Wert darauf, die Bekanntschaft dieser beiden Kerle zu machen. Allerdings konnte er sich des Eindrucks nicht ganz entziehen, dass die Ledertypen darauf erpicht waren, ihn kennen zu lernen.

Da die ihm verbleibenden Alternativen ausgesprochen dürftig waren und er ohnehin kaum noch Zeit für eine gelassene Abwägung aller Möglichkeiten hatte, tat er das, was der menschliche Instinkt schon Eschs Vorfahren in einer solchen Situation hätte tun lassen: Er rannte voller Panik los.

Seine planlose Flucht endete nach wenigen Metern am ausgestreckten Bein Ickes. Rainer schlug lang auf den Bahnsteig. Seine Arme wurden brutal nach oben gerissen und für einen Moment sah Rainer das wutverzerrte Grienen Ickes. Dann verspürte er einen furchtbaren Schmerz in seinen Hoden. Stöhnend kippte er nach vorne, so weit es die anderen beiden Schläger, die ihn festhielten, zuließen.

»Du wirst mir nicht mehr nachspionieren«, stieß Icke bösartig hervor. »Du nicht. Hast du das verstanden?«

Esch hatte und nickte verängstigt.

»Gut!«

Dann traf ihn mit voller Wucht ein Haken auf seiner rechten Augenbraue, der seinen Kopf wieder nach oben riss. Zwei weitere äußerst schmerzhafte Schläge in sein Gesicht folgten. Irgendetwas brach knirschend. Rainer wurde schwarz vor Augen. Langsam sank er in sich zusammen. Seine Arme wurden losgelassen und er stürzte zu Boden. Mehrere Fußtritte trafen seinen Kopf und seinen Körper. Blind vor Schmerz und Angst rollte sich Esch zusammen, um sich zu schützen. Dann spürte Rainer nichts mehr und fiel in eine gnädige Ohnmacht.

Er kam wieder zu sich, als ihn Rettungssanitäter auf die Trage schnallten.

»Was ist passiert?«, nuschelte er.

Eine junge Frau, die in ein apartes Weiß-Rot gekleidet war, beugte sich über ihn. »Wir bringen Sie ins Krankenhaus. Ich bin die Notärztin. Machen Sie sich keine Sorgen, das kriegen wir wieder hin.«

Da Esch, kaum bei Bewusstsein, nicht die geringste Ahnung hatte, was geschehen war, machte er sich keine Sorgen.

Dieser äußerst angenehme Zustand änderte sich erst, als er vor der Notaufnahme des Krankenhauses von der Trage auf eine Transportpritsche gehoben wurde und sich ein heftiger Schmerz in seinem Brustkorb breit machte. Eilig schoben ihn zahlreiche weiß gekleidete, freundliche, aber hektische Menschen in einen hellen gekachelten Raum.

Eine Krankenschwester war damit beschäftigt, mit Tupfer und stechenden Tinkturen in seinem Gesicht herumzuwerkeln, während ein Arzt äußerst interessiert mit einer kleinen Lampe seine Pupillenbewegungen testete. Als der Mediziner vorsichtig seinen Brustkorb abtastete, stöhnte Esch von Schmerz gepeinigt auf.

»Da tut es also weh«, stellte der Aufnahmearzt lakonisch fest. »Schwester, das muss geröntgt werden.«

Metzger, dachte Esch und versuchte, seinem Unwillen verbalen Ausdruck zu verleihen. Dabei machte er die Erfahrung, dass sich ein mit Tampons gefüllter Mundraum nur unzureichend zur Artikulierung klar verständlicher Wörter eignet: »Dasch hasch abersch schiemlich scheh scheschan.«

»Seien Sie bitte ruhig und machen Sie sich keine Sorgen«, versuchte ihn zum zweiten Mal einer der Halbgötter in Weiß zu beruhigen.

Jetzt wollte Esch sich aber Sorgen machen, jetzt ja. Er wollte wissen, wie sein Gesicht, um das sich mittlerweile eine weitere Schwester bemühte, aussah. Also fragte er: »Schönnen Schie schir schal scheinen schiegel scheigen?«

»Ganz ruhig. Wir tun, was wir können«, kam die prompte Antwort.

»Schönnen Schie schir schal scheinen schiegel scheigen?«, versuchte Rainer seiner Forderung energischer als vorher Nachdruck zu verleihen.

»Selbstverständlich suchen wir Ihren Schal«, beruhigte ihn eine der Schwestern. »Aber jetzt seien Sie bitte still.«

Rainers Versuch, sein Gesicht abzutasten, wurde mit sanfter Gewalt unterbunden. »Nicht doch, wir müssen doch nur etwas klammern und nähen. Wir geben Ihnen gleich eine Spritze und dann ist alles in Ordnung.«

Esch wollte keine Spritze, sondern einen Spiegel. Außerdem hatte das intensive Studium zahlreicher Fernsehsendungen wie der Schwarzwaldklinik in ihm die Erkenntnis reifen lassen, dass es wirklich höchste Eisenbahn war, sich Sorgen zu machen, wenn ein Arzt oder eine Krankenschwester das Gegenteil behauptete. Und da die Wirkung des starken Schmerzmittels nachzulassen begann, spürte er zudem, wie malträtiert sein Körper war.

»Schönnen Schie schir schal scheinen schiegel scheigen?«, nuschelte er erneut, aber schon fast resigniert. »Schund sches schut scheh.«

»Was tut Ihnen weh?«, fragte der Arzt.

Tiefe Erleichterung durchflutete Esch. Er wurde verstanden, jemand hatte ihn verstanden. Er konnte sich verständigen. »Schäne, Schoden, scheinfach schalles.«

»Ich habe Sie verstanden, Herr Esch. Sie heißen doch Esch, oder?«, wollte der Doktor wissen.

Er nickte.

»Gut. Herr Esch, wir müssen Sie vermutlich operieren, haben Sie verstanden?«

Esch riss die Augen auf. »Scharum?«

»Ihnen wurden mehrere Zähne ausgeschlagen und es besteht Verdacht auf Kieferbruch. Sie haben vermutlich

eine leichte Gehirnerschütterung, eine schwere Hodenprellung und zumindest Ihre dritte Rippe ist ange-
knackst, möglicherweise auch gebrochen. Operieren
müssen wir wahrscheinlich Ihren Kiefer. Wir würden
das unter Vollnarkose machen. Können Sie mich wirklich verstehen? Sie müssen dann hier Ihre Einverständ-
niserklärung unterschreiben.«

Der Arzt hielt ihm einen Kuli und ein Kunststoffbrett
hin, auf dem ein weißes Blatt Papier festgeklemmt war.
Darauf standen eine Fülle von Paragraphen, soweit
Esch feststellen konnte. Und da er in seinem Studium
gelernt hatte, dass man an Haustüren und in Notauf-
nahmen von Krankenhäusern trotz Rücktrittsrecht
grundsätzlich nichts unterschreiben soll, schüttelte er
heftig den Kopf.

»Er versteht uns nicht«, sagte der Arzt.

»Schon. Scharum schagen Schie scho schwas?«

»Er fantasiert. Herr Esch, wir geben Ihnen jetzt ein
Mittel und Sie schlafen ein. Wir kriegen das hin, machen Sie sich keine Sorgen.«

»Scheiße«, ließ Rainer laut und deutlich vernehmen,
machte sich jede Menge Sorgen und schlief ein.

30

Das Erste, was Rainer erkennen konnte, war ein helles
Licht. Er blinzelte mit den Lidern und versuchte die Augen zu öffnen. Irgendetwas hinderte sein rechtes Lid
daran, wie befohlen nach oben zu klappen. Also versuchte er zunächst nur mit dem linken Auge seine Umgebung zu erkunden.

Das helle Licht war die Sonne, die durch ein großes
Fenster ins Zimmer schien. Die Wände des Raumes waren weiß gestrichen. Links vor seinem Bett, welches ihn
an ein Krankenhausbett erinnerte, stand ein hellgrau

lackierter, metallener Beistelltisch. Weiter hinten im Raum befanden sich ein kleiner Kiefernholztisch und zwei Stühle. Da Rainer nicht die geringste Ahnung hatte, wo er war, machte er sein Auge wieder zu und dachte nach.

Seine Vermutung wurde zur Gewissheit, als sich die Zimmertür öffnete und eine weibliche Stimme mit professioneller Freundlichkeit durch den Raum rief: »Na, sind wir schon wach?«

Esch öffnete erneut sein linkes Auge und versuchte sich aufzurichten, was ihm mit Hilfe der Krankenschwester, die das verstellbare Kopfteil seines Bettes in eine höhere Lage klappte, auch gelang.

»Wie geht es uns denn heute?«, erkundigte sich strahlend die personifizierte Zuversicht.

Rainer bemühte sich, nach rechts zu schauen, was trotz größerer Schmerzschübe auch klappte, konnte aber nur ein weiteres leeres Bett erkennen. Die Krankenschwester musste also mit ihrem Plural lediglich ihn meinen. Er drehte seinen Kopf wieder nach links und konnte mit einem halb offenen Auge in das mitleidige Gesicht der Schwester schauen.

»Bin ich hier in einem Krankenhaus?«, nuschelte Rainer und erschrak selbst von dem Gekrächze.

»Ja, natürlich. In der Unfallklinik an der Wiescherstraße«, flötete die junge Frau voller Herzlichkeit.

»Was für ein Tag ist heute?«, wollte Rainer wissen.

»Freitag. Sie haben anderthalb Tage geschlafen.«

Schon Freitag.

»Was ist mit meinem rechten Auge? Und warum kann ich meinen Mund nicht richtig öffnen?«

»Das kriegen wir schon wieder hin«, beruhigte ihn die Schwester und setzte eine Spritze. »Der Doktor kommt später zu Ihnen. Wir werden schon wieder ganz gesund, machen Sie sich keine Sorgen.«

Auch das noch, dachte Rainer und sank erschöpft zurück in sein Kissen. Auch das noch.

Als Rainer wieder einschlief, hatte er schreckliche Visionen von Icke, der mit einer Kreissäge bewaffnet Dennis und Cengiz Arme und Beine abschnitt. Dann träumte Esch von hübschen Krankenschwestern mit riesigen Spritzen, die gemeinsam mit uralten Doktoren, denen blutige Fingerstümpfe aus den Taschen ihrer Weißkittel herausfielen, auf U-Bahn-Stationen um Fahrkartenschalter herumtanzten und immer wieder zur Melodie der deutschen Nationalhymne sangen: ›Machen Sie sich keine Sorgen, das kriegen wir wieder hin, machen Sie sich keine Sorgen, das kriegen wir wieder hin.‹

Rainer war wieder wach, als der behandelnde Arzt sein Zimmer betrat.

»Na, wieder unter den Lebenden?«

»Weiß ich noch nicht so genau«, antwortete Esch. »Mir tut jeder Knochen weh.«

»Kein Wunder. Ihre Freunde haben Sie ganz schön in die Mangel genommen. Sie hatten ziemliches Glück. Eine Zivilstreife der Polizei ist Ihnen in die U-Bahn-Station gefolgt und gerade noch rechtzeitig eingeschritten. Sonst ...«

Esch, der nicht das geringste Interesse daran hatte zu erfahren, was denn sonst noch hätte passieren können, unterbrach den Mediziner. »Können Sie mir erklären, was mit mir los ist?«

»Deshalb bin ich hier. Fangen wir mit Ihrer Rippe an. Sie ist nicht gebrochen, nur angebrochen, was aber im Grunde auf dasselbe hinausläuft: Sie werden beim Atmen, beim Gehen, beim Lachen, bei fast jeder Bewegung Schmerzen verspüren.«

»Stimmt.«

Der Arzt lachte. »Sehen Sie. Deshalb tragen Sie einen Stützverband um die Brust. Mehr können wir da leider nicht tun. Der Heilungsprozess dauert seine Zeit.«

»Wie lange?«

»Ein, zwei Wochen. Wenn Sie sich schonen.«

»Werde ich, darauf können Sie sich verlassen.«

»Schön. Ihre Hodenprellung ist weniger dramatisch, als es zunächst den Anschein hatte, aber ...«

»Sie tut trotzdem weh.«

»Glaube ich gerne. Geht aber bald vorbei. Der Verdacht des Kieferbruches hat sich glücklicherweise nicht bestätigt. Nur Ihre Zähne ...«

»Was ist mit denen?«

»Es fehlen vier. Oben und unten rechts je zwei. Wir mussten die Wurzeln ausgraben und die Wunden nähen. Da werden Sie sich wohl Brücken machen lassen müssen. Die Schwellungen im Mundbereich und über Ihrem rechten Auge werden in den nächsten Tagen zurückgehen, dann können Sie auch wieder das Auge wie üblich öffnen und normal sprechen. Die Schwester bringt Ihnen nachher Eis zum Kühlen. Und Schmerztabletten. Sonst ist Ihnen nichts passiert, wenn wir von einigen blauen Flecken absehen.«

»Na großartig. Wann komme ich hier heraus?«

»Anfang, Mitte nächster Woche. Das müssen wir abwarten. So, Herr Esch, das wäre alles. Wir sehen uns morgen.«

Der Arzt drehte sich zur Tür.

»Sagen Sie, darf ich aufstehen?«

»Natürlich. Wenn Sie das schaffen. Aber keine Kraftanstrengungen bitte.«

Nachdem der Weißkittel das Zimmer verlassen hatte, schleppte sich Rainer ins Bad. Der Arzt hatte völlig Recht. Ihm tat jeder Schritt weh. Er machte das Neonlicht an, schaute in den Spiegel und erschrak.

Er sah in ein Gesicht, das ihn nur sehr entfernt an sein früheres Konterfei erinnerte. Das rechte Auge war komplett zugeschwollen und tiefblau unterlaufen. Die rechte Wange, sofern man diese mehr als apfelgroße Ausbuchtung so bezeichnen wollte, zierten ebenfalls zahlreiche Hämatome. Die Oberlippe ähnelte einer Wurst und war mehr dunkelblau als rot. Eschs Gesicht sah so aus wie Quasimodos Rücken. Ungeschminkt würde er einen prima Hauptdarsteller in einem Horrorfilm abgeben.

Rainer lüpfte das aparte Hemdchen, in das er gekleidet war, und musterte interessiert den weißen, elastischen Brustverband. Vorsichtig drückte er auf die Stelle, wo er die stärksten Schmerzen verspürte, und war sich schlagartig darüber im Klaren, dass er das in Zukunft unterlassen würde. Ansonsten war sein Oberkörper übersät mit blauen und roten Flecken. Auf eine Inspektion der sich in tieferen Gefilden seines Körpers befindlichen Teile verzichtete Rainer. Icke und seine Freunde hatten wirklich ganze Arbeit geleistet.

Esch hatte es gerade geschafft, wieder in sein Bett zu kriechen, als es an der Tür klopfte und Hauptkommissar Rüdiger Brischinsky und sein Assistent Heiner Baumann das Zimmer betraten.

»Na, Ihnen haben die Kerle ja ziemlich übel mitgespielt. Was Ernstes?«, erkundigte sich Brischinsky zur Begrüßung.

»Tach. Nee, glücklicherweise nicht.«

»Und? Schmerzen? Sie sehen ja böse aus. Aber machen Sie sich keine Sorgen, das wird schon wieder«, stellte Brischinsky freundlich fest.

Rainer stöhnte auf.

Baumann, der den Grund dafür missdeutete, fragte mitleidig: »So schlimm?«

»Nee, geht schon. Danke der Nachfrage. Aber Sie wollen doch nicht nur einen Krankenbesuch bei mir machen, oder?«

»Natürlich nicht. Die Polizei hier in Herne konnte die Täter unmittelbar nach der Tat festnehmen. Icke, der Ihnen ja wohl nicht ganz unbekannt ist, heißt mit bürgerlichem Namen Hubert Schranska, seine Freunde sind die Brüder Wilfried und Günther Blotter. Alle drei einschlägig vorbestraft wegen schwerer Körperverletzung und weiterer solcher Kleinigkeiten. Herr Esch«, Brischinsky sah das körperliche Wrack vor sich im Bett prüfend an, »wir würden gerne wissen, was Sie mit diesen Kerlen zu tun haben. Und ob Sie zufällig wissen, wo sich Ihr Freund Kaya momentan aufhält.«

Rainer überlegte einen Moment. »Keine Ahnung, was die von mir wollten.«

»Wirklich nicht?« Der Hauptkommissar fixierte den Kranken.

»Nein, wenn ich es Ihnen doch sage.« Rainer fühlte sich unbehaglich unter dem Blick des Kriminalisten.

»Was wollten Sie denn in der U-Bahn-Station, Herr Esch? Ihr Revier ist doch eigentlich eher Recklinghausen oder irre ich mich?«

»Nein, ich war in meinem Büro und wollte noch nach Bochum. Ins Bermuda-Dreieck. Da die U-Bahn am Schloss Strünkede erst zwanzig Minuten später fuhr, bin ich eben bis zu der Station an der Viktor-Reuter-Straße gelaufen.«

»Aha. Leuchtet ein. Und die Kerle haben Sie vorher nie gesehen?«

»Nee.« Das eigentümliche Gefühl in Eschs Magengegend nahm zu. Auf was wollte Brischinsky hinaus, fragte er sich.

»Da sind Sie sich sicher?« Baumann machte sich eifrig Notizen.

»Ja, natürlich.«

»Und Ihr Freund Kaya?«

»Was soll mit dem sein?«

»Wissen Sie, wo er sich aufhält?«

»Ich habe nicht die geringste Ahnung, Herr Hauptkommissar«, antwortete Rainer wahrheitsgemäß.

»Herr Esch, ich glaube, Sie sollten sich das alles noch einmal durch den Kopf gehen lassen. Ich brauche Sie ja nicht darauf hinzuweisen, dass Sie sich strafbar machen, wenn Sie einen flüchtigen Verbrecher ...«

»Cengiz ist kein Verbrecher«, unterbrach ihn Rainer empört.

»Entschuldigung, Sie haben Recht. Also, wenn Sie einen Verdächtigen, der mit Haftbefehl gesucht wird, unterstützen und die Arbeit der Polizei erschweren. Glauben Sie mir, wir kriegen Ihren Freund. Es wäre wirklich besser, wenn sich Cengiz Kaya stellt. Für ihn – und ...«, Brischinsky machte eine längere Pause, »... für Sie.«

»Ich weiß wirklich nicht ...«

»Herr Esch«, der Hauptkommissar schlug einen schärferen Ton an. »Wir wissen, dass Sie mit Hubert ›Icke‹ Schranska noch vor einigen Tagen Karten gespielt haben. In einer Kneipe namens *Karlseck*, ganz in der Nähe der U-Bahn-Station, in der Sie zusammengeschlagen worden sind. Wir wissen weiter, dass sich Icke bis kurz vor der Tat in dieser Kneipe aufgehalten hat und Sie ihn dort beobachtet haben. Was wir noch nicht wissen, ist, warum Sie das getan haben. Aber das werden wir herausfinden, verlassen Sie sich darauf. Warum haben Sie uns eben belogen?«

Das flaue Gefühl in Rainers Magen entwickelte sich zu einer Panik. »Woher wissen Sie, ich meine ...« Esch suchte fieberhaft nach einem Ausweg. Dann hoffte er, das Schlupfloch gefunden zu haben: »Ja, stimmt. Ich habe mit Icke gepokert. Ich habe gewonnen. Sehr viel sogar. Und Icke war ziemlich sauer. Daher wahrscheinlich der Überfall. Das mit dem Bermuda-Dreieck ist aber die Wahrheit. Ich war an dem Abend nicht im *Karlseck*. Dass ich Icke in der U-Bahn getroffen habe, war reiner Zufall.«

»Warum haben Sie uns von der Pokerrunde nicht sofort erzählt?«, wollte Brischinsky wissen.

»Ist doch ein verbotenes Glücksspiel, oder?«, meinte Rainer treuherzig. »Und dann noch in einer normalen Kneipe ...«

»Herr Esch, wenn Sie aus dem Krankenhaus entlassen worden sind, möchte ich Sie im Präsidium sehen. Da gehen wir das alles noch einmal durch. Und halten alles schriftlich fest. Habe ich mich verständlich ausgedrückt?«

»Natürlich, Herr Hauptkommissar.«

»Und Sie bleiben dabei, dass Sie nicht wissen, wo Kaya ist?«

»Dabei bleibe ich«, antwortete Esch im Brustton tiefster Überzeugung.

»Und Sie hatten auch keinen Kontakt zu ihm? Über Telefon zum Beispiel?«

»Nein.«

»Hm. Herr Esch, Sie sind nicht zufällig wieder dabei, Polizei zu spielen?«

»Wo denken Sie hin, Herr Brischinsky.«

»Wenn Sie das wüssten ... Überlegen Sie in Ruhe und machen Sie keinen Fehler. Wie lange, sagten Sie, müssen Sie noch hier bleiben?«

»Gesagt habe ich bis jetzt noch nichts, aber der Arzt meint, so bis Mitte oder Ende nächster Woche.«

»Gut. Wir sehen uns dann.«

»Gute Besserung«, wünschte Baumann.

»Wiedersehen«, rief Rainer den Polizisten nach, als diese das Zimmer verließen. Hoffentlich nicht so bald, dachte er.

Auf dem Krankenhausflur sagte Brischinsky zu seinem Mitarbeiter: »Der Kerl lügt wie gedruckt. Was wollte er, verdammt noch einmal, vor der Kneipe? Heiner, lass dir die Dauer des Krankenhausaufenthalts von dem behandelnden Arzt bestätigen. Ich glaube, wir können darauf verzichten, Esch in den nächsten Tagen zu beschatten. So wie der aussieht. Aber die Telefonüberwachung bleibt. Und vergiss sein Handy nicht.«

31

In den vergangenen zwei Tagen hatte Rainer Esch nicht nur Zeit gehabt, seine Wunden zu lecken, sondern auch, ausgiebig über sein zukünftiges Leben nachzudenken. So wie bisher konnte es nicht weitergehen. Im Grunde seines Herzens fühlte er sich wirklich zum Juristen berufen. Rainer sah sich schon als Staranwalt flammende Plädoyers gegen die Ungerechtigkeit in der Welt, der Bundesrepublik oder zumindest in Recklinghausen halten und so der Gerechtigkeit und Freiheit zum Sieg verhelfen.

Er war nun fest entschlossen, sein Studium zu beenden. Zwar würde er sich dann finanziell drastisch einschränken müssen, die Zeit bis zum Referendariat in etwa ein bis zwei Jahren könnte er aber durch den Verkauf seines geliebten Mazdas und der Investmentfonds überbrücken. Natürlich müsste er seine Detektei aufgeben.

Wenn er es dann noch schaffen würde, seine Besuche im *Drübbelken* und bei seinem Lieblingsgriechen auf das absolut Notwendige zu beschränken, könnten die zusätzlichen Erlöse aus zwei, drei Nächten im Taxi am Wochenende auch mit zur Finanzierung des Repetitors beitragen.

Zunächst musste er sich aber um seinen Freund Cengiz Kaya kümmern, der irgendwann am morgigen Montag nach Deutschland zurückkehren würde mit der mehr oder weniger begründeten Hoffnung, dass Esch nebst anwaltlichem Freund Uwe Losper alle Schritte eingeleitet hätte, um eine erneute Inhaftierung zu verhindern.

Rainer war mittlerweile zu der Überzeugung gelangt, dass Icke bei den polizeilichen Vernehmungen ausgesagt haben musste. Nur so konnte er es sich erklären, dass Brischinsky von der Pokerrunde und Eschs Beobachtung wusste. Da die Recklinghäuser Kripo anscheinend aber immer noch von der Schuld Cengiz' ausging, hatte Icke entweder die Erpressungen nicht zugegeben oder tatsächlich nichts mit dem Mord zu tun. Also musste der berühmte, geheimnisvolle Dritte der Täter sein.

Esch grinste, was angesichts der noch vorhandenen Schwellungen in seinem Gesicht schmerzhaft war. Wie in einem drittklassigen Kriminalroman. Der Verdächtige ist normalerweise nie der Täter.

Unmittelbar nachdem Schwester Sieglinde den Rest seines Mittagsbreies entsorgt hatte, begann Rainer sich anzuziehen. Er konnte auch das rechte Auge wieder öffnen. Seine Oberlippe war noch leicht deformiert; dagegen waren die Wunden, die von den ausgegrabenen Zahnwurzeln stammten, schon weitgehend geschlossen. Allerdings bereiteten ihm seine dritte Rippe und die Hodenprellung nach wie vor Probleme beim Laufen und, wie sich nun herausstellte, auch bei dem Versuch, seine Jeans anzuziehen.

Rainer legte sich auf das Krankenbett und bemühte sich ohne allzu heftige und abrupte Bewegungen in sein Beinkleid zu gleiten. Als er seinen Hintern etwas hob und mit einem Ruck die letzten Zentimeter überwand, zuckte ein Schmerzblitz von seinen Weichteilen zur dritten Rippe. Mit zusammengebissenen Zähnen zog Rainer den Reißverschluss der Jeans zu und widmete sich der Frage, wie er schmerzfrei in seine Turnschuhe kommen sollte. Da ihm nichts einfallen wollte, blieb nur, es auf dem konventionellen Weg zu versuchen.

Der erste Versuch scheiterte im Ansatz. Rainer richtete sich stöhnend auf, holte tief Luft und beugte sich, den Schmerz nun ignorierend, erneut zu seinen Schuhen. Dann schnappte er sich seine Lederjacke und machte sich daran, unauffällig aus dem Krankenzimmer zu verschwinden.

Esch öffnete vorsichtig die Tür, steckte den Kopf durch den Spalt und orientierte sich. Seit seiner Einlieferung hatte er das Zimmer noch nicht verlassen. Auf dem Flur konnte er niemanden entdecken. Befriedigt schlüpfte Rainer aus dem Raum und beeilte sich, die Richtung einzuschlagen, in der er den Fahrstuhl vermutete. Zwei Flure weiter, kurz vor dem Treppenhaus, lief Rainer der Weißkittel über den Weg, der ihm gestern sein Süppchen gebracht hatte. Das war's, dachte Rainer. Der Ausflug ist vorbei. Der Zivildienstleistende sah ihn jedoch nur erstaunt an, und als Esch ihm freundlich zunickte, grüßte er zurück.

Drei Minuten später stand Rainer vor der Hauptpforte des Krankenhauses. Er hatte Glück. Vor der Tür stand ein Taxi. Esch öffnete die Beifahrertür und ließ sich stöhnend auf den Sitz sinken.

»Guten Tag. Haben Sie den Wagen bestellt?«, fragte der Fahrer.

»Tach. Natürlich. Hauptpost Herne, bitte.«

»Die hat aber zu. Heute ist Sonntag.«

»Mensch, das weiß ich auch«, brauste Rainer auf. »Fahren Sie.«

Beleidigt startete der Kutscher das Taxi und chauffierte den malträtierten Esch zur Hauptpost.

Sein Mazda stand noch da, wo er ihn abgestellt hatte. Allerdings hatte ihm eine fleißige Politesse ein Strafmandat hinter den Scheibenwischer geklemmt. Knurrend steckte Rainer den Wisch in seine Jackentasche.

Darum sollte sich Uwe kümmern. Schließlich war er Opfer eines Gewaltverbrechens geworden und völlig schuldlos in die Situation geraten, sein Fahrzeug mehrere Tage im absoluten Halteverbot stehen lassen zu müssen. Das galt es bei der Bewertung seines Vergehens zu berücksichtigen.

Vorsichtig versuchte Rainer, sich auf den Fahrersitz zu platzieren. Der MX 5 war ja ein wirklich tolles Auto, als Krankentransporter aber absolut ungeeignet. Irgendwie schaffte Esch es aber doch, sich hinter das Lenkrad zu klemmen und sich anzugurten. Dann machte er sich auf den Weg zum sonntäglichen Wettkampf auf der Trabrennbahn Gelsenkirchen.

Rainer bezahlte die verlangte Eintrittsgebühr, kaufte sich eine Rennzeitung und betrat das Gelände. Er versuchte, dem größten Gedränge am Zieleinlauf im Interesse seiner dritten Rippe aus dem Weg zu gehen, und steuerte den nächsten Bratwurststand an, um nach zwei Tagen Suppe und Brei etwas Handfestes zwischen die ihm verbliebenen Zähne zu bekommen.

Die Menschen, die ihm begegneten, starrten ihn mehr oder weniger interessiert an und flüsterten leise. Ihm war das egal. Einen schönen Menschen kann nichts entstellen, tröstete er sich.

Auch der Bratwurstverkäufer machte große Augen, als Rainer bestellte.

»Drei Mark«, forderte der Mann und reichte Rainer eine verführerisch duftende Wurst vom Holzkohlengrill. »Soll ich die nicht besser klein schneiden?«, fragte der Verkäufer nach einem Blick auf die Schwellungen.

Rainer schüttelte stumm den Kopf.

»Unter eine Dampfwalze geraten?«, erkundigte sich der Mann freundlich.

»Genau«, meinte Rainer und gab ihm das Geld. »Aber nur unter die hintere Rolle.«

Der Mann lachte. »Wer den Schaden hat ...«

»Eben«, antwortete Esch und suchte für sich und seine Bratwurst einen Platz, wo er sich dem Genuss ungestört hingeben konnte.

Vorsichtig biss Rainer ein Stück von der heißen Wurst ab, was auch ganz gut funktionierte. Schwierig war nur das Kauen, da er nur seine linken Zahnreihen benutzen konnte. Trotzdem gelang es ihm, die Wurst Stück für Stück zu vertilgen. Das mitgelieferte Brötchen ließ er jedoch liegen. Nach dem lukullischen Mahl kaufte er sich noch ein Glas Mineralwasser, um die Speisereste aus seinen Wundlöchern zu spülen. Gestärkt und zuversichtlich machte er sich auf den Weg zu den Wettschaltern, um von den da versammelten Wettern vielleicht etwas mehr über Heinz Schattler und seine Leidenschaft zu erfahren.

Der Ansager hatte mittlerweile das dritte Rennen aufgerufen. Rainer warf einen Blick in die Rennzeitung. Wenn er schon hier war, dann könnte er ja auch ...

Mit Nummer drei startete ein Pferd namens Schimanski, die Nummer sieben trug den schillernden Namen Brainstorm und die Nummer acht hieß Dark Vather. Sehr originell, fand Rainer. Einige der übrigen Gäule hörten auf Windfang, Hurrican und Eisblitz.

Die Traber liefen auf der Zielgerade in der so genannten Parade auf und ab und stellten sich so dem fachkundigen Publikum vor. Rainer versuchte, Unterschiede bei den Gäulen zu entdecken, gab aber auf. Für ihn sahen die Viecher alle gleich aus, nur die Farben und Musterungen ihrer Felle waren verschieden.

Esch beschloss, tatsächlich etwas Geld zu riskieren, und blätterte erneut in der Rennzeitung. Dann warf er einen Blick auf die große Anzeigetafel mit den Quoten, die minütlich aktualisiert wurden.

Topfavorit war Eisblitz, der für einen Sieg mit elf Mark zu zehn bewertet wurde. Brainstorm war in den vergangenen Rennen einmal Erster geworden und fünfmal disqualifiziert worden. Der Toto belohnte das mit einer Quote von dreißig zu zehn. Dark Vather lief immer so auf Platz sechs oder sieben. Siebenunddreißig zu zehn. Und Schimanski war ein Totalausfall. Einmal Platz sechs und sonst nur Disqualifikationen. Fünfundachtzig zu zehn.

Es gab Zocker, die setzten ausschließlich auf Quote und warteten mit der Abgabe ihres Tipps bis zum letzten Moment kurz vor dem Start, um die höchste Quote zu erwischen. Da die Kassen elektronisch etwa dreißig Sekunden vor dem Start geschlossen wurden, kam es vor, dass diese Wetter ihren Tipp nicht mehr rechtzeitig abgeben konnten und ohnmächtig zusehen mussten, wie unter Umständen der von ihnen prognostizierte Einlauf kam, ohne dass sie davon profitierten.

Rainer besorgte sich die Wettcoupons, setzte zehn Mark auf Sieg für Eisblitz und blieb damit auf der sicheren Seite. Aber auf der sicheren Seite konnte man kein Geld verdienen. Daher riskierte er außerdem eine Zweierwette mit Eisblitz auf eins und Brainstorm auf Platz zwei. Schließlich investierte er einen weiteren Zehner als hochgradig spekulativen Tipp: eine Dreierwette mit Brainstorm, Dark Vather und Schimanski. Genau in dieser Reihenfolge.

Esch ging zu den Wettschaltern im Erdgeschoss, stellte sich in die Schlange vor einer der Annahmeplätze und wartete darauf, seine drei Tipps abgeben zu können.

Hier in der untersten Etage, sozusagen den Katakomben des Zuschauergebäudes, tummelten sich die einfachen Zocker. Eine Etage weiter oben, wo man zusätzlichen Eintritt bezahlen musste, saßen die Zuschauer auf Tribünenplätzen wie in einem Fußballstadion, überdacht und hinter Glas. Noch weiter oben war die Etage der Reichen, Neureichen und der, die sich dafür hielten. Hier saß man an Tischen mit Bedienung und Verzehrzwang, schlürfte Champagner und speiste Austern. Und ganz oben, direkt unter dem Dach, befanden sich die VIP-Logen. Auch mit Bedienung, aber ohne Verzehrzwang. Hier konnte man Fußballprofis und lokale Politgrößen treffen, die Privatwetten über Tausende von Mark abschlossen.

Da ganz oben, so vermuteten die ganz unten, wurden die Rennen verschoben und die Sieger gekürt, je nachdem, wie viel Geld der eine oder andere gesetzt hatte. Da ganz oben hatten auch die Pferdebesitzer ihren Platz, die Wetten nur auf die ihnen gehörenden Gäule abschließen durften. Dass eine solche Vorschrift erforderlich war und durch Privatwetten der Eigentümer untereinander und außerhalb des Totos regelmäßig missachtet wurde, ließ das Vertrauen der von ganz unten in die Redlichkeit des Wettbewerbes und in die der ganz oben nicht gerade steigen.

Auf den Monitoren, die unten in den Katakomben angebracht waren, konnte Rainer erkennen, dass die Pferde in den Boxen des Startwagens Aufstellung nahmen. Nummer drei zierte sich ein wenig und versuchte, mit seinen Hinterläufen die Box zu zertrümmern, wurde dann aber doch noch rechtzeitig zum Startwagen geführt. Andernfalls hätte Schimanski dem Feld hinterhertraben müssen.

Weit hinten im Gebäude standen mehrere Wetter, bewaffnet mit Zeitschriften und Bergen von Wettcoupons, um einen Monitor herum. Überquellende Aschenbecher, zahlreiche Zigarettenkippen, Wettscheine auf dem Boden und leere Plastikbierbecher auf den Stehtischen waren Hinweise dafür, dass hier die harten Zocker ihrer Passion nachgingen.

»... und Start frei für Rennen drei«, verkündete der Stadionsprecher sonor. »In der Startkurve Eisblitz innen, Brainstorm und Hurrican außen gleichauf, gefolgt von ...«

Rainer gesellte sich zu der Gruppe der ganz Harten, die dem Monitor keinen Blick mehr schenkten, sondern bereits mit dem nächsten Rennen beschäftigt waren.

»Tach, wie läuft's denn?«, versuchte Rainer, eine Unterhaltung zu beginnen.

»Hm«, meinte einer der Männer.

»Ja«, bemerkte ein anderer, ohne den Blick von seinen Zetteln zu nehmen.

»Geht«, warf ein dritter ein.

»Auf der Gegengeraden immer noch Eisblitz vorne, mit einer Länge zurück Brainstorm, dann Hurrican. Außen kommen Dark Vather, dahinter Windfang, einen Kopf danach Schimanski. Immer noch Eisblitz vorne. Jetzt kommt Hurrican. Hurrican mit Brainstorm gleichauf. Dann das Feld.«

»Entschuldigen Sie«, unternahm Rainer einen weiteren Versuch, »sagen Sie, kennen Sie Heinz Schattler?«

Einer der Männer sah auf und blickte ihn an. Esch sah in ein gefaltetes Gesicht mit müden, dunklen Augen.

»Ja«, sagte der Zocker. »Kenn ich.«

»Zu Beginn der Zielkurve immer noch Eisblitz vorne, mit einem Kopf zurück jetzt Hurrican, dann Brainstorm. Dahinter Dark Vather, dann Windfang. Schimanski versucht es außen. Rot für Hurrican, Hurrican rot.«

»Hurrican ist draußen. Hat dat Galoppieren angefangen. Der im Sulky konnte den wohl nich zurückhalten«, kommentierte einer der Männer ruhig und warf einen Stapel Wettscheine auf den Boden. »Ich hol 'n Bier.«

»Is gut«, bekam er zur Antwort.

»In der Kurve immer noch Eisblitz mit einem halben Kopf in Führung, dann Brainstorm. Eine Länge zurück Dark Vather, dann gleichauf Windfang und Schimanski. Dann innen ...«

»Der Heinz war immer hier. Jeden Donnerstagabend und sonntags. Immer. Na, der hat's ja getz hinter sich.

Soll 'n Unfall auf'm Pütt gehabt haben. Zumindest hat er seine Familie wat hinterlassen. Die brauchen sich keine Sorgen mehr zu machen.«

»Jau, dat sach ma. So 'n Massel möcht ich auch ma haben.«

»Zu Beginn der Zielgeraden immer noch Eisblitz vorne, dicht gefolgt von Brainstorm. Eine Länge zurück Dark Vather. Dann kommt Schimanski. Windfang fällt zurück. Fünfhundert Meter vor dem Ziel alles noch unverändert. Eisblitz vorne, dicht gefolgt von Brainstorm. Eine Länge zurück Dark Vather. Dann kommt Schimanski.«

»Wie meinen Sie das?«, erkundigte sich Esch.

»Na, der hat doch etwa vor 'n Monat hier ganz groß abgeräumt.«

»Jau, ganz groß.« Bedächtig nickte ein anderer. »Ganz groß.«

»Was heißt ›groß abgeräumt‹?«

»Der hat die dickste Dreierwette gehabt, die je hier auffer Trabrennbahn gezahlt wurde. Stand sogar inne Zeitung. Die höchste Quote seit fast dreißig Jahren.«

»Jau. Dat war 'n Dingen.«

Die Stimme des Stadionsprechers wurde hektischer. »Rot für Eisblitz, Eisblitz rot. Hundert Meter vor dem Ziel Brainstorm, direkt gefolgt von Dark Vather. Dann Schimanski. Dahinter Windfang. Brainstorm, Dark Vather, Schimanski. Immer noch Brainstorm, Dark Vather, Schimanski. Jetzt kommt außen Windfang. Windfang gleichauf mit Schimanski. Brainstorm, Dark Vather, Schimanski oder Windfang. Jetzt kommt Schimanski innen zurück.«

»Wie hoch?«, wollte Rainer wissen.

»Fast dreihundertfünfzichtausend für zehn. Und der Heinz hat hundertfünfzich gesetzt.«

Es dauerte einen Moment, bis Rainer Esch die Tragweite dessen begriff, was ihm die Wettbrüder gerade erzählt hatten. Heinz Schattler hatte beim Pferderennen über fünf Millionen Mark gewonnen. Und die Erbin war ...

Wenn das kein Motiv war ...

Gelassen verkündete der Sprecher das Ergebnis des Zieleinlaufes: »Brainstorm, Dark Vather, Schimanski. Brainstorm gewinnt mit einem halben Kopf. Auf den Plätzen Dark Vather und Schimanski. Windfang wird Vierter.«

Rainer schwirrte der Schädel. Er ging nach draußen, um etwas frische Luft zu schnappen.

»Und hier der offizielle Einlauf nach dem Zielfoto. Brainstorm vorne, einen halben Kopf dahinter Dark Vather, eine Länge zurück Schimanski. Brainstorm, Dark Vather, Schimanski. Wir kommen nun zum Rennen Nummer vier.«

Entgeistert blickte Rainer abwechselnd auf die Anzeigetafel und seine Wettscheine. Dann warf er zwei davon auf den Boden und wartete mit zitternden Händen auf die Quoten. Nach langen Minuten meldete sich der Sprecher wieder.

»Und hier nun die Quoten. Für den Sieg zehn zu zweiunddreißig. Die Plätze mit zehn zu vierzig und zehn zu vierundfünfzig. Die Zweierwette: Zehn zu dreihundertelf und die Dreierwette zehn zu siebenundfünfzigtausend.«

Esch japste nach Luft. Dann versuchte er einen Freudensprung, der ihm schmerzhaft misslang, was ihn aber nicht im Geringsten störte. Breit lachend ging er zu den Wettschaltern, um sich seinen Gewinn von siebenundfünfzigtausend Mark abzuholen.

Zu Hause bunkerte Rainer seinen Gewinn in einem alten Stiefel, den er in der hintersten Ecke seines Kleiderschrankes vergrub. So viel Geld hatte er in bar noch nie auf einen Haufen gesehen. Die Finanzierung seines Studiums war damit gesichert. Das hübsche Mädel am Wettschalter hatte ihm zwar auch einen Scheck angeboten, aber Rainer wollte sich einmal in seinem Leben wie Dagobert Duck fühlen. Die Summe hatte nicht gereicht, um darin zu baden, aber er hatte die Scheine nebeneinander in einer langen Reihe durch seine Wohnung gelegt und sich bestimmt eine Stunde an diesem Anblick ergötzt.

Ob wohl Heinz Schattler die Millionen auch in bar ... Nein, sicher nicht. Fünf Millionen in Tausendern, das waren fünftausend Scheine, jeder vielleicht zwei Zehntel Millimeter stark, das bedeutete ... Rainer rechnete nach: einen ein Meter hohen Stapel von Eintausendmarkscheinen. Wer schleppt schon einen Meter Tausender durch die Gegend? Nein, nicht in bar. Scheck oder Überweisung.

Rainer stutzte. Letzeres würde bedeuten, dass das Geld auf einem Bankkonto gelandet sein musste. Und wenn die Eheleute Schattler getrennte Konten hatten, wofür die Selbstständigkeit Karin Schattlers sprach, benötigte seine Frau einen Erbschein, um an das Geld heranzukommen, sofern sie keine Verfügungsgewalt über den Tod hinaus über das Konto hatte. Einen Erbschein bekam sie allerdings nicht in ein paar Tagen. Das dauerte etwas. Und eine Verfügungsgewalt über den Tod hinaus schriftlich festzulegen – daran dachte kaum jemand.

Esch überlegte weiter. Wer konnte von Schattlers Gewinn wissen? Seine Frau natürlich. Die Zocker von der Rennbahn. Und die Bank. Die unterlag dem Bankgeheimnis. Und jetzt natürlich Rainer selbst. Und der Mörder? Wenn der Mörder von dem Gewinn wusste, konnte er es nur von Karin Schattler oder den Zockern erfahren haben. Wahrscheinlicher war Karin Schattler. Und das würde bedeuten ...

Einen Moment dachte Rainer daran, Hauptkommissar Brischinsky anzurufen und zurück ins Krankenhaus zu fahren, verwarf diesen Gedanken aber schnell wieder. Diesen Fall würde er selbst zu Ende bringen.

Er verließ seine Wohnung, setzte sich in seinen Wagen und fuhr Richtung Teutoburgia-Siedlung. Nachdem er die Stadtgrenze passiert hatte, hielt er an der ersten Telefonzelle, schlug im Telefonbuch Schattlers Rufnummer nach und speicherte sie in sein Handy ein.

Er hatte die Zelle gerade wieder verlassen, da klingelte sein Apparat.

»Hallo, ich bin's. Wie ist die Lage?«

»Verworren. Aber ich hoffe, dass wir das wieder in Ordnung bringen.«

»Hoffe ich auch, wie du dir sicher vorstellen kannst.«

»Logo.«

»Rainer, ich komme morgen zurück.«

»Wann?«

»Ich lande gegen acht Uhr abends. Ich fahre dann zu unserer Freundin.«

Bei der Erwähnung von Stefanie verspürte Rainer einen Stich in seiner Brust, der nichts mit der dritten Rippe zu tun hatte.

»Und wie kommst du dahin?«

»Bahn. Sehen wir uns?«

Esch dachte an seinen unterbrochenen Krankenhausaufenthalt und die noch ausstehenden Untersuchungen und sagte: »Ehrensache.«

»Bis dann.«

»Hör mal ...«

Zu spät. Cengiz hatte bereits aufgelegt.

Dann läutete Rainer bei Karin Schattler durch, unterbrach die Verbindung jedoch sofort wieder, als sie sich meldete. Jetzt wusste er, was er wissen wollte. Sie war in ihrer Wohnung, die sie auch irgendwann wieder verlassen würde.

Er konnte warten, auch wenn sich das über Stunden hinzöge. Das war er Cengiz schuldig.

Fünfzehn Kilometer weiter in nördlicher Richtung nahm ein Polizeibeamter den Kopfhörer ab und sagte zu seinem Kollegen: »Bingo. Ruf Brischinsky an, er möge runterkommen. Unsere Freunde haben miteinander telefoniert.«

Wenige Minuten später hörte der Recklinghäuser Hauptkommissar das abgehörte und auf Band aufgenommene Gespräch.

»Sauber. Unser Türke hat einen Fehler gemacht. Er landet gegen acht und nimmt dann die Bahn, hat er gesagt. Und auf eine gemeinsame Freundin hingewiesen. Damit ist vermutlich Stefanie Westhoff, die frühere Freundin von Esch, gemeint. Sie wohnt in Recklinghausen. Also macht euch an die Arbeit. Überwacht die Wohnung von der Westhoff.« Er setzte hinzu: »Ab sofort!«

»Ab sofort? Kaya kommt doch erst morgen?«, warf Baumann ein.

»Sagt er. Und wenn nicht?« Brischinsky schaute auf die Uhr. »Und morgen früh statte ich dem famosen Rainer Esch einen weiteren Krankenbesuch ab.«

32

Esch hatte seinen Wagen so geparkt, dass er Karin Schattlers Haustür beobachten konnte. Er hoffte, dass sein knallroter Wagen nicht zu sehr auffallen würde. Gesehen hatte Frau Schattler seine Karre zwar noch nicht, aber trotzdem.

Langsam hatte Rainer allerdings die Schnauze voll. Er hatte keine Zigaretten mehr, verspürte quälenden Hunger und Durst und seine Rippe und sein Gaumen taten ihm weh.

Außerdem hatte Esch das Gefühl, Fieber zu bekommen. Ihn fröstelte. Er wagte es aber nicht, den Motor zu starten und die Heizung aufzudrehen. Dann hätte er gleich ein Schild mit einem großen Pfeil und der Aufschrift *Hier bin ich* vor den Wagen stellen können. Er schlug seinen Jackenkragen höher und wartete weiter.

Es wurde bereits dunkel, als Karin Schattler das Haus verließ, in ihr Fahrzeug stieg und wegfuhr. Rainer folgte ihr in angemessenem Abstand zwanzig Minuten lang durch die halbe Stadt, bis sie vor einem Neubau in Herne 2 hielt und ausstieg. Er sah sie eine Einfahrt hinuntergehen und hinter einer Hausecke verschwinden.

Esch stieg ebenfalls aus, blickte auf das Straßenschild und ging ihr vorsichtig nach. Er bog um die Hausecke und blieb wie angewurzelt stehen. Drei Treppenstufen höher befand sich eine Haustür, links daneben ein großes Fenster. Der dahinter liegende Raum war hell erleuchtet. Und in diesem Raum stand Karin Schattler eng umschlungen mit einem Mann, von dem er nur dessen Rücken sah.

Cengiz, durchzuckte es ihn. Um Gottes willen, Cengiz. Das Liebespaar löste sich voneinander und der Mann, den Esch für Cengiz hielt, drehte sich langsam zum Fenster. Rainer hielt den Atem an. Endlich konnte er das Gesicht des Mannes erkennen. Es war nicht das seines Freundes!

Der Mann ähnelte ... natürlich ... das war der Kerl, den er zusammen mit Dennis in der Begleitung Karin Schattlers in der Innenstadt gesehen hatte.

Erleichtert lehnte sich Esch an die Hausecke. Plötzlich hörte er das Geräusch einer zuschlagenden Wohnungstür und die Stimme Karin Schattlers. Unmittelbar darauf ging die Haustür auf. Rainer sah sich um. Den Weg zum Wagen würde er in seinem Zustand nicht mehr schaffen. Rechts neben der Hausecke standen einige Büsche.

Rainer zögerte keine Sekunde und hechtete in das Grün. Obwohl er sich bemühte, seinen Sturz mit den Armen abzufedern, hatte er bei seiner Landung das Gefühl, dass ihm jemand bei vollem Bewusstsein den Brustkorb öffnete. Esch biss sich auf die Lippen, konnte aber ein dumpfes Stöhnen nicht unterdrücken. Tränen schossen in seine Augen und er presste sich in die weiche, angenehm modrig-faul riechende Erde.

Glücklicherweise waren Karin Schattler und ihr Partner zu sehr mit sich beschäftigt, um auf ihre Umgebung zu achten. Sonst wären Rainers Chancen, nicht entdeckt zu werden, ziemlich gering gewesen. Die beiden spazierten Arm in Arm durch die Einfahrt Richtung Straße, stiegen in Schattlers Wagen und fuhren davon.

Rainer richtete sich vorsichtig auf, klopfte sich die Erde von der Jacke und vermutete, dass nun alle Rippen hinüber waren. Langsam schlich er zu der Haustür und musterte das Namensschild neben der Klingel im Erdgeschoss. Der Name sagte ihm nichts.

Dann fasste er einen Entschluss.

Er fuhr zurück ins Krankenhaus und versuchte unentdeckt auf sein Zimmer zu kommen. Das glückte ihm natürlich nicht. So musste er sich zunächst eine Gardinenpredigt von Schwester Sieglinde anhören und bekam anschließend Gelegenheit, einem Vortrag des Oberarztes zu lauschen, der sich mit dem unerlaubten Entfernen aus dem Krankenhaus und die sich daraus ergebenden Folgen bezüglich der Kostenerstattung durch die Krankenkasse beschäftigte.

Noch bevor der Arzt sein Referat beendet hatte, steckte Schwester Sieglinde Rainer ins Bett, maß seine Körpertemperatur und schleppte eine ganze Batterie an Tabletten heran, die er alle unter ihrer strengen Aufsicht einnehmen musste. Dann verlangte sie nach Rainers Oberarm, gab ihm unnachsichtig und mit nur wenig Mitgefühl eine Spritze.

Zwei Minuten später war Rainer Esch eingeschlafen.

Er erwachte gegen sieben, als er wieder Haferbrei frühstücken sollte. Wenigstens war der Kamillentee durch Kaffee ersetzt worden. Hungrig wie er war, schaufelte er den Brei in sich hinein, versuchte dem Zivildienstleistenden, der seinen Kopf durch die Tür steckte, erfolgreich eine Zigarette abzuluchsen und machte es sich so gut es ging in seinem Bett gemütlich.

Rainer dachte nach. Es sprach augenscheinlich einiges dafür, dass es sich bei dem Mann, den Karin Schattler in Wanne-Eickel besucht hatte, um ihren Geliebten handelte. Und wenn diesem Geliebten nun bekannt war, dass seine Freundin durch den Tod ihres Mannes zu einem erheblichen Vermögen kam? Rainer sponn seinen Gedankengang weiter: Der Mörder musste auf *Eiserner Kanzler* arbeiten. Was wäre, wenn der Geliebte nun auch auf *Eiserner Kanzler* ...?

Rainer entwickelte einen Plan. Er griff zu seinem Handy, wählte die Auskunft, notierte sich die Rufnummer von Schattlers Lover und die des Bergwerkes *Eiserner Kanzler* in Recklinghausen.

Esch probierte zuerst die Wanner Nummer.

»Amtsgericht Herne«, sagte er, als sich der Angerufene meldete. »Nachlassgericht. Rechtspfleger Meier. Könnte ich bitte Frau Karin Schattler sprechen?«

»Die wohnt hier nicht.«

»Ist nicht bei Ihnen? Aber sie hat mir doch Ihre Nummer hinterlegt.«

»Meine Nummer? Kann sein. Mit Frau Schattler können Sie sich unter 02323/399976 in Verbindung setzen.«

»Ja, die habe ich auch. Aber unter der Nummer ist sie nicht zu erreichen.«

»Dann ist sie sicher nicht zu Hause. Um was geht es denn?«

»Ich weiß nicht, ob ich Ihnen da Auskunft geben kann.«

»Ich bin ein guter Freund der Familie.«

»Das ist natürlich etwas anderes. Dann wissen Sie, um was es geht?«

»Um den Erbschein wegen des Todes ihres Mannes, vermute ich.«

»Das stimmt. Aber ich glaube doch nicht, dass ich das jetzt mit Ihnen besprechen kann. Bitte sagen Sie Frau Schattler, sie möge sich mit mir in Verbindung setzen.«

»Ja, gut. Wie war doch gleich Ihr Name?«

»Meier. Rechtspfleger Meier. Wiederhören.«

Zufrieden unterbrach Rainer die Verbindung, drückte nach einer Minute die Wahlwiederholungstaste und registrierte erfreut, dass der Anschluss besetzt war. Daraufhin rief er bei Karin Schattler an. Auch besetzt.

Rainer nickte wissend. Da waren zwei Liebende damit beschäftigt, sich über den Anruf des Nachlassgerichtes auszutauschen.

Esch sah auf seinen Zettel und wählte die Nummer des Bergwerkes.

»Bergwerk *Eiserner Kanzler*. Was kann ich für Sie tun?«, meldete sich eine Frauenstimme.

»Verbinden Sie mich bitte mit der Personalabteilung.«

»Einen Moment, bitte.«

»Personalabteilung. Schnitzler.«

»Guten Tag, Frau Schnitzler.«

»Guten Tag?«

»Ich habe eine Bitte. Seit Jahren habe ich keinen Kontakt mehr zu meinem Bruder, ein Familienstreit, wissen Sie. Und jetzt möchte ich mich wieder mit ihm versöhnen. Aber seine Anschrift stimmt nicht mehr. Er ist umgezogen. Über die Telefonauskunft bin ich auch nicht weitergekommen. Vielleicht können Sie ...«

»Natürlich. Wie heißt denn Ihr Bruder?«

»Schäfer. Wolfgang Schäfer. Die alte Adresse lautete Rottbruchstraße 42 b in Herne.«

»Hm«, sagte Frau Schnitzler nach einer Weile. »Das verstehe ich nicht. Ihr Bruder wird bei uns genau unter dieser Anschrift geführt.«

»Sie haben mir sehr geholfen«, sagte Esch. »Wirklich sehr geholfen.«

Nachdem er dieses Gespräch beendet hatte, wählte er die nächste Nummer. Diesmal die seines Freundes Uwe Losper.

»Uwe, es gibt Arbeit für dich.«

»Keine Anhörung in zehn Minuten, kein Haftprüfungstermin innerhalb der nächsten zwei Stunden, kein Gerichtsverfahren ohne vorherige Akteneinsicht. Es sei denn, du bist der Angeklagte oder irgendjemand beabsichtigt, dich zu entmündigen. Dann gehe ich gerne unvorbereitet als dein Rechtsbeistand in jede Verhandlung, wann immer und wo immer ...«

»Red keinen Unsinn. Folgendes ...«

Rainer informierte den Anwalt über das Geschehen der letzten Tage, verschwieg allerdings seinen Wetterfolg. Als er von dem gestrigen Abend und den heutigen Telefonaten erzählte, hörte Uwe Losper auf, Zwischenfragen zu stellen.

Dann sagte der Anwalt: »Ist ja irre. Und das hast du ...«

»... mit logischer Überlegung und meinem scharfen Verstand herausbekommen, versteht sich. Na ja, etwas Glück war auch dabei. Aber das müsste Cengiz doch entlasten, oder?«

»Entlasten? Freispruch erster Klasse. Vermute ich zumindest. Hast du schon die Polizei ...«

»Nein, mache ich gleich. Aber, Uwe, kannst du trotzdem heute Abend zu Stefanie fahren, um Cengiz da in Empfang zu nehmen? Ich befürchte, wenn ich mich hier aus dem Krankenhaus noch einmal unerlaubt verabschiede, legen die mir Ketten an.«

»Oder stecken dich in eine Zwangsjacke, in die du von Rechts wegen auch gehörst. Klar, ich fahre zu Stefanie. Wo ist das?«

Rainer gab Uwe die Adresse.

»Gut. Morgen komme ich dich besuchen.«

»Schön.«

Schwester Sieglinde betrat den Raum.

»Ich muss Schluss machen. Bis morgen. Und bring Cengiz mit.«

Die Krankenschwester wedelte mit einer Spritze. »Jetzt haben Sie genug telefoniert. Jetzt wird geschlafen«, befahl sie.

»Aber ich muss doch noch ...«

»Nichts müssen Sie. Her mit dem Arm.« Sie jagte Rainer die Kanüle ins Fleisch. »So. Das Telefon kommt in die Schublade.«

»Ich wollte doch ...« Sein Protest erlahmte. Er wurde plötzlich sehr müde. Mit sich und der Welt zufrieden lehnte sich Rainer in seinem Bett zurück und war bald wieder tief und fest eingeschlafen.

33

Hauptkommissar Brischinsky hörte sich mit wachsendem Erstaunen und gespannter Aufmerksamkeit das Erste der aufgezeichneten Gespräche an:

»Mit wem hat der Esch da gesprochen? Wisst Ihr das schon?«

»Nein«, sagte Baumann. »Leider hat unsere Technik gestreikt. Das Tonband hat sich zu spät eingeschaltet. Wir müssen erst die Daten der über den Sender Herne vermittelten Gespräche abwarten. Dann können wir über den Abgleich von Uhrzeit und Eschs Handynummer den Angerufenen identifizieren.«

»Warum ruft Esch einen Freund der Familie Schattler an und gibt sich als Rechtspfleger aus? Was bezweckt der Kerl damit?«, fragte sich der Hauptkommissar. »Und woher kenne ich die Stimme seines Gesprächspartners, verdammt noch mal?«

»Chef, hier ist der zweite Anruf.«

»Okay, lass hören.«

Baumann drückte die Wiedergabetaste.

Brischinsky hörte mit wachsendem Erstaunen zu. Dann schlug er sich mit der flachen Hand vor die Stirn. Jetzt war ihm eingefallen, an wen ihn die Stimme vom ersten Telefonat erinnerte. Der Hauptkommissar stürmte aus dem Zimmer.

»Baumann«, rief er im Hinauslaufen, »ich fahre zu Esch ins Krankenhaus. Und du schickst zwei Wagen los. Einen zu der Schattler und einen zu Schäfer. Aber nur beobachten, hast du verstanden? Ich melde mich später wieder.«

»Wird erledigt«, antwortete sein Assistent.

Sofort nachdem Hauptkommissar Brischinsky das Krankenhaus wieder verlassen hatte, nahm er Kontakt zu seinem Mitarbeiter auf.

»Heiner, es besteht dringender Tatverdacht gegen Wolfgang Schäfer und Karin Schattler.«

»Was ist mit Kaya?«, wunderte sich Baumann.

»Vergiss Kaya. Nachdem ich Esch endlich wach bekommen habe, hat er mir die ganze Geschichte noch einmal erzählt. Wolfgang Schäfer wusste wahrscheinlich auch von dem Gewinn. Und Schäfer hatte Gelegenheit, Schattler umzubringen. Wir waren ziemliche Idioten, zu sehr auf Kaya fixiert. Pass auf! Du fährst zu der Schattler, ich zu Schäfer. Schicke mir noch zwei Wagen. Aber unauffällig. Ohne Warnsignal und Blaulicht.« Der

Hauptkommissar blickte auf seine Uhr. »Es ist jetzt kurz vor zehn. Ich brauche gut fünfzehn Minuten bis zur Wohnung Schäfers, du etwa eine halbe Stunde bis zur Teutoburgia-Siedlung. Zugriff um elf, hörst du? Elf Uhr! Nicht später! Und auf jeden Fall gleichzeitig. Ich möchte nicht, dass die sich gegenseitig noch warnen. Und dann sofort ins Präsidium in getrennte Verhörzimmer.«

»Verstanden, Chef.«

Brischinsky machte sich auf den Weg nach Wanne-Eickel und hoffte inständigst, dass Wolfgang Schäfer oder Karin Schattler nicht mittlerweile beim Nachlassgericht Herne angerufen hatten. Sonst schöpften die beiden womöglich Verdacht und suchten das Weite.

Zwanzig Minuten später trommelte Hauptkommissar Rüdiger Brischinsky schräg gegenüber dem Haus Rottbruchstraße 42 nervös auf sein Lenkrad und schaute alle dreißig Sekunden auf die Uhr.

Zwei Minuten vor elf stieg er aus und gab den anderen Beamten, die mittlerweile ebenfalls eingetroffen waren und unauffällig an der nächsten Straßenecke parkten, ein Zeichen.

Einer blieb bei den Fahrzeugen und hielt Kontakt zur Zentrale, zwei begleiteten Brischinsky. Den vierten Beamten schickte der Hauptkommissar auf den Garagenhof der Reihenhäuser, um eine eventuelle Flucht Schäfers dort entlang schon im Ansatz zu vereiteln. Dann näherten sich die Polizisten der Haustür, schellten und warteten.

Nichts.

Brischinsky drückte erneut den Klingelknopf.

»Der Vogel ist ausgeflogen«, raunte einer der Polizisten.

Ein anderer Beamter stand mit dem Rücken vor dem Fenster, durch das Rainer Karin Schattler und Wolfgang Schäfer beobachtet hatte. Der Blick in das Innere des Raumes war dadurch eingeschränkt. Die Umrisse der

Wartenden spiegelten sich schemenhaft auf der Glasscheibe. Trotzdem war sich der Hauptkommissar sicher, für einen Moment Schäfers Gestalt hinter den kurzen Scheibengardinen gesehen zu haben.

»Von wegen ausgeflogen! Der Kerl ist zu Hause, öffnet nur nicht.« Mit der flachen Hand drückte Brischinsky alle Klingelknöpfe und rief, als sich die ersten Mieter über die Gegensprechanlage meldeten: »Polizei. Bitte öffnen Sie die Tür.«

Der Summer ertönte und die Beamten stürmten in den Hausflur. Links neben dem Eingang befand sich die Wohnungstür Schäfers.

Brischinsky schlug mit der Faust gegen das Türblatt. »Aufmachen, Polizei! Herr Schäfer, machen Sie die Tür auf!«

Keine Reaktion.

»Herr Schäfer, machen Sie die Tür auf oder wir brechen sie auf!«

Brischinsky zückte seine Dienstwaffe und nickte zwei Beamten zu, die sich gemeinsam gegen die Tür warfen. Holz zersplitterte mit großem Krach und es öffnete sich ein erster Spalt. Ein Polizist trat mit dem rechten Fuß mehrmals heftig gegen die Tür. Endlich gab das Schloss nach und die Tür sprang auf.

Die Beamten drangen mit entsicherten Waffen in die Wohnung ein. Brischinsky lief in das Wohnzimmer und entdeckte sofort die offen stehende Terrassentür. Er spurtete nach draußen und sah Schäfer durch die Gärten der Nachbarn flüchten.

»Stehen bleiben! Stehen bleiben oder ich schieße!« Der Kommissar richtete seine Waffe in die Luft und gab einen Warnschuss ab.

Davon unbeeindruckt hechtete Schäfer über einen Zaun und war aus Brischinskys Blickfeld verschwunden. Der Beamte rannte durch die Wohnung zurück vor das Haus und spurtete dann zum Garagenhof. Plötzlich hörte er einen Warnruf, gefolgt von einem Schuss. Kurz darauf knallte es ein zweites Mal.

Brischinsky hechelte um die nächste Hausecke. Dann blieb er tief atmend stehen.

»Verdammte Scheiße, ich werde zu alt für so etwas«, schnaufte er und näherte sich dem Polizisten, den er auf dem Garagenhof postiert hatte.

Der stand breitbeinig mit gezogener Waffe etwa drei Meter von Wolfgang Schäfer entfernt, der sich vor Schmerzen auf dem Pflaster krümmte.

»Mein Bein, mein Bein«, jammerte er.

Der junge Polizist, der die Schüsse abgegeben hatte, zitterte am ganzen Körper. »Ich habe noch nie auf jemanden schießen müssen, noch nie.«

»Schon gut mein Junge, schon gut.« Brischinsky klopfte dem Beamten auf die Schulter. »Ruf einen Krankenwagen.« Dann ging er zu dem Verletzten. »Herr Schäfer, ich nehme Sie vorläufig fest wegen des dringenden Tatverdachtes des Mordes an Heinz Schattler.«

Schäfer grunzte etwas Unverständliches und Brischinsky wandte sich ab.

34

»Die Schattler ist als Erste zusammengeklappt. Das hat keine halbe Stunde gedauert. Als wir sie damit konfrontierten, was wir wussten, war es aus. Und dann noch Schäfers Flucht. Das war wie ein Schuldgeständnis. Aber ohne Ihre Informationen, Herr Esch ...«

Hauptkommissar Brischinsky saß auf dem Holzstuhl neben Eschs Krankenbett.

»Glück. Viel Glück, Herr Brischinsky«, antwortete Rainer.

»Eigentlich müsste ich Ihnen ja böse sein. Wir hatten ja vereinbart ...«

»Ich weiß, ich weiß. Kommt nicht wieder vor. Ich habe beschlossen, mein Studium zu beenden und mich dann als Anwalt niederzulassen.«

»Aber bitte nicht im Landgerichtsbezirk Bochum. Wenn Sie als Anwalt so erfolgreich sind wie als Privatdetektiv, hauen Sie alle Straftäter raus«, scherzte der Hauptkommissar.

»Ach was. Aber noch eine Frage: Hatte ich eigentlich Recht mit meiner Vermutung, dass es keinen Zusammenhang zwischen der Erpressung durch Icke und dem Mord gab?«

»Hatten Sie. Nur eine indirekte. Durch die Erpressung sind Schattler und Schäfer auf die Idee gekommen, uns einen Dritten als Täter zu präsentieren.«

»Cengiz.«

»Genau. Und deshalb haben sie auch die Drohbriefe geschrieben und durch geschicktes Vermischen von Wahrheit ...«

»Der unstete Lebenswandel von Karin Schattler ...«

»Richtig, und durch das Vermischen von Wahrheit und Lügen unseren Verdacht auf Ihren Freund gelenkt. Schäfer hatte in der Tatnacht alle Zeit der Welt, Schattler umzubringen. Pickeisen liegen da unter Tage quasi an jeder Ecke und er wusste, wo Schattlers Arbeitsplatz war. Die Panne mit der Einschienenhängebahn war nur vorgetäuscht ... Nun ja, wenn wir nicht so sehr auf Kaya fixiert gewesen wären und sich der Staatsanwalt nicht so viel Zeit mit dem Antrag auf Konteneinsicht gelassen hätte ... dann wären wir mit Sicherheit auf das Geld gestoßen. Und vielleicht auch auf Schäfer. Aber wir hatten ja ein verlockendes, schon klassisches Motiv: Eifersucht. Und einen sich sehr verdächtig machenden Cengiz Kaya.«

Die Tür zum Krankenzimmer wurde geöffnet und Uwe Losper kam mit eben diesem herein.

»Rainer«, rief Cengiz und stürmte zu Eschs Bett, um mit seinen fünfundachtzig Kilogramm Lebendgewicht auf seinen Freund zu plumpsen.

Rainer hob abwehrend beide Arme. »Kein überhasteter Austausch von Zärtlichkeiten, bitte.«

Cengiz bremste seine Begeisterung und umarmte Rainer vorsichtig. »Danke. Das vergesse ich dir nie.«

»Hoffentlich«, meinte Rainer und riss entsetzt die Augen auf.

Schwester Sieglinde näherte sich mit einer Spritze.